jur. 254.

ABLEAU
DU MEILLEUR
GOUVERNEMENT POSSIBLE,

OU

L'UTOPIE
DE THOMAS MORUS,
CHANCELIER D'ANGLETERRE,

EN DEUX LIVRES.

TRADUCTION NOUVELLE,

DÉDIÉE à S. E. M.

LE COMTE DE VERGENNES,
Miniſtre des Affaires Étrangeres.

PAR M. T. ROUSSEAU.

A PARIS, RUE DAUPHINE,
La ſeconde porte cochere à droite par le Pont-Neuf,

Chez L. CELLOT, Gendre & Succeſſeur de
CH.-ANT. JOMBERT, Pere, Libraire du
Roi pour l'Artillerie & le Génie,
AU FOND DE LA COUR.

(1 7 8 0.)

A SON EXCELLENCE

MONSEIGNEUR

LE COMTE DE VERGENNES,
Miniſtre & Secrétaire d'Etat au
Département des Affaires Etran-
geres, Commandeur des Ordres
du Roi.

MONSEIGNEUR,

*Un Ouvrage qui traite du meil-
leur Gouvernement poſſible, & de
la félicité des Peuples, eſt un
Ouvrage ſur lequel vous avez
toutes ſortes de droits: en l'offrant
à Votre Excellence, c'eſt
moins un hommage que je lui
rends, qu'un devoir dont je m'ac-*

quitte. Par une *sage administra-* *tion vous rempliſſez tout à la fois, ſuivant les principes de* MORUS, *les devoirs d'un bon Citoyen, ceux d'un bon Miniſtre & d'un ami de l'humanité: je ne crains pas de le dire,* MONSEIGNEUR, *le ſort heureux dont vous jouirez juſqu'à la fin de vos jours, ſera la ſeule différence que la poſtérité trouvera entre vous & ce grand Homme.*

Je ſuis avec un très-profond reſpect,

MONSEIGNEUR,

DE VOTRE EXCELLENCE,

Le très-humble & très-
obéiſſant ſerviteur,
ROUSSEAU.

L'UTOPIE

DE
THOMAS MORUS,

TRADUCTION NOUVELLE.

LIVRE PREMIER.

HENRI VIII, Prince que l'Angleterre doit, avec raison, placer au rang de ses plus grands Rois, ayant eu derniérement quelques démêlés voya en Flandres en qualité de mi- d'assez grande conséquence avec S. A. S. Charles, Prince de Castille (1), m'en- nistre plénipotentiaire, pour traiter avec lui & terminer ces différends à leur commune satisfaction. J'avais pour collegue dans cette négociation le cé-

_____

(1) Depuis Empereur, sous le nom de Charles-Quint.

A

lebre Cuthbert de Tunſtall, fait depuis peu, au grand contentement de
toute la nation, garde du tréſor des
chartres. Quoiqu'une étroite amitié
m'uniſſe depuis long-tems avec cet
homme reſpectable, je le louerais volontiers, néanmoins, ſans craindre
que l'on me ſoupçonnât de prévention
ou de flatterie, ſi d'ailleurs ſes vertus
& ſes talens ne me paraiſſaient au-deſ-
ſus de tout éloge. Auſſi penſai-je
qu'il eſt inutile de les exalter pour les
faire connoître ; ce ſerait, comme
dit le proverbe, emprunter le ſecours
d'une faible lumiere pour montrer
en plein midi le ſoleil aux paſſans.
On choiſit la ville de Bruges pour le
lieu de nos conférences ; les députés de
S. A. S. eurent ordre de s'y aſſembler
avec nous. Ces négociateurs étaient
des hommes de la plus haute diſtinc-
tion & du premier mérite. Le gou-
verneur de Bruges, citoyen non
moins illuſtre par ſon rang que par
ſa magnificence, était à la tête de la
députation : Georges Temſicius,
commandant de Montcaſſel, en était
l'ame & l'organe. Ce politique profond joignait à une éloquence mâle

& naturelle, au favoir le plus étendu, le don auffi rare que précieux de la perfuafion. Perfonne au monde n'avait plus de connaiffance que lui du droit des gens & des fouverains ; il brillait dans l'art de concilier les intérêts les plus oppofés ; c'était, en un mot, l'homme d'Etat le plus habile & le plus confommé de fon fiecle. La négociation entamée, voyant que nous ne pouvions abfolument nous accorder fur plufieurs articles, les députés du prince de Caftille partirent auffitôt pour Bruxelles, dans l'intention de faire expliquer leur maître qui y tenait fa cour. Je profitai du loifir que me laiffait la rupture des conférences pour aller faire un tour à Anvers. Je n'ai connu perfonne, pendant mon féjour en cette ville, dont la fociété m'ait été plus agréable & plus utile que celle de Pierre *Gilles*, natif & habitant d'Anvers même. Il s'était acquis l'eftime & l'amitié de fes concitoyens, & jouiffait parmi eux de la plus haute confidération ; mais je puis affurer qu'elle n'égalait pas fon mérite. Quoiqu'il ne fût encore qu'à la fleur de fon âge, il poffédait déjà une vafte éru-

dition & des connaissances de tout
genre. Son ame sur-tout, son ame si
belle, si supérieure à son génie, me
fit concevoir pour sa personne un attachement inviolable. La candeur, la
simplicité, la douceur, un penchant
naturel à rendre service, une modestie peu commune, une prudence
à l'épreuve, toutes les vertus, enfin,
qui concourent à former le héros
citoyen se trouvaient réunies en lui
seul. Il m'eût, sans doute, été impossible de rencontrer dans l'Univers entier un être plus digne d'inspirer de
l'amitié, plus fait pour sentir & apprécier tous ses charmes. Sa conversation facile & enjouée remplissait
agréablement mes loisirs : les heures,
les jours auprès de lui n'étaient que
des instans pour moi & qu'ils s'écou-
laient rapidement ! Je goûtais tant
de plaisir dans nos entretiens fami-
liers, qu'au bout d'une absence de
quatre mois, je ne pouvais me ré-
soudre encore à céder au besoin qui
me pressait de retourner dans ma Patrie, pour y embrasser ma femme &
mes enfans.

Un jour je sortais de l'office divin

de l'églife Notre-Dame , ce monu-
ment, non moins célebre par la beauté
de fon architecture , que par la vénération & le concours des pieux fideles
qu'il attire de toutes parts ; je me dif-
pofais à retourner chez moi , lorfque
j'apperçus mon ami qui caufait avec
un vieillard , dont la phyfionomie
annonçait à la fois la vigueur & la
bonne fanté. A fon extérieur négligé ,
à fa longue barbe , & à la maniere
de porter fon manteau dont il s'en-
veloppait , je crus reconnaître dans
ce dernier un capitaine de vaiffeau. A
mon afpect Pierre s'empreffe de m'a-
border , me falue amicalement , &
fans me laiffer le tems de lui répondre,
il me tire tant foit peu à l'écart , en
me difant, « vous voyez bien ce vieil-
» lard avec qui je converfais tout-à-
» l'heure , j'allais de ce pas le con-
» duire chez vous.═Préfenté de votre
» part vous ne doutez pas de l'accueil
» que je lui aurais fait. ═ Je fuis très-
» perfuadé que fans ma recomman-
» dation vous l'euffiez reçu avec au-
» tant de plaifir & de politeffe par
» rapport à lui-même : vous ne con-
» naiffez pas cet étranger : je ne crois

» point qu'il exifte aujourd'hui fur la
» terre d'homme qui ait plus voyagé
» que lui. Aucun du moins ne faurait
» piquer davantage & intéreffer votre
» curiofité. Vous en jugerez vous-
» même par les narrations auffi éten-
» dues que furprenantes qu'il vous
» fera. ⸺ Je ne me fuis donc pas
» trompé, puifqu'à la premiere vue
» de cet homme, je me fuis dit,
» voilà un franc marin. ⸺ Et vous-
» êtes dans l'erreur, ce n'eft pas com-
» me Palinure; c'eft-à-dire, en qua-
» lité de capitaine de navire qu'il a
» voyagé, mais comme un autre
» Ulyffe, ou comme un Platon, pour
» fatisfaire le defir qu'il avait d'ac-
» quérir des connaiffances & de per-
» fectionner fon être. Ce Raphaël
» Hythlodée (1), c'eft fon nom de
» famille, entend paffablement le la-
» tin & poffede parfaitement le grec.
» Son amour invincible pour la phi-
» lofophie lui a fait préférer l'étude
» de cette derniere langue à la pre-
» miere. Il favait très-bien, qu'à l'ex-

─────────────────

(1) Nom compofé de deux mots grecs,
qui joints enfemble forment ce feul mot,
nagarum peritus, en français, *faifeur de Contes.*

» ception de quelques morceaux phi-
» losophiques, traités en maîtres dans
» les écrits de Séneque & de Cicéron,
» on ne trouve point chez les latins
» d'autres monumens de la seule scien-
» ce qui le flattait. Entraîné par son
» goût dominant, il fit don à ses freres
» de la part qui lui revenait dans le
» bien de son pere, quitta le Portugal,
» sa Patrie, & pressé du besoin de
» s'instruire, il accompagna Améric
» Vespuce dans les trois derniers
» voyages au nouveau monde, dont
» les relations sont déjà publiées.
» Il ne revint cependant pas avec lui
» dans sa derniere traversée en Eu-
» rope. Ce fameux voyageur, cédant
» à ses instances, consentit à ce qu'il
» fût un des vingt-quatre compagnons
» qu'il laissait dans la nouvelle Cas-
» tille, pour pousser plus loin les
» découvertes qu'il venait de faire de
» ces vastes contrées. Raphaël resta
» donc en Amérique, plus content de
» périr dans une terre étrangere &
» d'être enseveli sous les flots, pourvu
» qu'il satisfît sa passion, que de végé-
» ter, que de mourir dans son pays, &
» d'y obtenir les honneurs d'un fu-

» perbe maufolée. Ce philofophe fou-
» tient que le génie tutélaire & bien-
» faifant qui préfide au ciel , prend
» foin lui-même de recueillir la dé-
» pouille mortelle de ceux qui meu-
» rent privés de la fépulture (1) , &
» qu'on trouve par-tout le chemin
» qui conduit à la gloire éternelle.
» Sans l'affiftance vifible & la protec-
» tion toute particuliere de la divinité,
» que ce fentiment , quoique vrai ,
» lui eût coûté cher ! Dès que Vef-
» puce fut parti, il parcourut avec cinq
» Caftillans, fes compagnons, quantité
» de pays jufqu'alors inconnus : enfin
» après bien des fatigues & des tri-
» bulations (2) , il aborda , par un
» heureux coup du fort , à Tapro-
» bane , d'où il paffa à Calicut. Ayant
» trouvé dans ce dernier port plu-
» fieurs bâtimens Portugais prêts à
» faire voile pour fa Patrie , il y

(1) Lucain Pharfale , L. VII , v. 819.

(2) Sufcitées par la fainte Inquifition. On
fait que ce Tribunal traitait comme des criminels ceux qui croyaient aux Antipodes:
que pouvaient attendre de fa part ceux qui
les avaient découvertes ?

» revint , contre toute espérance de
» jamais la revoir ».

Aussitôt que Pierre eut cessé de parler, je le remerciai du service qu'il me rendait en me procurant la connaissance d'un homme si intéressant. Je me retournai ensuite vers Raphaël, & nous nous saluâmes réciproquement. Après les civilités d'usage entre étrangers qui desirent se lier , je le conduisis à mon logis. Nous entrâmes dans mon jardin , nous nous y assîmes tous trois sur un banc de gazon, & Raphaël nous fit , de la maniere suivante , le récit de ses aventures.

« Le point capital pour moi & mes
» autres camarades , restés dans la
» Castille après le départ d'Améric ,
» était de nous concilier les bonnes
» graces des habitans du pays. Nous y
» parvînmes si heureusement par nos
» manieres douces & engageantes , que
» bientôt ces Colons nous regarderent
» comme leurs meilleurs amis. Le Sou-
» verain d'une certaine contrée , dont
» j'ai oublié le nom , ainsi que celui du
» Prince , nous témoigna sur-tout la
» plus grande affection ; & prit l'inté-
» rêt le plus vif à tout ce qui nous con-

A v

» cernait. Il nous prodigua les secours
» dont nous avions besoin & nous dé-
» fraya de tout, moi & mes cinq com-
» pagnons de fortune. Sa libéralité ac-
» tive & prévoyante ne nous laissa pas
» même le tems de former des souhaits.
» Lorsqu'il sut que nous avions inten-
» tion de visiter les États voisins ; il
» nous donna un guide sûr & expéri-
» menté, qui avait ordre de nous con-
» duire par-tout où bon nous semble-
» rait. Il nous fournit en outre tou-
» tes les provisions nécessaires. Nous
» fîmes ces voyages, tantôt par terre
» sur des chariots, partie sur mer mon-
» tés sur des vaisseaux du pays. Après
» quelques jours de route nous décou-
» vrîmes des villes bien peuplées, des
« nations puissantes, des républiques,
» dont la législation étoit marquée au
» coin de la sagesse & respirait l'amour
» de l'ordre. Sous la ligne, entre les
» deux tropiques, on ne trouve que
» des régions vastes & incultes, sans
» cesse exposées aux feux dévorans de
» la canicule. Ces déserts effrayans ser-
» vent de repaires aux reptiles les plus
» venimeux : c'est au fond de ces so-
» litudes affreuses que les animaux les

» plus voraces se font une guerre
» éternelle. Si l'on y rencontre par
» hasard quelques hommes, ils sont
» d'un naturel aussi féroce que celui des
» bêtes, au milieu desquelles ils vivent.
» Mais à mesure que vous avancez vers
» la zone tempérée, la nature se dé-
» veloppe par degrés sous une forme
» plus douce & plus riante ; la terre
» se couvre d'une verdure émaillée de
» fleurs ; avec un air plus pur vous res-
» pirez le souffle caressant du zéphir.
» Les animaux de ces contrées sont bien
» moins sauvages, & les peuples policés
» qui les habitent font par mer & par
» terre un commerce très-étendu, non-
» seulement, entr'eux mais même avec
» des nations fort éloignées.

» Il me fut d'autant plus aisé de con-
» naître ces peuples, de m'instruire de
» leurs mœurs, de leurs coutumes &
» de leurs usages que j'avais, ainsi que
» mes camarades, la liberté de m'em-
» barquer, à mon choix, sur les na-
» vires qui partaient pour faire la traite
» dans tous ces pays. Sur tel bord que
» nous nous présentions, en qualité de
» passagers, nous étions certains d'être
» toujours accueillis & bien traités. Les

» premiers vaiffeaux qui s'offrirent à
» nos yeux , n'étaient que de fimples
» bateaux plats , dont les voiles étaient
» tiffues de la plante appellée *Papyrus*,
» de feuilles de bouleau ou d'autres
» arbuftes. Quelques-uns portaient des
» voiles faites de peaux de différens ani-
» maux. Nous eûmes occafion de voir
» bientôt après des navires d'une conf-
» truction entiérement femblable à celle
» de nos bâtimens. Les voiles de ceux-
» ci étaient , ainfi que les nôtres , de
» toile fabriquée avec du chanvre ;
» leur mâture était fort élevée. Leurs
» capitaines avaient une connaiffance
» affez fuivie des vents , de la carte &
» de l'aftronomie. Je leur enfeignai l'u-
» fage de la bouffole, & leur reconnaif-
» fance, à mon égard , fut fans bornes.
» La crainte de fe perdre les avait re-
» tenus jufqu'alors. Ils n'avaient point
» ofé entreprendre de longs trajets , &
» leur navigation fe bornait à des croi-
» fieres , encore ne fe rifquaient-ils à
» tenir la mer que durant l'été. Aujour-
» d'hui qu'ils ont l'aiguille aimantée , ils
» affrontent au milieu de la faifon des
» tempêtes les dangers les plus immi-
» nens. Le courage , qui leur eft na-

» turel, & la confiance qu'ils ont en
» eux-mêmes, bien plus que la certi-
» tude physique de pouvoir impuné-
» ment braver tous les périls, leur
» inspire cette hardiesse. Fasse le ciel
» que leur imprudence ne tourne pas
» à leur grand désavantage une décou-
» verte que je ne leur ai procurée,
» que dans la seule vue de concourir
» à leur prospérité commune ! »

Raphaël nous raconta de plus tout
ce qu'il avait vu d'extraordinaire dans
ce nouveau monde : je supprime ce
détail, qui serait trop long ici ; d'ailleurs il n'entre point dans le plan de
mon ouvrage : je trouverai peut-être
quelqu'occasion par la suite de faire
part au public de tout ce qu'il m'a
appris de remarquable & d'instructif,
sur-tout des institutions sages, des
établissemens utiles, de la police admirable qui distinguent ces différens
peuples, dont la politique ne le cede
en rien à celle d'aucune nation du
monde que nous habitons. Notre
homme prenait un plaisir singulier à
s'étendre sur ce dernier objet ; nous
n'en goûtions pas moins à l'écouter.
Il glissait rapidement, ou se taisait sur

la defcription des monftres que la nature produit dans ces climats ; rien
de plus commun & de plus faftidieux
que ces détails. Par-tout on trouve
des Scylla, des Carybdes, des Lef-
trigons, des Anthropophages, &
d'autres horreurs de cette nature ;
mais il eft rare de voir des nations
prudentes, éclairées, laborieufes,
dont le gouvernement mérite à jufte
titre des éloges. Si Raphaël au furplus a remarqué chez ces nouveaux
peuples des coutumes affez mal rai-
fonnées, & d'une conféquence dan-
gereufe, il nous en a citées un bien
plus grand nombre, qui réunies for-
meraient un code parfait de légiflation
propre à remédier aux abus, à corriger les vices qui fe mêlent à l'adminiftration de ces divers états & de ces
républiques ; & c'eft précifément,
comme je viens de le dire, ce que je
me réferve de faire connaître dans un
autre moment. Quant à préfent je me
bornerai au récit qu'il nous a fait des
mœurs, des ufages, & du gouvernement des habitans D'UTOPIE. Mais
avant d'entrer en matiere, je penfe
qu'il ne fera pas tout à fait hors de

propos d'inférer ici la conversation
qui le conduisit insensiblement à nous
parler de cette Isle.

Notre voyageur venait de faire
preuve de la plus saine judiciaire, en
relevant avec une présence d'esprit
admirable les défauts du gouvernement de chacun des États qu'il avait
parcourus ; défauts qui par-tout sont
en assez grand nombre. Il avait dis-
cuté avc tant de finesse & de sagacité
les coutumes & les loix les plus sagement établies, soit chez nous, soit
chez ces étrangers, qu'il paraissait
avoir fait de toutes l'étude la plus ap-
profondie. On eût dit à l'entendre
qu'il avait passé sa vie entiere chez les
peuples dont il parlait, quoiqu'il n'eût
séjourné que fort peu de tems chez
chacun d'eux. Pierre émerveillé ne
put s'empêcher de lui dire : « je suis
» bien surpris, mon cher Raphaël,
» que possédant un savoir si rare,
» vous ne vous soyez pas encore at-
» taché à quelque puissant Monarque:
» je vous jure qu'il n'en est point qui
» ne vous reçût à bras ouverts. Non-
» seulement vous captiveriez toute
» son attention en l'amusant, par le

» récit de cette multitude de choses
» curieuses & inconnues que vous
» avez été à portée de voir dans vos
» voyages ; mais encore vous lui
» feriez d'un grand secours par votre
» expérience. Vous lui donneriez d'ex-
» cellens conseils, que vous appuieriez
» par des exemples frappans, qui cités
» à propos, lui épargneraient, peut-
» être, bien des fautes. D'ailleurs
» dans cette place éminente vous fe-
» riez tout à la fois votre fortune,
» celle de vos proches & de vos
» amis. == Quant à ce qui regarde
» mes proches, c'est ce qui m'in-
» quiette le moins : je pense avoir
» rempli à leur égard, autant qu'il a
» dépendu de moi, tous les devoirs
» que le sang & l'amitié m'imposaient.
» A cet âge heureux où ma santé dans
» sa fleur me permettait de m'élancer
» dans la carriere des plaisirs, de me
» livrer à ces brillantes illusions que
» la jeunesse saisit & embrasse avec
» avidité : à cet âge, mon cher ami,
» je me suis dépouillé volontairement
» en faveur de mes proches de ces
» biens, que de vieux avares, éten-
» dus déjà sur le lit funéraire, re-

» grettent à tel point de quitter, qu'ils
» voudraient pouvoir les enfermer
» avec eux dans leur tombeau. Ce fa-
» crifice fpontané de ma part ne peut-
» il fuffire à mes parens ? Faut - il en-
» core que, pour ouvrir un vafte
» champ à leur ambition ou à leur
» cupidité, je m'immole moi-même,
» & que je rampe à la cour des Rois ?
» = Doucement, je ne vous dis point
» de ramper, mais d'être utile. = En-
» tre le miniftre & l'efclave je n'apper-
» çois aucune différence. = Quel que
» foit votre fentiment fur ce point,
» je n'en tiens pas moins pour certain
» que vous ne fauriez rien faire de
» mieux que d'embraffer le parti dont
» je vous parle, fi vous confultez les
» intérêts des hommes en général,
» & les vôtres en particulier. = Les
» miens ? Eh ! mon ami, quel avan-
» tage, quel bonheur puis-je me pro-
» mettre de trouver dans un état pour
» lequel je fens une répugnance in-
» vincible ? Je ne dépens aujourd'hui
» que de moi, je fuis mon maître ab-
» folu. Qui de vos miniftres & de vos
» gens de cour peut fe flatter d'une
» pareille liberté ? Les chaînes de vos

» courtifans , quoique dorées , ne
» font pas moins des fers. Et , d'ail-
» leurs, ne rencontre-t-on pas affez de
» fous qui courent proftituer leur
» encens aux idoles, & mendier la fa-
» veur des potentats ? Les hommes
» de ma trempe jouent toujours un
» rôle fort importun auprès des Rois ;
» vous devez donc être très - éloigné
» de penfer que ce foit une perte réelle
» pour les Souverains que de ne pas
» en avoir à leur cour. = Vous n'ê-
» tes, je le vois, tourmenté ni par
» l'ambition ni par la foif des richef-
» fes : cette élévation d'ame, cette
» délicateffe de fentimens , ne font
» qu'augmenter l'eftime que j'ai déjà
» pour vous; l'homme fier & coura-
» geux qui fe contente de mériter les
» honneurs fans les rechercher , eft
» auffi refpectable, felon moi , que le
» premier Grand d'un royaume : je
» fuis néanmoins perfuadé que vous
» vous concilieriez tous les fuffrage,
» fi , aux rifques de la gêne & des dé-
» fagrémens qu'il vous faudrait ef-
» fuyer, vous vous déterminiez à
» entrer dans le confeil de quelque
» puiffant Monarque, & à devenir

» fon principal miniftre. Qui ne vous
» faurait gré de facrifier votre tran-
» quillité perfonnelle, au defir de con-
» facrer votre tems & vos lumieres à
» la recherche des caufes du bonheur
» public ? Comme vous ne donneriez
» que des confeils, qui feraient, en
» quelque façon, la bafe fur laquelle
» poferait ce bonheur, il s'enfuit que
» vous feriez à la fois celui du Prince
» & de la nation qui placeraient en
» vous leur confiance. C'eft des Sou-
» verains, vous le favez, que dépend
» le deftin des empires. Eux feuls les
» élevent au plus haut point de fplen-
» deur, ou les précipitent vers leur
» chûte: or, vous poffédez fi bien les
» intérêts des peuples ; vous joignez à
» cette connaiffance un favoir fi pro-
» fond, que fans être exercé au ma-
» niment des affaires, vous feriez à
» coup fur, le miniftre le plus éclairé
» qu'un grand Roi pût choifir. ⸺
» Vous vous trompez, mon cher Mo-
» rus, & fur mon compte, & fur
» l'idée que vous vous formez des
» chofes. Il eft de fait, d'abord, que
» je n'ai point tous les talens que vous
    me fuppofez ; mais quand je les

» poſſederais, le ſacrifice que je ferais
» de ma liberté n'aurait jamais pour
» le bien d'un royaume des ſuites auſſi
» heureuſes que vous vous l'imaginez.
» En effet, la plupart des Princes
» nés avec une humeur belliqueuſe,
» ſont plus adonnés à l'art de la guerre,
» dont je n'ai nulle teinture, & que
» je ne veux pas même apprendre,
» qu'attentifs à faire fleurir dans leurs
» états la paix, le commerce & l'a-
» bondance : ils ſont plus jaloux de
» conquérir, à quelque prix que ce
» ſoit, de nouvelles provinces, que
» de bien gouverner celles dont le
» ciel les fit maîtres. Sans parler ici
» de ces courtiſans adulateurs qui,
» pour s'inſinuer dans les bonnes gra-
» ces d'un favori, prodiguent des
» éloges outrés aux plans les plus ab-
» ſurdes, convenez que parmi ceux
» qui compoſent le conſeil des Prin-
» ces, les uns n'ont ni aſſez de tête,
» ni aſſez d'expérience pour ſe rendre
» aux bons avis, & que les autres ont
» trop d'amour-propre pour ne pas
» adopter leurs idées, à l'excluſion de
» toutes celles qu'on leur préſente.
» Telle eſt la loi permanente & inva-

» riable de la nature , tel eſt ſon vœu
» univerſel ; elle a gravé en nous ce
» ſentiment délicieux , cet amour de
» préférence que tout être reſſent
» pour ſes productions. Ainſi le cor-
» beau careſſe ſes pouſſins , qu'il
» couvre affectueuſement de ſon aîle ;
» ainſi le ſapajou s'admire, avec une
» ſorte de complaiſance , dans les
» petits monſtres qui lui doivent le
» jour. Suppoſons donc que dans l'aſ-
» ſemblée de ces hommes jaloux ,
» vains & préſomptueux , un aſſiſtant
» ſe leve , & que, relativement à
» l'objet mis en délibération , il pro-
» poſe d'employer les meſures effi-
» caces , priſes en pareille circonſ-
» tance dans d'autres tems ou dans
» d'autres pays , alors tous ceux qui
» l'écoutent s'alarment & frémiſſent :
» on dirait que leur réputation de ſa-
» geſſe & d'habileté dépend du plus
» ou du moins de contradictions qu'ils
» doivent faire éprouver aux plans
» dont ils ne ſont point les auteurs ,
» & qu'il eſt abſolument néceſſaire ,
» pour le maintien de leur crédit , de
» ne laiſſer paſſer aucune idée qu'ils
» n'ayent point produite , ſans l'atta-

» quer avec les plus fortes objections
» & sans réunir tous leurs efforts pour
» la détruire. Au défaut de raisons
» plausibles, le plus foible lieu commun
» devient dans leur bouche un argu-
» ment redoutable : l'ordre que nous
» suivons, disent-ils, a été établi par
» nos peres, & plût au ciel que nous
» fussions aussi sages, aussi éclairés
» qu'eux ! Après ce peu de mots,
» prononcés d'un ton d'oracle, ils
» reprennent fiérement leur place,
» bien persuadés qu'on ne peut rien
» leur repliquer. Triste effet de la pré-
» vention ! Eh quoi, l'homme de notre
» siecle ne peut-il, sans un danger
» imminent, avoir sur de certains ob-
» jets des vues plus judicieuses & plus
» utiles que celles de nos peres? Nous
» leur rendons toute la justice qu'ils
» méritent en suivant un grand nom-
» bre de leurs institutions qui portent
» l'empreinte de la sagesse ; mais enfin
» avaient-ils l'infaillibilité en partage?
» Pourquoi s'obstiner à soutenir que
» leur législation, qui a atteint sur
» plusieurs articles le degré de perfec-
» tion que l'on peut raisonnablement
» desirer, n'est susceptible ni de ré-

» forme ni d'amélioration sur aucun
» autre ? Rien de plus commun que ces
» jugemens, dictés par le caprice & par
» le préjugé. J'en ai moi - même en-
» tendu porter un de cette nature en
» Angleterre. ⸺ Comment, vous avez
» voyagé chez nous ? ⸺ Oui, j'y ai
» séjourné quelques mois , peu de
» tems après le massacre général des
» Gallois révoltés. J'ai contracté pen-
» dant mon séjour en ce pays de gran-
» des obligations envers le cardinal
» *Jean Morton*, archevêque de Can-
» torbéri, & chancelier du royaume.
» C'était un homme, mon cher Pierre,
» (car je ne parle point pour Morus
» qui a parfaitement connu ce grand mi-
» nistre), aussi respectable par ses vertus
» & ses lumieres que par son rang & ses
» dignités. Il avoit la taille moyenne ,
» & quoiqu'avancé en âge, il n'était
» point courbé. Sa physionomie, dont
» les ans n'avaient point altéré la fraî-
» cheur, imprimait là vénération. Quoi-
» qu'il conservât toujours un air grave
» & sérieux, il était cependant d'un
» accès facile : il se plaisait quelque-
» fois à éprouver les supplians par
» des apostrophes plus ou moins pi-

» quantes ; mais il n'allait jamais juf-
» qu'à l'offenfe. Cette humeur ap-
» parente lui fervait comme de pierre
» de touche pour fonder les caracteres
» & la préfence d'efprit de ceux qui
» l'abordaient. Lors qu'on lui répon-
» dait avec une noble fermeté, & fans
» hauteur, il en témoignait fa fatis-
» faction aux perfonnes qu'il regar-
» dait comme capables de bien rem-
» plir les emplois, qu'il fe faifait un
» vrai plaifir de leur procurer. Il con-
» naiffait le droit à fond ; fon élo-
» quence était douce & infinuante ;
» fon génie vafte & fa mémoire pro-
» digieufe. Tous ces avantages étaient
» le fruit d'un beau naturel heureufe-
» ment cultivé. De mon tems, le Roi
» & le peuple paraiffaient avoir en
» lui une égale confiance ; c'était le
» bras droit de l'un & le plus fûr appui
» de l'autre. Lancé, pour ainfi dire,
» du fein des écoles au milieu de la
» cour, il occupa dès fa tendre jeu-
» neffe des places dans le miniftere :
» enfuite expofé fur cette mer ora-
» geufe, aux fréquentes bourafques
» de la fortune, il apprit à fes pro-
» pres dépens, (& c'eft la feule ex-

périence

» périence dont on ne perd jamais le
» souvenir): il apprit, dis-je, à con-
» naître les hommes, à se défier d'une
» prospérité souvent momentanée,
» & à lasser le malheur le plus opi-
» niâtre par une constance à toute
» épreuve.

» Un jour que je me trouvais à
» dîner chez lui, je vis à sa table un
» certain particulier, qui me parut
» fort versé dans la connaissance de
» vos loix. Je ne me rappelle plus à
» quel propos il fit naître l'occasion
» de parler de cette justice rigoureuse
» qu'on exerçait contre les brigands,
» dont l'Angleterre était alors infestée.
» Cette justice, ajoutait-il, est si
» prompte & si sévere, que plus d'une
» fois j'ai compté jusqu'à vingt cri-
» minels attachés aux fourches pati-
» bulaires. Il est surprenant que si peu
» de ces brigands échappant au gibet,
» il s'en trouve encore un si grand
» nombre. La présence du cardinal ne
» m'empêcha pas de répondre à notre
» jurisconsulte (1) : CESSEZ de vous
» étonner, lui dis-je : outre que la

_____

(1) Dissertation sur la peine du vol.

B

» peine de mort , portée contre le lar-
» cin , eſt injuſte en elle - même , elle
» eſt auſſi très-préjudiciable au bien
» public. Quoique barbare, puiſqu'elle
» eſt infiniment diſproportionnée au
» délit , cette punition ne ſera jamais
» un frein capable d'arrêter le mal-
» faiteur. En effet , ſi d'un côté le vol
» ſimple n'eſt point un de ces crimes
» qu'on ne puiſſe expier que par la
» mort ; de l'autre , toute peine ca-
» pitale , quelqu'infamante , quelque
» douloureuſe que vous la ſuppoſiez,
» ne ſaurait enchaîner la main du mal-
» heureux qui , pour vivre , n'a d'au-
» tre reſſource que celle de dérober.
» Auſſi je vous avouerai de bonne-foi
» que ſur ce point , non-ſeulement nos
» légiſlateurs , mais ceux de la plus
» grande partie des Etats de l'Europe,
» m'ont toujours paru reſſembler à
» ces barbares Inſtituteurs , qui trou-
» vent plus court de fuſtiger leurs
» éleves que de les reprendre avec
» douceur & de leur montrer leur
» devoir. Par - tout on multiplie les
» exécutions des voleurs , on rafine
» ſur les tortures , on invente des
» ſupplices , dont le nom ſeul fait

» frémir, & je ne vois pas qu'on
» cherche nulle part un moyen effi-
» cace, un expédient immanquable
» pour arracher l'homme qui n'a rien
» au défefpoir de l'indigence, à l'in-
» famie du crime, aux horreurs de
» l'échafaud. ═ Pour un moyen que
» vous demandez, j'en vois cent, j'en
» vois mille : les arts, les métiers,
» l'agriculture, ne font-ce pas là de
» puiffantes reffources, de vrais pac-
» toles intariffables dans lefquels ils
» n'ont que la peine de puifer pour
» s'enrichir ? Qu'ils repouffent la mi-
» fere par le travail. Mais ces fai-
» néans, ces vagabons ne veulent rien
» faire; tous portent le figne de la ré-
» probation humaine, qu'ils ne peu-
» vent éviter. ═ Ne croyez pas m'en
» impofer par ces raifonnemens fpé-
» cieux. Premiérement, exceptons ici
» du nombre de ceux qui font le mé-
» tier de voleurs, les foldats échappés
» aux fureurs des guerres civiles ou
» étrangeres, qui s'en retournent chez
» eux mutilés ou perclus de leurs
» membres, comme l'atteftent ceux
» qui font revenus derniérement du
» combat de Cornouailles ou des guer-

» res contre la France ; vous convien-
» drez que ces gens-là qui ont perdu
» un bras ou une jambe au service du
» prince & de la patrie , sont hors
» d'état d'exercer leurs premiers
» métiers ou hors d'âge pour en ap-
» prendre de nouveaux : je vous fais
» donc grace de ceux - là , aussi
» bien me direz - vous , les guerres
» ne sont pas continuelles , & on
» ne livre pas tous les jours des com-
» bats. Contentons nous donc pour le
» présent de jetter un coup - d'œil ra-
» pide sur les événemens, dont la vérité
» ne cesse de nous retracer le tableau.

　　» (1) Considérez , je vous prie , la
» multitude infinie de ces gentilshom-
» mes qui , semblables à la guêpe,
» vivent & s'engraissent du travail
» d'autrui ; de ces gentilshommes
» avares lorsqu'il s'agit d'obliger ,
» prodigues jusqu'à se ruiner lorsqu'il
» est question de leurs plaisirs : vous
» vous imaginez , peut - être , qu'ils
» s'occupent uniquement du soin de
» faire valoir leurs terres? Rien moins:
» plongés au sein de la mollesse & de
» la volupté , ces fils aînés de la for-

_____

(1) Des causes du vol.

» tune n'ont d'autre talent que celui
» de preſſurer leurs malheureux fer-
» miers , de les réduire à la mendi-
» cité , pour tripler leurs revenus , &
» pouvoir ainſi ſoutenir leurs folles
» dépenſes. Quelqu'effrayant que ſoit
» un pareil déſordre , ce n'eſt cepen-
» dant pas le plus grand. Voyez ,
» comptez , ſi vous le pouvez , cette
» foule de mercénaires qui les en-
» tourrent : en tous points , ſembla-
» bles à leurs maîtres , ces valets vi-
» vent dans une honteuſe oiſiveté ; ils
» n'apprennent aucun métier qui puiſſe
» dans l'occaſion les mettre à l'abri
» du beſoin. Que leur arrive-t-il ? Ou
» leurs maîtres meurent , ou eux-
» mêmes tombent malades. Dans l'un
» ou l'autre cas, on leur donne à l'inſ-
» tant leur congé ; car vous remar-
» querez , s'il vous plaît , que vos ſei-
» gneurs , vos citadins opulens aiment
» mieux entretenir de grands pareſſeux
» bien portans , que de nourrir de
» pauvres infirmes. D'ailleurs l'hé-
» ritier d'un défunt n'eſt pas tou-
» jours en état de prendre ſon train
» & d'entretenir ſon nombreux do-
» meſtique. Il faut donc que ces va-

» lets congédiés embraffent prompte-
» ment la profeffion de voleurs, s'ils
» ne veulent promptement mourir
» de faim. Tout bien examiné, quel
» autre parti leur refte-t-il à prendre?
» Quand ils ont pendant quelque tems
» battu le pavé, ils ne portent plus
» fur leur corps que les livrées de la
» mifere, & fur leur vifage que les
» fymptomes manifeftes de leurs dé-
» réglemens. Pâles & décharnés, cou-
» verts de haillons, ils ne fe pré-
» fentent que pour effuyer également
» les rebuts des riches & des habitans
» de la campagne. Ces derniers n'i-
» gnorent pas que ces valets infol...

» accoutumés à faire bonne chere, fans
» travailler, à fe divertir, à traîner
» une longue rapiere ou à endoffer la
» cuiraffe, à méprifer enfin tout ce
» qui n'eft pas eux-mêmes, ne font
» pas faits pour le travail des champs.
» Ces importans-là, difent-ils, ne
» pourront jamais manier la ferpe, la
» faucille ni la charrue, fe contenter
» d'un falaire très-modique, gagné à
» la fueur de leurs fronts, fe vêtir
» d'un farrau, fe nourrir de nos ali-
» mens groffiers, partager en un

» mot avec nous les fatigues d'un
» état, qui nous rapporte à peine de
» quoi vivre. ⸺ Eh ! monfieur, fon-
» gez donc que ces valets que vous
» ravalez tant, ayant roujours plus
» de courage, plus d'élévation dans
» les fentimens que nos artifans &
» nos laboureurs, forment en tems
» de guerre l'élite de nos troupes.
» Pour moi je foutiens que nous ne
» faurions trop encourager & aug-
» menter cette portion d'hommes fi
» utiles à l'état. ⸺ J'aimerais autant
» vous entendre foutenir que, pour
» le fuccès de la guerre, vous devez
» entretenir des bandes nombreufes
» de voleurs, qui certainement ne
» vous manqueront jamais tant que
» vous laifferez pulluler chez vous
» l'engeance dont il eft queftion. En
» effet, les voleurs ne font pas les
» plus mauvais foldats & les foldats
» les moins habiles voleurs, tant il y
» a de rapport & d'affinité entre ces
» deux profeffions. Au refte ce défaut
» de bonne police n'eft pas un vice
» qui vous foit particulier ; on le re-
» marque dans prefque tous les gou-
» vernemens. La France, par exem-

B iv

» ple , fomente dans fon fein une au-
» tre pefte bien plus pernicieufe en-
» core. En tems de paix , fi l'on peut
» toutefois donner ce nom à une
» fimple armiftice , ce royaume eft
» rempli de troupes étrangeres fort
» onéreufes à l'état. On les entretient,
» par la même raifon que vous entre-
» tenez ces hordes d'hommes inutiles
» & pareffeux. Les prétendus fages
» de la France font perfuadés que le
» falut de la nation dépend de cette
» multitude de troupes foudoyées ,
» toujours prêtes à marcher au pre-
» mier commandement ; ils penfent
» fur-tout qu'on ne faurait trop avoir
» de foldats aguerris , car ils n'ont
» aucune confiance dans les nouvelles
» levées. Cette prévention les déter-
» mine à chercher toujours la guerre,
» pour former des hommes experts
» dans l'art d'égorger , dont le talent
» & la main , comme dit plaifam-
» ment Sallufte, ne puiffent fe perdre
» dans une trop longue inaction. Mais
» en combien d'occafions la France
» n'a-t-elle pas été la victime de fa
» fauffe prévoyance ? Combien de
» fois ces hommes de fang & de car-

» nage qu’elle nourriſſait , n’ont - ils
» pas déchiré ſon propre ſein ? Ou-
» vrons les annales des nations ; les
» exemples que nous fourniſſent les
» Romains , les Carthaginois , les Sy-
» riens , & tant d’autres peuples ,
» jadis fameux , atteſtent hautement
» que ce ſont leurs propres armées
» qui ont changé en de vaſtes tom-
» beaux leurs cités les plus floriſſantes,
» ravagé leurs champs , & détruit de
» fond en comble leurs empires. Mais
» la preuve que ces armées nombreu-
» ſes, toujours ſur pied , ne ſont nul-
» lement néceſſaires à la ſûreté d’un
» royaume , c’eſt que les Français ,
» élevés dans le métier des armes
» preſqu’au ſortir de leur berceau ,
» ne peuvent cependant pas ſe glo-
» rifier d’avoir eu l’avantage toutes
» les fois qu’ils ont combattu avec
» vos troupes de nouvelle recrue.
» Je ne dis rien de plus ſur cet article ,
» de peur que quelqu’un ne me ſoup-
» çonne de vouloir ici flatter votre
» nation. Quoi qu’il en ſoit, ce cortege
» bruyant de fiers eſtafiers, de valets, de
» garnemens qui environnent vos gen-
» tilshommes , ne ſaurait en impoſer

B v

» ni à vos artifans ni à vos villageois
» forts & robuftes. Je crois devoir
» excepter de ces deux dernieres claf-
» fes de citoyens ceux que la nature
» a difgraciés, au point de les rendre
» incapables de fupporter aucune ef-
» pece de fatigue , & ceux en qui la
» plus affreufe mifere a étouffé le ger-
» me de tout fentiment. Ne font - ce
» pas les hommes les mieux conftitués,
» les mieux portans, que vos nobles
» choififfent pour en faire leurs valets?
» Mais qui vous porte à craindre que
» ces individus, qui croupiffent main-
» tenant dans une pareffe criminelle,
» ou qui s'adonnent à des occupations
» futiles & faites pour les femmes, ne
» deviennent des fujets de rebut, des
» fujets inhabiles à la défenfe de leur
» pays , fi on leur enfeigne dès leur
» bas âge quelqu'art utile à la fociété,
» fi on les accoutume de bonne heure
» aux travaux rudes & pénibles, les
» feuls qui conviennent à l'homme &
» qui lui foient deftinés ? Vous n'avez
» la guerre que quand il vous plaît de
» l'avoir ; ainfi je fuis bien fondé à
» foutenir que ce n'eft point vous
» expofer à ces fâcheux événemens

» que de ne pas nourrir cette quan-
» tité innombrable de fainéans , de
» gens perdus pour la patrie , de gens
» enfin qui fement journellement le
» trouble & la divifion , font naître
» les rixes & les querelles durant la
» paix ; dont les intérêts (vous en
» conviendrez) , doivent vous être
» infiniment plus chers que ceux de
» la guerre. Mais cet abus n'eft pas le
» feul qui forme ces pépinieres de
» voleurs dont vous vous plaignez : il
» en eft un autre d'autant plus dan-
» gereux pour vous, qu'il vous eft ,
» je crois, particulier. Quel eft il ? me
» demanda le Cardinal : vos brebis ,
» monfeigneur. Ci - devant fobres &
» modeftes , la plus petite prairie fuf-
» fifait pour les faire paître & les
» nourrir ; mais elles font devenues
» depuis peu, à ce que j'entends dire ,
» fi gloutonnes, fi infatiables, qu'elles
» dévaftent les campagnes , ravagent
» les maifons & les villes, & dévorent
» jufqu'à leurs habitans. Dans toutes
» les provinces du royaume, où croît
» la laine la plus fine , & par confé-
» quent la plus recherchée , les gen-
» tilshommes , les riches , & même

B vj

» plusieurs saints abbés, ne sont plus
» satisfaits des revenus annuels que
» leurs aïeux, leurs devanciers tiraient
» de leurs biens fonds, & que leur
» sage économie leur faisait trouver
» plus que suffisans pour tous leurs
» besoins. Les descendans de ces ver-
» tueux citoyens, non contens de
» passer leur vie dans une douce oisi-
» veté, & de ne contribuer en rien à
» l'utilité commune, cherchent encore
» leur profit personnel à son détriment.
» Pour amasser avec plus de promp-
» titude ces trésors, dont ils font un
» si mauvais usage, ils acquièrent le
» plus de terreins de labour qu'il leur
» est possible, forment de vastes clos,
» des parcs de la plus grande étendue;
» en sorte que pour parvenir à leurs
» fins, ils ne se font nulle difficulté d'a-
» battre les maisons, de renverser les
» bourgs & les cités, & qu'ils n'é-
» pargneraient pas même les églises,
» s'ils ne trouvaient plus expédient
» pour eux d'en faire des étables. Ces
» personnages si bien intentionnés
» craignent sans doute qu'il n'y ait
» pas dans le royaume assez de terrein
» perdu en bois & en étangs ; c'est

» pour cette raison qu'ils changent en
» déserts les villes les plus peuplées
» & les campagnes les plus fertiles.
» C'est ainsi qu'on chasse les malheu-
» reux Colons de leur territoire, pour
» satisfaire l'avare cupidité d'un seul
» Sybarite, l'ennemi le plus cruel de
» la patrie. C'est ainsi que, pour lui
» procurer le plaisir d'enclorre des
» milliers d'arpens, de faire des en-
» ceintes de plusieurs lieues, on dé-
» pouille l'agreste habitant de son
» fonds, on usurpe son bien, ou,
» pour toute grace on le force, par
» des vexations inouies à se défaire,
» même à vil prix, du seul champ
» que lui ont transmis ses peres.

» Quel tableau pour une ame sen-
» sible que la vue de ces infortunés,
» que l'on contraint, n'importe com-
» ment, de déguerpir du seul petit
» coin qu'ils occupoient sur la terre ?
» Regardez ces femmes baignées de
» larmes, ces nouveaux époux dé-
» solés : regardez ces vieillards cour-
» bés sous le poids des années, ces en-
» fans qu'ils traînent à leur suite, ces
» peres restés seuls, ces meres qui por-
» tent encore le deuil de leurs maris ;

» ils font tous fuivis d'une famille
» plus nombreufe qu'opulente, com-
» me c'est la coutume à la campagne,
» qui ne demande que des bras; tous
» défertent, le cœur baigné d'amer-
» tume, tous s'enfuient en fanglottant
» de leurs habitations chéries, de ces
» cabanes fi long-tems heureufes, où
»ils ont tant de fois, fous les aufpices du
» travail & de la fimple nature, goûté
» les plaifirs purs de l'innocence. Qui
» leur offrira un afyle ? Ils n'en trou-
» vent point. S'ils peuvent trouver
» des acheteurs dans l'endroit d'où on
» les expulfe, ils vendent, prefque
» pour rien, leurs pauvres meubles; ce
» qu'ils en retirent fuffit à peine pour
» les befoins du moment. Faible ref-
» fource ! dès qu'ils l'ont épuifée, il
» faut donc pour avoir du pain qu'ils
» dérobent, & s'ils dérobent, il faut
» qu'ils meurent fur un infame gibet.
» Se détermineront - ils à courir le
» pays, à demander l'aumône ? Mais
» ce moyen n'eft pas fûr pour eux,
» puifque vous faites main - baffe fur
» les mendians, que vous enfermez,
» que vous traitez comme des vaga-
» bonds à charge à l'État, ou au moins

» suspects au gouvernement. Vous
» leur faites un crime de leur vie er-
» rante; mais ils cherchent de l'occu-
» pation, ils se prosternent aux pieds
» de ceux qui pourraient leur en pro-
» curer: vaines recherches, supplica-
» tions inutiles ! personne ne les em-
» ploie, on ne les écoute non-seule-
» ment pas. Pour eux le ciel est de-
» venu de fer & la terre d'airain ; l'a-
» griculture est tombée dans l'oubli ;
» & que peuvent-ils recueillir où l'on
» n'a rien semé ? Vous conviendrez que
» c'est assez d'un bouvier ou d'un ber-
» ger pour faire paître des troupeaux
» sur un sol qui, peu auparavant, de-
» mandait le secours d'un grand nom-
» bre de bras pour être mis en valeur.
» C'est, n'en doutez pas, de cet aban-
» don des campagnes que provient la
» cherté excessive des grains & des
» autres denrées nécessaires à la vie,
» qui se fait sentir dans plusieurs de
» vos provinces. Je dis plus : de là
» provient encore ce prix exorbitant
» des laines, même les plus com-
» munes, qui ont tout à coup monté
» si haut, que ces nombreux essaims
» d'ouvriers employés dans vos ma-

» nufactures de draps restent la plu-
» part du tems sans ouvrage , parce
» que les entrepreneurs ne peuvent à
» prix d'argent se procurer de ces
» laines. Il semble que le ciel , irrité
» de ces déprédations effroyables, ait
» voulu tirer une vengeance marquée
» de l'avarice & de l'insensibilité de
» leurs auteurs. A peine vos pâturages
» & vos troupeaux se sont-ils si fort
» accrûs que la clavelée en a fait pé-
» rir une quantité prodigieuse. Ah !
» que le courroux céleste n'est-il tombé
» sur les seules têtes de ces impitoya-
» bles & durs possesseurs ! La justice
» divine n'en eût que mieux éclatée !
» Enfin , quoique le nombre des bre-
» bis soit plus que centuplé , vous
» voyez que le prix des toisons ne
» diminue point. La mode des privi-
» leges exclusifs en faveur d'un seul est
» cependant passée ; le *monopole* est
» détruit ; mais sur ses ruines il s'éleve
» un *oligopole* (1) , dont les consé-

---

(1) *Oligopole* , commerce dont s'em-
parent un petit nombre d'hommes. L'oligopole comprend encore les privileges exclusifs dont on n'a pas assez démontré l'abus.

» quences ne sont pas moins funestes.
» Comme les propriétaires de trou-
» peaux sont tous opulens , rien ne
» les oblige à lâcher la main pour se
» défaire plus promptement de leur
» marchandise ; aussi ont-ils arrêté en-
» tr'eux de ne consentir à la vendre ,
» que lorsque l'acheteur se soumet-
» trait à payer le prix arbitraire au-
» quel il leur plairait de la taxer.

» C'est par une suite des abus que
» je viens de détailler , que les autres
» especes de bestiaux commencent à
» s'appauvrir. Relativement à cette
» branche de commerce les progrès du
» mal sont bien plus considérables en-
» core. Les bourgs & les bourgades
» étant, pour ainsi dire rasés , les mé-
» tairies détruites , il ne se trouve plus
» d'habitant qui se charge du soin de
» faire des nourritures. Ne croyez
» pas que vos millionnaires prennent
» également à cœur la multiplication
» du gros bétail comme celle des mou-
» tons. Ils achetent dans d'autres pro-
» vinces de chétifs animaux , qu'ils
» ont à fort bon compte ; ils les en-
» graissent dans leurs pâturages & les
» revendent ensuite au poids de l'or.

» Je vous affure, en vérité , qu'on ne
» fait pas d'affez férieufes réflexions
» fur les inconvéniens terribles qui ne
» manqueront pas de réfulter de ces
» abus exceffifs. Jufqu'à préfent ces
» avides poffeffeurs de troupeaux n'ont
» caufé la cherté que fur les lieux où
» ils trafiquent. Mais lorfque , fans
» donner le tems à l'efpece de fe re-
» produire , ils auront fait dans les
» cantons où ils achetent des enléve-
» mens plus confidérables, vous verrez
» à l'abondance, qui fera fenfiblement
» diminuée de jour en jour, fuccéder
» fur ces lieux une extrême rareté,
» une diferte abfolue. Je le répete
» c'eft ainfi qu'une miférable troupe
» de gens , dévorés de la foif d'un
» gain illicite , fait tourner à la perte
» de votre patrie un avantage qui
» paraiffait devoir affurer fa profpé-
» rité. Cette cherté des vivres met
» chaque chef de famille dans la né-
» ceffité de retrancher de fon train ;
» il garde le moins de bouches qu'il
» peut : quel parti prendront les in-
» fortunés que l'on renvoye de toutes
» parts ? Il faut qu'ils mandient ou qu'ils
» dérobent , & les gens de fortune fe

» perfuadent aifément qu'ils aiment
» mieux faire le dernier métier que le
» premier. Dans cette déplorable con-
» jonéture, le comble du malheur,
» fans doute, eft de voir le luxe ef-
» fréné triompher infolemment au-
» jourd'hui parmi vous. Dans quel
» fiecle, je vous prie, le fafte a-t-il
» jamais ofé paroître, avec autant
» d'audace & d'impudence qu'il fe
» produit dans le nôtre ? De quel
» excès n'eft-il pas capable, lorfqu'il
» peut tout fe permettre impunément?
» Il a confondu tous les états, il a ren-
» verfé les barrieres qui féparaient
» tous les ordres & les diftinguaient;
» c'eft lui qui revêt de fes livrées
» chamarrées d'or & d'argent la vale-
» taille de vos feigneurs, & vos mar-
» chands & vos ouvriers. C'eft lui
» qui, piquant la ftupide vanité des
» artifans, & même des villageois, les
» fait rougir de leur heureufe médio-
» crité, & les contraint de fubftituer
» les galons à la fimplicité de leurs an-
» ciens vêtemens, à la frugalité de leurs
» mets falubres toutes les fuperfluités
» meurtrieres de vos tables fplendides.
» Dans quel autre fiecle encore a-t-on

» vu les temples de la débauche & de
» l'incontinence, plus fréquentés que
» dans le nôtre ? Les cruels jeux de
» hasard, les cartes, les dez, le palet,
» la paume, le billard, & tant d'autres
» que je ne nomme point, ne sont-ils
» pas des expédiens aussi prompts que
» faciles pour épuiser la bourse d'une
» infinité de sujets, qui ensuite en-
» traînés, poussés par le désespoir,
» se portent aux dernieres extrémités,
» & vont apprendre sur le grand-
» chemin à corriger la malignité de
» leur sort. Chassez, chassez de l'en-
» ceinte de vos villes ces pestes cruel-
» les, murez ces asyles abominables,
» où l'on sacrifie avec une égale fu-
» reur à l'intempérance & au liber-
» tinage. C'est-là que se trouvent les
» dépôts des filoux & des brigands qui
» vous désolent. Ordonnez que ces
» citoyens barbares qui ont renversé
» vos bourgs & vos cités, les rebâ-
» tissent à leurs frais & dépens, ou
» qu'ils en cedent gratuitement le sol
» à ceux qui se chargeront de les faire
» reconstruire. Réprimez, par des loix
» rigoureuses, l'avarice des possesseurs
» qui font le monopole ; enchaînez

» par la crainte des supplices l'avidité
» de ces sang-sues de l'état, de ces
» êtres féroces, dont l'insolente pros-
» périté insulte au malheur public. Ne
» souffrez point qu'il y ait parmi vous
» un seul homme oisif : rendez à la
» terre les bras qu'elle vous redeman-
» de ; donnez à vos manufactures de
» draps tout le lustre dont elles sont
» susceptibles ; qu'elles soient autant
» de retraites honorables, où cette
» foule de gens, que le défaut d'oc-
» cupation avait forcés de se faire vo-
» leurs, trouve un port sûr & com-
» mode contre les rigueurs du besoin
» & des humiliations plus terribles
» encore. Que ces maisons de travail
» reçoivent également dans leur sein
» ces errans, ces vagabonds, ces
» mandians, qui tôt ou tard finissent
» par recruter vos bandes de brigands,
» Si vous ne remédiez promptement
» aux abus que je viens de relever,
» c'est à tort que vous vanterez la sé-
» vérité avec laquelle s'exerce ici une
» vindicte publique, qui a plus d'éclat
» que de justice, qui fait plus de bruit
» que de vrai bien. En effet, en to-
» lérant la mauvaise éducation que

» l'on donne à la jeuneſſe, dont les
» mœurs ſe corrompent ſous vos yeux,
» en puniſſant les crimes qu'elle com-
» met dans un âge plus avancé, crimes
» que ſes premiers déſordres auraient
» dû vous faire prévoir & prévenir;
» dites-moi, je vous prie, ſi ce n'eſt
» pas élever au milieu de vous des
» ſcélérats, pour avoir le plaiſir de
» les condamner un jour au dernier
» ſupplice »?

Pendant mon diſcours le Docteur en
droit s'était préparé à une réplique.
Son intention était d'employer pour
me combattre la méthode de ces diſ-
ſertateurs qui, voulant réſoudre la
queſtion par la queſtion même, ne
préſentent qu'un cercle vicieux continuel, & ne cherchent, dans la ré-
pétition fatiguante de vos propres
argumens, qu'à faire parade de leur
mémoire. = « On ne ſaurait diſcon-
» venir que vous n'ayez fort élo-
» quemment parlé ſur des objets que
» vous connaiſſez, plus par oui-dire,
» que par expérience; ce que je vais
» vous prouver en peu de mots,
» Voici donc l'ordre que j'obſerverai
» dans ma réfutation. Je rapporterai

» d'abord de point en point tous vos
» raisonnemens ; j'exposerai ensuite
» les erreurs dans lesquelles vous a
» fait tomber le peu de connaissance
» que vous avez de notre histoire &
» de notre gouvernement. Je com-
» battrai, en dernier lieu, toutes vos
» objections, & je me flatte de n'em-
» ployer que des moyens victorieux
» pour les détruire. Je commence par
» le premier des points que je viens
» d'établir. Vous attaquez, à ce qu'il
» me semble, quatre grands abus....
» Faites nous grace de votre réponse,
» lui dit le Cardinal : à la tournure que
» vous lui donnez, il y a grande ap-
» parence qu'elle ne finirait pas sitôt.
» Je vous en tiens quitte pour au jour-
» d'hui, vous réservant toutefois le
» droit de la réplique, que je remets au
» premier jour que vous vous rencon-
» trerez ensemble chez moi ; je vou-
» drais de bon cœur que vous en
» eussiez tous deux le loisir, je pren-
» drais jour pour demain. En atten-
» dant, mon cher Raphaël, je desi-
» rerais savoir de vous quelles raisons
» vous déterminent à croire que la
» peine capitale, portée par nos loix

» contre le vol, est injuste en elle-
» même & contraire à l'intérêt pu-
» blic. Quelle autre plus utile à la fo-
» ciété fouhaiteriez - vous que l'on
» prononçât contre les brigands? car
» je vois bien que vous n'êtes pas
» d'humeur à vouloir qu'on les to-
» lere. Si de nos jours la certitude du
» fupplice n'est point capable d'en
» impofer aux voleurs, qui femblent
» renaître de leurs cendres, que ferait-
» ce s'ils n'avaient plus la mort à re-
» douter? Quelle digue affez forte
» pourrait - on oppofer à leur bri-
» gandage & à leur fcélérateffe?
» Quelle punition affez effrayante me
» propoferez-vous pour arrêter les
» excès auxquels ils fe porteraient?
» Ne penfez-vous pas qu'en laiffant
» la vie à ces malheureux, ce ferait
» leur faire une grace, qu'ils régar-
» deraient, finon comme une récom-
» penfe, du moins comme une appro-
» bation tacite de leurs vols, ce
» qui ne manquerait pas de les en-
» courager. Je penfe que fur cet ar-
» ticle toute pitié ferait cruelle, puif-
» qu'en augmentant le nombre des
» délits, elle augmenterait néceffai-

rement

» rement auſſi celui de leurs auteurs.
» = Oui, généreux Prélat, il me pa-
» raît abſolument contre toute juſ-
» tice d'ôter le jour à un homme pour
» cauſe de vol, puiſque la vie d'un
» ſeul être ſurpaſſe en valeur tous les
» tréſors de cet univers, & qu'on ne
» peut établir aucune proportion en-
» tre ces deux objets. En vain m'al-
» leguera-t-on qu'on punit dans celui
» qui dérobe, moins ſon vol, propre-
» ment dit, que l'infraction qu'il a
» faite aux loix : je réponds à cette
» objection, qu'une juſtice extrême
» eſt une extrême injuſtice. Certes, il
» eſt du devoir des maîtres de la terre
» & de ceux qui ſont à la tête du gou-
» vernement des nations d'abroger
» des loix, dont les diſpoſitions ne
» tendent rien moins qu'à dévouer à
» l'infamie & au ſupplice celui qui
» tombe dans le plus léger oubli. A
» Dieu ne plaiſe que j'adopte le ſenti-
» ment des Stoïciens, qui ſoutiennent
» que tous les délits ſont égaux, &
» qui n'admettent aucune différence
» entre l'aſſaſſinat & le vol d'un
» écu. Les ſimples lumieres de l'é-
» quité ſuffiſent pour nous faire

C

» appercevoir l'énorme difpropor-
» tion qui fe trouve entre ces deux
» crimes. Dieu nous a expreffément
» défendu le meurtre , & vos ma-
» giftrats l'ordonnent journellement
» pour le vol de la moindre bagatelle.
» Entreprendre de faire des excep-
» tions à cette loi divine , & fou-
» tenir qu'elle ne contient la défenfe
» du meurtre , qu'autant que les loix
» humaines ne le permettent pas, vous
» conviendrez que c'eft ouvrir la
» porte à la licence la plus effrénée.
» Qui empêchera déformais les hom-
» mes de compofer avec l'Etre fu-
» prême , & de ftatuer entr'eux juf-
» qu'à quel point il leur eft utile de
» s'abftenir de l'adultere , du viol &
» du parjure ? Non - feulement Dieu
» ne nous a pas donné le droit d'ôter
» la vie à notre prochain (1) ; il nous

_____

(1) La Bible nous offre ici un exemple
bien frappant. Après le meurtre de fon
frere Abel , Caïn , condamné par Dieu à
une vie errante & vagabonde , s'écrie lorfqu'il entend fon arrêt : *Quiconque me ren-*
contrera aura donc le pouvoir de me tuer. Non,
(*répond le Seigneur*), celui qui tuera Caïn
fouffrira fept fois plus que lui.

» a même défendu d'attenter à la nô-
» tre. Les loix portées par les hommes
» auraient-elles donc le pouvoir de
» légitimer l'accord qu'ils ont fait
» entr'eux de s'arracher le jour dans
» de certains cas, en obſervant quel-
» ques formalités juridiques ? Ces
» mêmes loix auraient-elles encore le
» pouvoir de diſpenſer de l'étroite
» obligation du précepte les bour-
» reaux qui, ſans autre déclaration
» formelle de la part de Dieu, en-
» foncent le couteau dans le ſein des
» victimes que la juſtice humaine ſe
» choiſit ? Si vous tenez pour l'af-
» firmative, il eſt clair que vous ac-
» cordez aux hommes la faculté de
» ſoumettre à leur jugement tous les
» autres commandemens de Dieu, qui
» n'auront force de loix parmi nous,
» qu'autant qu'il leur paraîtra conve-
» nable de les approuver, de les ra-
» tifier, de leur communiquer leur
» pouvoir & leur ſanction. Sous la
» loi de grace, qui nous offre le gage
» de l'amour le plus tendre d'un bon
» pere pour ſes enfans, pourrions-
» nous croire que Dieu nous ait ac-
» cordé le fatal privilege de lancer

» des arrêts de mort contre un délit
» que la loi de Moyſe, cette loi ſi
» dure & ſi rigoureuſe, établie con-
» tre des eſclaves rébelles, ne punit
» que d'une amende pécuniaire? C'eſt
» d'après ces conſidérations que je
» me ſuis perſuadé de l'injuſtice de la
» peine de mort que vous prononcez
» contre les voleurs. Qu'il ſoit ab-
» ſurde, & même nuiſible à la ſo-
» ciété, de punir du même ſupplice
» le voleur & l'aſſaſſin, c'eſt une
» vérité, je crois, trop évidente, pour
» qu'on puiſſe la révoquer en doute :
» une ſeule réflexion au ſurplus ſuffit
» pour la démontrer. Le voleur con-
» vaincu qu'il n'en ſera pas moins
» traîné à l'échafaud pour un ſimple
» vol, que s'il avait commis un
» meurtre de guet-à-pens, eſt déter-
» miné par cette idée à tuer celui qu'il
» ſe ferait contenté de dépouiller. Son
» raiſonnement à ce ſujet conclut à
» l'aſſaſſinat, comme plus utile pour
» lui-même. Que je tue celui que je
» dérobe, ſe dit-il, ou que je me
» borne à le voler, je n'en ſerai pas
» moins mis à mort, ſi je ſuis dénoncé
» & pris. Or, en égorgeant, je me

» défais du premier dénonciateur,
» du principal témoin de mon crime ;
» donc ma propre sûreté exige que
» j'enleve également la bourse & la
» vie à celui qui tombe entre mes
» mains. C'est ainsi qu'en croyant ré-
» primer l'audace des brigands par
» des exécutions journalieres, vous
» les mettez dans le cas de poignarder
» quantité de braves citoyens : vous
» ne diminuez point le nombre des
» vols, & vous multipliez de beau-
» coup celui des affassinats.

» Si l'on me demande à présent
» quelle punition plus avantageuse au
» public j'estime que l'on doive in-
» fliger aux voleurs, je répondrai
» que je la crois plus aisée à trouver
» que n'a dû l'être celle qui, depuis
» tant de siecles, lui est si préjudi-
» ciable. Pourquoi, par exemple, ne
» ferions-nous point usage pour con-
» tenir ces brigands de ce moyen si
» heureusement employé par les Ro-
» mains, ce peuple si renommé dans
» l'art de bien gouverner ? Que ne
» condamnons - nous à perpétuité,
» comme ils faisaient, les voleurs aux
» travaux publics ? Au reste je ne

» puis vous citer fur ce chapitre une
» coutume plus fage & plus judicieufe
» que celle d'un certain peuple, nom-
» mé les *Polylerites* (1), que j'ai eu oc-
» cafion de connaître dans mon voya-
» ge de Perfe. Ce peuple eft fort puif-
» fant , & fa police eft digne de fer-
» vir de modele aux autres ; quoique
» tributaire du roi de Perfe, il eft li-
» bre d'ailleurs & a fon gouvernement
» particulier. Comme la contrée qu'il
» habite , environnée de toutes parts
» d'une chaîne de hautes montagnes ,
» eft fituée à une grande diftance de la
» mer , & que fatisfait du rapport de
» fon fol, il vit fans aucune ambition ,
« le Polylérite ne voyage jamais chez
» les autres qui viennent rarement
» chez lui. A peine connue des peu-
» ples limitrophes, cette nation , plus
» fage que vantée, n'a jamais cher-
» ché à franchir les bornes, que la na-
» ture elle-même prit foin de lui cir-
» confcrire , & qu'elle fortifia , de
» maniere à la mettre à couvert de
» toute entreprife de la part de fes
» voifins. Son exactitude à payer le

---

(1) Peuple fictif.

» tribut annuel au monarque qui la
» protege, écarte loin d'elle le ter-
» rible fléau de la guerre, tellement
» qu'on peut regarder les Polylérites
» comme un peuple d'amis qui vivent
» ensemble sous les auspices de la
» franchise & du bonheur.

» Chez eux donc la coutume est
» de contraindre tout homme con-
» vaincu de larcin à la restitution de
» ce qu'il a pris. Cette restitution se
» fait au seul propriétaire, & non
» pas au prince, comme cela se pra-
» tique dans quelques pays, où l'on
» s'imagine apparemment que les
» droits du souverain sur les effets
» dérobés, peuvent entrer en paral-
» lele avec ceux que s'arrogent les vo-
» leurs eux-mêmes. Si la chose volée
» est perdue ou aliénée, alors on en
» prend la valeur sur le propre bien
» des coupables, sans toucher à celui
» de leurs femmes & de leurs enfans:
» pour eux on les condamne à des
» travaux de force. Toutes les fois
» que le vol est commis sans violence
» & sans effraction, on ne met point
» le voleur en prison; mais en lui
» laissant la liberté, on lui enjoint

» de travailler aux ouvrages publics.
» C'eft à grands coups de nerfs de
» bœufs, & non pas par des fers d'une
» pefanteur infupportable, qu'on ap-
» prend aux plus pareffeux à devenir
» diligens. On n'ufe d'aucun mauvais
» traitement envers ceux qui fe por-
» tent d'eux-mêmes au travail. Tout
» les foirs feulement on en fait l'ap-
» pel, & on les enferme dans de pe-
» tites chambres où ils paffent la nuit.
» Si l'on en excepte la néceffité de tra-
» vailler fans relâche, du refte ces
» criminels n'ont point à fe plaindre
» de la rigueur de leur condition.
» Comme gens utiles au public, ils
» font honnêtement entretenus &
» nourris à fes dépens : on leur rend
» la vie auffi douce qu'elle l'eft pour
» ceux qui chez d'autres peuples font
» employés au fervice de l'état. Dans
» quelques provinces le produit des
» aumônes forme le montant des fonds
» affectés à leur entretien. Quoique
» cette voie paraiffe d'abord affez in-
» certaine, cependant comme les Po-
» lylérites font naturellement chari-
» tables & compatiffans, ce revenu
» cafuel fuffit, & au-delà, pour fub-

» venir à tous les befoins de leurs
» ouvriers de force. Dans d'autres
» endroits, on a établi une caiffe publi-
» que, dont les capitaux font deftinés
» à cet emploi feulement. En d'autres
» lieux encore on perçoit une capi-
» tation, dont le produit ne fert qu'à
» cet ufage. Enfin dans plufieurs au-
» tres provinces les voleurs ne font
» point aftreints à travailler aux ou-
» vrages publics; mais comme cha-
» que artifan a befoin de gens de
» journée, il prend à fa volonté un
» ou plufieurs de ces criminels qu'il
» loue fur la place. Leur falaire, fixé
» par le magiftrat, eft toujours un peu
» au-deffous de celui qu'un ouvrier
» libre a droit d'exiger. Au furplus,
» il eft permis aux maîtres qui les
» emploient de corriger & de frapper
» ceux qui ne rempliffent point leur
» tâche, ou qui oublient la fubordi-
» nation. Il réfulte de cette police fi
» judicieufe que ces malheureux ne
» manquent jamais d'occupation. Pré-
» lévement fait des deniers néceffaires
» à leur nourriture & à leur entretien,
» ils font obligés d'apporter chaque
» jour une petite fomme à la bourfe

C v

» commune. Ils ont tous un habit de
» la même forme, de la même cou-
» leur, & font les feuls du pays qui
» portent leurs cheveux. On les rafe
» feulement près des tempes, au-def-
» fus des oreilles, de l'une defquelles
» on coupe un morceau. Leurs amis
» peuvent leur faire cadeau de vin,
» d'alimens, d'un habit; mais il leur
» eft expreffément défendu de leur
» fournir ou prêter la plus petite fom-
» me d'argent. Il y va de la vie, tant
» pour celui qui la donne, que pour
» celui qui l'accepte. Un homme libre
» ne peut, fous quelque prétexte que
» ce foit, recevoir de l'argent d'un
» *efclave*, c'eft ainfi qu'ils appellent
» les *condamnés* : celui - ci ne peut
» porter la main fur des armes; ces
» deux efpeces de délits font également
» puniffables de mort & dans l'un &
» dans l'autre. Chaque province dif-
» tingue par fa marque particuliere
» les efclaves de fon territoire. Il eft
» trois fortes de contraventions que
» l'on traite comme des crimes capi-
» taux, & pour lefquels il n'eft point
» de grace à efpérer. La premiere c'eft
» d'ôter ces marques diftinctives; la

» feconde c'eft d'être pris hors des
» limites de fon canton ; la troifieme
» c'eft d'avoir entretenu un efcla-
» ve d'un autre canton. On con-
» damne au même fupplice & celui
» qui s'évade, & celui qui machine
» fon évafion. De ces deux partis ,
» l'un n'eft pas plus fûr que l'autre.
» Les fauteurs & adhérens de la fuite
» d'un efclave, font étranglés, s'ils
» font de fa condition , & perdent
» leur liberté, s'ils n'en font point.
» Ceux au contraire qui viennent à
» révélation du complot, reçoivent
» une récompenfe : les libres ont une
» certaine fomme , les forçats re-
» couvrent leur liberté ; de plus on
» fait grace à l'un & à l'autre de leur
» complicité. Ces heureufes mefures
» apprennent aux coupables qu'il eft
» plus fûr & plus utile pour eux de fe
» repentir de leur mauvais deffein ,
» que de l'exécuter.

» Telles font les difpofitions fages
» & bien réfléchies des loix éta-
» blies contre le larcin chez les Poly-
» lérites. Je ne détaillerai pas tous les
» bons effets qu'elles produifent ; il
» eft facile de les concevoir. Le but

» de cette légiſlation eſt, comme on le
» voit, de ſévir contre le crime en
» épargnant le criminel : en tonnant
» contre leurs forfaits, elle protege
» encore les coupables. C'eſt ainſi
» qu'elle parvient à dompter leur na-
» turel vicieux, à leur rendre la vertu
» douce, aimable & familiere, à leur
» faire réparer, en un mot, par une
» conduite exemplaire, ſoutenue du-
» rant le reſte de leurs jours, tout le
» mal, tous les torts qu'ils ont pu
» cauſer avant leur amendement. Au
» ſurplus on craint ſi peu que ces mal-
» faiteurs corrigés ne retombent dans
» leurs premiers égaremens, que les
» voyageurs croient n'avoir point de
» guides plus affidés. Ils ſe font ac-
» compagner par eux dans leurs dif-
» férentes tournées, & en changent
» ſur la frontiere de chaque province.
» Tous les objets qui ſe préſentent
» aux yeux de ces forçats, lorſqu'ils
» jettent la vue ſur eux-mêmes, ſont
» autant d'avertiſſemens qui les dé-
» tournent du crime, dont rien ne
» peut leur rendre l'exécution facile.
» Ils ne portent point d'armes, & la
» moindre piece de monnoie qu'on

» leur trouve est la preuve complette
» & avérée d'un crime irrémissible ;
» aussi-tôt pris, aussi-tôt exécutés. Ils
» n'ont d'ailleurs aucun espoir d'é-
» chapper à la mort : leurs vêtemens,
» différens de ceux des gens libres,
» & leur oreille coupée, s'ils prenaient
» le parti de fuir tout nuds, servi-
» raient à les faire reconnaître. Peut-
» être m'objectera-t-on qu'il est fort
» à craindre que ces esclaves ne tra-
» ment en secret quelque conjuration
» contre la république : un pareil
» complot est de toute impossibilité.
» Ils ne pourraient concevoir l'espé-
» rance de changer l'état des choses &
» leur condition, qu'en rassemblant
» les divers détachemens de forçats
» répandus dans toutes les provinces,
» pour agir de concert & se prêter
» de mutuels secours. Mais de quels
» moyens se serviront, pour se réu-
» nir, & conspirer ensemble, des
» gens qui n'ont seulement pas la li-
» berté de s'assembler, de se parler,
» ni même de se saluer lorsqu'ils se
» rencontrent ? Iront-ils confier leur
» projet à d'autres esclaves ? Mais
» oseront-ils jamais hasarder ce moyen

» fi périlleux , quand ils favent , à
» n'en pouvoir douter, que la cer-
» titude du fupplice, fi ces derniers
» fe taifent, & celle de la récompenfe,
» s'ils les découvrent, ne peuvent man-
» quer d'en faire des traîtres ? Auffi
» ne voit on pas qu'ils s'y foient ja-
» mais rifqué. Non , non : quand
» d'un côté le glaive menaçant de la
» juftice n'eft fufpendu qu'à un che-
» veu fur leur tête, quand de l'autre
» ils ont l'efpérance flatteufe de pou-
» voir un jour rompre leurs fers , &
» de rentrer dans leur premier état,
» en prouvant par leur foumiffion &
» leur patience à fupporter leur con-
» dition préfente, un repentir fincere
» de leurs fautes paffées , & leur re-
» tour à la vertu, il n'eft pas à pré-
» fumer qu'ils renonceront à un parti
» qui n'eft pas moins certain qu'avan-
» tageux, pour tenter un projet, auffi
» dangereux dans fon entreprife ,
» qu'impoffible dans fon exécution.
» Il eft bon de vous obferver que tous
» les ans un certain nombre de ces
» forçats obtiennent leur liberté pour
» prix de leur bonne conduite. Je ne
» vois point , en vérité, de raifon

» qui puiſſe vous empêcher d'adop-
» ter cette coutume des Polyleri-
» tes ; elle eſt à coup ſûr plus
» juſte, plus efficace & plus utile que
» la juſtice ſi rigoureuſe qu'on vient
» de me vanter. ⹀ Le ciel vous pré-
» ſerve, s'écria l'homme de loix, en
» ſe tordant les poings & en faiſant je
» ne ſais quelle grimace, de voir ja-
» mais des uſages auſſi biſarres s'in-
» troduire & ſe pratiquer en Angle-
» terre ! hélas ! ma pauvre patrie pen-
» cherait bientôt vers ſa ruine ».

Tous les convives furent de ſon
ſentiment. « Certes, dit le Cardinal,
» on ne peut ſavoir au juſte ſi cette
» police ferait profitable ou nuiſible,
» puiſque nous n'en avons fait aucun
» eſſai ; mais nous pouvons le faire.
» Lorſque le jugement d'un criminel
» ſera prononcé, on obtiendra du
» prince un ſurſis à l'exécution : on
» pourra pendant ce délai avoir re-
» cours à la coutume dont parle Ra-
» phaël, en reſtreignant ſur-tout ici
» le privilege des aſyles. C'eſt alors
» qu'on ſera vraiment à portée de
» connaître les ſuites d'une pareille
» inſtitution ; ſi l'événement prouve

» en fa faveur , il n'eſt pas douteux
» que le bien public doit nous déter-
» miner à l'établir ; s'il prouve contre,
» on ſera toujours à tems de hâter
» l'exécution des criminels condamnés
» avant l'épreuve. Moyennant les pré-
» cautions que l'on prendrait , je ne
» penſe pas qu'il réſultât aucun ac-
» cident durant le tems de cette épreu-
» ve : je crois même que ces meſures
» nous fourniraient encore le moyen
» d'opérer un changement avantageux
» dans cette foule de vagabonds , d'er-
» rans & de gens ſans aveu qui four-
» millent ſur le pavé de la capitale , &
» contre leſquels nous avons , ſans
» aucun fruit juſqu'à ce jour , pro-
» noncé tant d'arrêts foudroyans ».

Son Eminence eut à peine ceſſé de
parler , que tous ceux qui l'inſtant
d'auparavant regardaient mes diſcours
comme d'abſurdes rêveries , me com-
blerent d'éloges , & trouverent mes
idées remplies des meilleures vues.
On ne manqua pas ſur-tout d'applaudir à l'article concernant les vagabonds , parce que le Cardinal lui-
même l'avait ajouté. Peut-être ferais-
je bien de paſſer ſous ſilence le reſte

de cet entretien ; mais non , parmi les propos plus ou moins ridicules qui fe tinrent, il s'en glissa d'affez judicieux, & analogues à l'objet que je traite. Il y avoit à table avec nous un certain parafite qui faifait le fou. Il y jouait fon rôle , de manière à me perfuader qu'il approchait plus du naturel que de la plaifanterie. Ses faillies étaient fi froides , fon air fi empefé , qu'on était plus volontiers tenté de rire du perfonnage que de fes quolibets. Il lui échappait néanmoins , à travers ce fatras , quelques reparties fenfées ; de façon qu'il vérifiait ce proverbe fi connu , *à force de lâcher des fottifes , un fou dit par fois quelques vérités.*

Un des affiftans ayant donc avancé que je venais de tracer un plan très-falutaire pour purger le pays de lar-rons , & fon Eminence un pour di-minuer la multitude innombrable des vagabonds; mais qu'il reftait à pour-voir par des reffources publiques , aux befoins de ceux que leur grand âge ou leurs infirmités mettaient hors d'état de travailler & de gagner leur vie par leur induftrie. « Repofez-vous » fur moi de ce foin, dit le bouffon ,

» je m'en charge , & vous aurez tout
» lieu d'être content de l'expédient
» que j'ai déjà trouvé. A vous parler
» franchement , je ne defire rien tant
» que d'éloigner de mes yeux des
» êtres importuns , qui m'ont fi fou-
» vent excédé par le récit larmoyant
» de leur profonde mifere , fans pou-
» voir parvenir toutefois à m'arracher
» un double. Il'eft vrai qu'il m'arrive
» toujours de deux chofes l'une , ou la
» bonne volonté, ou le moyen de leur
» faire l'aumône me manque ; car vous
» favez que très - fouvent je n'ai pas
» moi - même un écu vaillant. Auffi
» font-ils maintenant fort circonfpects
» à mon égard ; comme ils font per-
» fuadés que ce ferait tems perdu que
» de venir implorer ma compaffion,
» ils me laiffent paffer fans m'étour-
» dir par leurs plaintes ; d'honneur, ils
» ne comptent pas plus fur ma charité
» que fur celle d'un prêtre. Au refte
» je vais inceffamment faire promul-
» guer une loi, qui confinera & re-
» partira tous ces mendians dans les
» riches abbayes de Bénédictins , où
» on les recevra en qualité de *freres*

» *laïs* (1) ; quant aux vieilles bonnes
» femmes & aux mendiantes, je les
» renvoie dans des couvens de Re-
» ligieufes, & j'en fais autant de
» Nonnes ».

Le Cardinal ne fit que fourire à
cette plaifanterie, que les autres prirent pour un projet très-férieux. Un
Capucin, docteur en théologie, qui
jufqu'alors avoit été d'un froid glacial,
fut fi charmé du trait cauftique déco-
ché contre les prêtres & les religieux,
qu'il commença lui-même à fe démaf-
quer, à prêter matiere à la raillerie
& à rire de tout fon cœur. « Vous
» ne pourrez jamais vous débarraffer
» des mandians, dit-il, tant que vous
» ne fongerez pas à nous affurer un
» bien être à nous autres *mandians de*

(1) *Oblats & moines Laïs*, étaient jadis
des foldats eftropiés, auxquels les rois donnaient une place dans chaque abbaye pour
fonner la cloche ; ce qui s'évaluait dans ces
tems-là à une penfion de 100 livres. On
obtenait ces places par lettres de la grande
Chancellerie. Mais cela ne s'obferve plus
depuis que ces mêmes penfions ont été
employées à entretenir les foldats eftropiés
dans les maifons des Invalides. *Introduct. à la
pratique*, *par C. J. de Ferriere*.

» *profeſſion.* == Eh, mon pere, repartit
» notre plaiſant, on y a pourvu. Son
» Eminence, en inſiſtant ſur la néceſ-
» ſité urgente de réprimer les vaga-
» bonds, & de les rendre utiles à la
» ſociété, vous a principalement eus
» en vue ; car vous êtes ſans contre-
» dit les premiers & les plus grands
» vagabonds qui exiſtent en ce mon-
» de ». Ce ſarcaſme amer fit la plus
forte impreſſion ſur l'eſprit de tous
les aſſiſtans. Chacun jetta les yeux ſur
le Cardinal, pour ſe compoſer d'après
lui. Son éminence n'ayant nullement
déſapprouvé la liberté cynique du bouffon, chaque convive ſe crut dès-lors
autoriſé à égayer la converſation par
ſes plaiſanteries: tous en débiterent
à la hâte, & à qui mieux mieux. Au
milieu des longs éclats de rire, dont
la ſalle retentiſſait, le Capucin ſeul de-
meura fort long-tems comme pétrifié.
Piqué juſqu'au vif, cependant, par la
ſanglante épigramme, il ſort de ſa léthargie, & ſa colere concentrée ſe ma-
nifeſte par une irruption ſubite. Le
reſpeƈt qu'il doit au cardinal n'eſt
plus un frein qui puiſſe le retenir; il
ſe livre à tout ſon reſſentiment con-

tre le fatyrique. Il l'accable d'injures,
l'appelle garnement, coquin, race de
fatan, & finit par lui lancer à la tête
les plus terribles anathêmes que lui
fournit l'écriture-fainte. Notre parafite
fe trouvant alors à fon aife, ne garde
plus de mefure & fe met à railler de
plus belle notre pauvre théologien.
« Doucement, mon cher frere, vous
» n'ignorez pas qu'il eft dit , vous
» pofféderez vos ames dans une fainte
» patience. ⸺ Je ne m'emporte pas,
» malheureux (ce font les propres
» expreffions du moine), ou du
» moins fi je m'irrite, c'eft comme
» le pfalmifte nous le recommande,
» fans pécher ». Le Cardinal voulut
alors interpofer fes bons offices pour
adoucir le Capucin qui, fans changer
de ton, lui repliqua: « Eminence, je ne
» parle ici que par zele pour les in-
» térêts du Seigneur, ainfi que m'y
» oblige mon miniftere. Les hommes
» remplis de l'efprit divin ont mani-
» fefté en toute occafion ce feu facré ;
» c'eft lui qui embrafait le cœur du
» roi prophete lorfqu'il s'écriait : ô
» *mon Dieu, le zele que j'ai pour la*
» *gloire de ton fanctuaire me dévore !*

» N'eft-il pas auffi écrit dans les leçons
» de matines , que nous récitons dans
» nos églifes , que les *petits pendarts*
» qui fe moquaient du prophete
» Elifée lorfqu'il montait au temple ,
» éprouverent le zele de ce vieillard
» chauve qui les maudit ? N'en doutez
» pas , ce vil hiftrion ne peut éprouver
» tôt ou tard qu'un fort pareil au leur.
» = Je crois bien , répondit le Car-
» dinal , que c'eft le zele d'un vrai dé-
» vot qui vous tranfporte ; j'eftime
» cependant qu'il ferait plus fage &
» plus prudent à vous de ne point
» vous compromettre en faifant affaut
» de fottifes avec un bouffon , qui ne
» cherche qu'à s'amufer & à faire rire
» la compagnie à vos dépens. = Non,
» non , monfeigneur , ce ne ferait
» point faire preuve d'une plus grande
» prudence , que de me taire devant
» cet infenfé. Salomon , le plus fage
» des rois , ne dit-il pas , qu'il faut
» répondre au fou fuivant fa folie :
» c'eft précifément ce que je fais. Je dé-
» couvre ici à cet enfant de perdition ,
» l'abîme qu'il creufe fous fes pas ,
» & dans lequel il tombera infailli-
» blement s'il n'y fait attention ; car

» si tous les railleurs d'Elisée, qui ne
» leur offrait dans sa personne qu'un
» seul chauve, ont tous encouru la
» colere céleste, enflammée par le
» zele du saint homme, à combien
» plus forte raison l'éprouvera un seul
» baladin qui se moque de tous nos
» peres ensemble, dont la plupart ont
» la tête pelée ? Et d'ailleurs n'avons-
» nous pas une bulle de notre saint
» pere le pape, qui lance les foudres
» de l'excommunication contre tout
» impie, tout profanateur qui ose
» nous tourner en ridicule » ? Le Cardinal s'appercevant que le dépit du
bon pere ne cessait point, & qu'il était
fort disposé à recommecer le combat, fit signe à l'assaillant de se retirer : lui-même ayant fort adroite-
ment changé le texte de la conversation, se leva de table quelques minutes après pour passer dans sa salle
d'audience, & nous prîmes aussi-tôt
congé de lui.

Pardon, mon cher Morus, si j'ai
abusé de votre complaisance en vous
faisant un si long récit. Je n'aurais jamais pris sur moi d'entrer dans tous
ces détails, si vous ne m'en aviez prié,

& ſi l'attention que vous m'avez
prêtée ne m'eût, en quelque façon,
fait partager le plaiſir que vous pa-
raiſſiez goûter à m'entendre. J'aurais
de plus abrégé ma narration, ſi mon
but principal n'eût été de vous faire
connaître le jugement flatteur que
porterent de mes idées, lorſque ſon
Eminence eut paru les approuver,
ceux qui les avaient ridiculiſées à leur
premiere expoſition. Leur complaiſance ſervile pour le prélat allait ſi
loin, que le voyant honorer d'un léger ſourire, les plans burleſques de
ſon bouffon, ils ſe récriaient tous ſur
la fineſſe d'eſprit de cet original,
trouvaient du ſel attique dans ſes
moindres reparties, une juſteſſe ſin-
guliere & une ſagacité peu commune
dans toutes ſes vues. Jugez par cet
échantillon des gens de cour : quelle
eſtime pourraient faire de mes con-
ſeils & de ma perſonne meſſieurs vos
honnêtes courtiſans. ? ==

　« Je ne puis vous exprimer, mon
» cher Raphaël, tout le plaiſir que
» vous m'avez fait en me contant
» cette anecdote. On trouve dans tous
» vos diſcours cet heureux mélange
de

» de l'agréable & de l'utile qui man-
» que rarement son effet. Il m'a sem-
» blé en vous écoutant que j'étais de
» retour dans ma patrie, & que nous
» conversions familiérement ensem-
» ble auprès de mes foyers. D'ailleurs
» en me rappellant le souvenir du
» Cardinal, vous avez réveillé dans
» mon cœur une idée qui m'est bien
» chère. J'ai cru, pour le moment,
» me retrouver à l'époque de ces bril-
» lantes années de ma jeunesse que j'ai
» passées près de sa personne, puisque
» j'ai été élevé dans son palais. Ah !
» mon cher ami, les fleurs que vous
» jettez sur le tombeau de ce grand
» homme, les éloges que vous donnez
» à sa précieuse mémoire me pénétrent
» de joie ! Votre justice à son égard ne
» peut que resserrer de plus en plus les
» nœuds de l'amitié vive & respectueu-
» se qui déjà m'unit à vous. Mais quelles
» que soient vos appréhensions, je n'a-
» bandonne pas ma première idée, &
» je persiste à soutenir que si jamais
» vous surmontez cette répugnance
» étrange que vous avez pour la
» cour & pour le ministère, vous
» serez l'homme du monde le plus ca-

D

» pable de bien mériter des peuples &
» des empires, & de contribuer au
» bonheur de l'humanité en général.
» Faites donc tous vos efforts pour
» vaincre ce dégoût & pour en triom-
» pher ; c'est la plus grande preuve
» que vous puissiez nous donner de
» la généreuse envie que vous avez
» de remplir tous les devoirs que vous
» imposent également l'honneur & la
» qualité de citoyen. Si Platon ne s'est
» pas trompé, en disant que les na-
» tions ne seraient vraiment heureu-
» ses que quand les Rois, ou seraient
» philosophes, ou feraient asseoir la
» philosophie à côté d'eux sur le
» trône, que la félicité est encore
» éloignée de descendre du haut des
» cieux pour habiter dans nos villes,
» puisque les philosophes ne daignent
» pas même éclairer les Princes de
» leurs lumieres & les aider de leurs
» conseils ! ═ Ah ! de grace, ne croyez
» pas que les philosophes poussent à
» ce point l'ingratitude & l'insensi-
» bilité. Tous ne demandent qu'à rem-
» plir la glorieuse tâche que vous
» leur prescrivez ; plusieurs ont déjà
» déposé dans des ouvrages, dictés

» par la raison & l'équité, le germe
» du bonheur des peuples & de ceux
» qui sont à leur tête ; mais pour le.
» féconder ce germe, il faut que les
» Souverains soient réellement dispo-
» sés de cœur & d'esprit à profiter
» des bons avis, à faire exécuter les
» plans utiles qu'on leur trace. Il
» faut, comme ajoute le même Platon,
» qu'un Monarque descende de son
» trône, qu'il coure au-devant de la
» philosophie, qu'il lui tende une
» main bienveillante, qu'il la presse
» de s'asseoir auprès de lui ; enfin,
» qu'il devienne philosophe lui-mê-
» me. Sans cela, jamais, non ja-
» mais, il ne sortira du cercle étroit
» des idées, des opinions vulgaires
» qu'on lui aura fait sucer avec le lait ;
» alors tous les écrits, toutes les ré-
» clamations des sages de son royau-
» me n'auront qu'un effet précaire &
» simultané, ou n'en auront point
» du tout. Platon, hélas ! n'en fit-il
» pas lui-même la malheureuse expé-
» rience à la cour de Denis ? Si je de-
» venais tout à coup ministre d'un
» grand Roi, comme dans cette place
» je n'aurais rien de plus à cœur que

D ij

» de suggérer des idées saines à mon
» maître, & de lui présenter celles que
» je croirais les plus essentielles au
» bien de ses états, comme je redou-
» blerais d'efforts chaque jour pour
» détruire les abus, & couper jusqu'à
» la racine des vices de l'administra-
» tion, pensez-vous qu'avec la fer-
» meté rigide, la sévérité même que
» je serais obligé d'employer en pa-
» reil cas, je ne me ferais point re-
» mercier, ou au moins que je n'ap-
» prêterais pas à rire à mes dépens?

   » Supposons pour un instant que
» j'entre au conseil du Roi de France.
» Ce Monarque y préside lui-même;
» il est entouré d'une foule de grands
» ministres, & des politiques les plus
» habiles de leur tems. C'est-là, c'est
» dans cette auguste assemblée, qu'on
» discute les moyens les plus propres
» à conserver le Milanais (1), ceux
» qu'il faut employer pour recon-
» quérir le royaume de Naples, abattre
» la puissance des Vénitiens, réduire

----

(1) Cette digression a rapport aux premieres années du regne de François Ier.

» l'Italie entiere fous la domination
» Françaife, s'emparer de la Flandres,
» des Pays-Bas, de la Franche-Comté,
» de toute la Bourgogne , & de plu-
» fieurs autres belles & vaftes provin-
» ces, dont fa Majefté très-Chrétienne
» convoite depuis fi long-tems la pof-
» feffion. Que d'avis différens ne pro-
» pofe-t-on pas ? L'un foutient qu'il
» faut faire avec les Vénitiens une
» alliance , qui ne fubfiftera que juf-
» qu'au moment où le Roi fera en état
» de les attaquer avec avantage : il
» ajoute , que pour les éblouir , il
» faut les initier dans les myfteres du
» cabinet , les faire entrer dans le par-
» tage des dépouilles qu'on leur re-
» prendra , comme de raifon , lorf-
» que le fuccès des conquêtes que
» l'on médite fera pleinement affuré.
» Un autre eft d'avis de foudoyer les
» Allemands, & de gagner les Suiffes à
» force d'argent : celui-ci penfe qu'il
» faut s'attacher l'Empereur avec des
» chaînes d'or. Celui-là prétend qu'il
» faut d'abord terminer avec le Roi
» d'Arragon, & lui céder, comme un
» gage certain de la paix, le royaume
» de Navarre, dont la France difpofe

D iij

» ainsi à son gré, sans y avoir aucun
» droit : un cinquieme veut qu'on
» s'assure du prince de Castille, en
» l'amusant par l'espoir d'un mariage
» avantageux, & qu'on se ménage
» de plus, par quelques bonnes pen-
» sions, une intelligence secrette avec
» les premiers grands de sa cour. Dans
» ce flux & reflux d'opinions plus ou
» moins contradictoires, le nœud-
» gordien se présente à dénouer : quel
» parti prendre avec l'Angleterre ? Il
» est à propos, dit-on, d'établir sur
» la base la plus solide une alliance,
» (toujours fort fragile entre les deux
» nations). De bouche nous appelle-
» rons les Anglais nos bons & fideles
» alliés ; au fond du cœur nous les dé-
» testerons comme nos plus mortels
» ennemis, & de fait nous les trai-
» terons comme tels. Nous aurons
» pour véritables alliés les Ecossais,
» qui sans cesse en observation seront
» toujours prêts à fondre sur les An-
» glais, & à les contraindre de faire
» diversion, pour peu que d'ailleurs
» ils voulussent remuer. Pour d'autant
» mieux assurer le succès de cette ligue
» secrette, (car la foi des traités ne

» permet pas qu'elle soit publique),
» nous entretiendrons à nos frais &
» dépens un de ces illustres proscrits,
» qui soutiendra publiquement qu'on
» a usurpé sur lui la couronne d'An-
» gleterre ; par ce moyen nous tien-
» drons continuellement en échec la
» Grande-Bretagne , qui ne doit pas
» cesser un instant de nous être sus-
» pecte. Mais je reviens à ma supposi-
» tion : lorsque tous ces systêmes po-
» litiques viennent d'être exposés &
» débattus avec chaleur par tout ce
» qu'il y a de grands ministres dans
» le conseil , me leverai - je , moi ,
» homme de néant , pour changer
» tout à coup de thèse & ouvrir un
» avis directement opposé à tous les
» précédens ? Soutiendrai-je qu'il est
» de l'intérêt du Roi de renoncer à
» l'Italie & de rester tranquille dans
» ses Etats ? Lui dirai-je que le royau-
» me de France est déjà presque trop
» étendu pour qu'un seul homme
» puisse le bien gouverner , loin qu'il
» doive aspirer à de nouvelles con-
» quêtes ? Mais , que penserait - on
» de moi ? Que m'arriverait-il encore
» si je proposais , pour appuyer mon

D iv

» fentiment , l'exemple du peuple ,
» habitant des Achores (1). C'eſt une
» iſle ſituée au ſud-oueſt , vis-à-vis
» celle d'Utopie ; en deux mots voici
» l'anecdote qu'elle me fournit , &
» que j'aurais ſans doute raiſon d'a-
» dapter à la circonſtance. Ce peuple
» prit les armes pour ſoumettre à
» l'obéiſſance de ſon Roi un Etat voi-
» ſin que ce prince prétendait lui ap-
» partenir , ſuivant un ancien titre ,
» par droit de ſucceſſion. Les Acho-
» riens réuſſirent dans leur entrepriſe ;
» mais ils ne tarderent pas à s'apper-
» cevoir qu'il ne leur en coûtait pas
» moins pour conſerver leur con-
» quête , qu'il leur en avait coûté
» pour la faire ; que ce nouveau
» royaume était devenu le foyer des
» orages & des ſéditions qui éclataient
» de toutes parts , & déſolaient leurs
» propres Etats , qu'il fallait avoir
» ſans ceſſe les armes à la main pour
» ou contre ces nouveaux ſujets , qui
» ne leur laiſſaient pas le tems de reſ-

---

(1) Nom dérivé du grec ιχορας , *filius*,
puer , *ramus. Acoriens* ou *Achoriens* , veut
dire ſans enfans , ſans poſtérité.

» pirer. Ce n'eſt pas tout : tandis
» qu'on était perpétuellement occupé
» du ſoin de combattre au dehors &
a d'étouffer les rébellions qui ſe ſuc-
» cédaient, l'intérieur de leur royau-
» me était en proie au plus affreux
» pillage. Tout l'argent paſſait chez
» l'étranger, on ſacrifiait l'élite des
» plus braves de la nation pour un
» faux point d'honneur, la paix n'of-
» frait ni plus de fûreté ni plus de
» douceur. Cette guerre longue &
» ruineuſe avait totalement corrompu
» les mœurs du peuple ; le brigandage
» était à ſon comble ; les mains, ha-
» bituées à ſe tremper dans le ſang
» ennemi durant la guerre, étaient
» comme forcées de ſe tremper dans
» celui des citoyens pendant la paix.
» Les aſſaſſinats ſe multipliaient de
» jour en jour, les loix étaient ſans
» vigueur, l'autorité ſans force ; tout
» enfin était plongé dans une con-
» fuſion, dans une anarchie funeſte,
» parce que le Roi, partagé entre les
» ſoins qu'exige néceſſairement l'ad-
» miniſtration de deux grands em-
» pires, ne pouvait donner aſſez d'at-
» tention ni à l'un ni à l'autre. Telle

D v

» & plus déplorable encore se trou-
» vait la situation des choses, lorsque
» les Achoriens, convaincus qu'elles
» ne changeraient point de face si on
» ne coupait promptement le mal dans
» sa racine, tinrent enfin un grand
» conseil à ce sujet. Le monarque
» était présent; ils lui offrirent hum-
» blement l'option de l'une des deux
» couronnes à sa volonté, en lui an-
» nonçant qu'il fallait absolument
» qu'il renonçât à l'une ou à l'autre.
» Chaque maître, lui dirent-ils, a
» son palefrenier, qui n'appartient
» qu'à lui; chaque maison a ses gens,
» qui ne sont attachés qu'à elle seule,
» pour remplir les moindres offices,
» à plus forte raison un royaume doit
» avoir un souverain qui lui soit pro-
» pre, qui se livre tout entier aux
» soins que son gouvernement exige,
» & nos États sont assez considérables
» pour avoir à leur tête un prince qui ne
» soit point distrait ni partagé. Le Roi
» des Achores, touché de la vérité de
» ces représentations, consentit à ne
» garder que son premier royaume,
» & abdiqua sur le champ l'empire
» conquis; qu'il donna à un de ses

» amis ; mais peu de tems après ce
» nouveau Monarque fut honteuse-
» ment dépossédé.

» Je rentre dans ma supposition.
» Après avoir cité ce trait d'histoire
» en présence de tous les ministres,
» je tirerais aussi-tôt ma conséquence,
» & adressant avec le plus profond
» respect la parole au Roi lui-même,
» je lui dirais : Sire, ces armemens
» prodigieux que vous faites, ces
» troupes innombrables qui circulent
» sans cesse jusqu'aux extrémités de
» vos provinces, ces cris de guerre
» qui retentissent de toutes parts, &
» qui portent l'épouvante au sein des
» autres nations qu'elles jettent dans
» le plus grand désordre ; tous ces
» mouvemens, Sire, tout cet appareil
» menaçant de mort & de carnage
» ne fait qu'épuiser vos finances, dé-
» truire vos sujets, appauvrir votre
» royaume : la fortune qui vous
» couvre aujourd'hui de son aile, de-
» main, peut-être, fuira loin de vous.
» Daignez profiter des heureux ins-
» tans qu'elle vous donne : maintenez
» la paix, ornez vos Etats par la pro-
» tection particulière dont vous devez

D vj

» honorer les fciences & les beaux arts,
» enrichiffez vos fujets, en vous ap-
» pliquant à faire fleurir le commerce;
» portez enfin, par une fage adminif-
» tration, la France au plus haut
» point de fplendeur & de profpérité
» où elle puiffe atteindre : aimez vos
» peuples, qu'ils vous aiment, qu'ils
» vous révèrent & vous béniffent.
» Soyez toujours acceffible & bien-
» faifant, qu'à l'ombre de votre trône
» augufte tous vos fujets ne forment
» qu'une même famille, dont vous
» ferez le pere. Voilà Sire, voilà les
» feuls droits de votre majefté à leur
» amour, voilà les titres facrés en
» vertu defquels vous pourrez pré-
» tendre à la reconnaiffance de notre
» dernière poftérité. Laiffez en paix les
» autres empires : celui que vous poffé-
» dez eft fi étendu, qu'il doit fuffire à
» vos vœux ; jufqu'où ne porterez-
» vous pas fon accroiffement, fa puif-
» fance & fa gloire, s'il vous doit fa
» félicité !

    « A votre avis, mon cher Morus ;
» comment penfez-vous qu'on re-
» cevrait une telle exhortation ? =
» Affez mal, je crois. = Continuons,

» je suis toujours au conseil. La nou-
» velle matiere que l'on met sur le ta-
» pis est celle des édits bursaux : on
» se propose d'avoir recours à tous
» les expédiens possibles , sans s'ar-
» rêter à leur nature pour remplir les
» coffres du prince. Un ministre avance
» qu'il faut hausser le taux des mon-
» noies, lorsqu'il est question de payer
» les dettes de l'Etat , & qu'il faut le
» baisser lorsqu'il s'agit de verser au
» trésor royal les deniers du peuple : »
» par ce moyen si court & si prompt
» le Roi recevra beaucoup & donnera
» fort peu. Un second conseille d'e-
» xiger de nouveaux subsides , sous le
» prétexte d'une guerre supposée :
» quand les coffres seront pleins , dit-
» il, on jouera une autre comédie; on
» fera également une paix supposée ,
» que l'on aura soin cependant de faire
» célébrer avec toutes les cérémonies
» religieuses usitées en pareille cir-
» constance , le tout pour leurer ce
» pauvre peuple , qui *criera merci* ,
» lorsqu'il entendra dire que sa ma-
» jesté , docile aux impressions de son
» cœur, n'a eu en vue , en cessant les
» hostilités , & en donnant la paix

» aux puiſſances belligérantes , que
» d'épargner le ſang humain. Un troi-
» ſieme, plus fin que les autres , à
» force de reſſaſſer & de remâcher le
» Code & le Digeſte, déterre à point
» nommé des loix antiques , tombées
» en déſuétude depuis un tems immé-
» morial , & il prétend les faire re-
» vivre. Comme il eſt à préſumer que
» perſonne n'en ayant connaiſſance ,
» tout le monde les aura tranſgreſſées,
» notre conſeiller leur donnant un
» effet rétroactif , ajoute que le prince
» eſt en droit d'exiger les amendes
» portées par elles contre leurs in-
» fracteurs. Il ſera d'autant plus ho-
» norable pour ſa majeſté , ſelon lui ,
» d'exploiter les mines de ce nouveau
» Potoſe, que la juſtice, toujours com-
» plaiſante , voudra bien elle - même
» ſe prêter à légitimer ſes vues ſur
» cet objet. Un quatrième imagine de
» défendre l'importation ou l'expor-
» tation de certains objets de com-
» merce , ſur-tout de ceux qu'il eſt
» de l'intérêt du peuple de prohiber ,
» & ce à peine de fortes amendes.
» Enſuite on pourra, dit-il, moyennant
» une finance raiſonnable , accorder

» des privilèges particuliers à ceux
» des intéreffés qui feraient léfés outre
» mefure par la défenfe de l'entrée ou
» de la fortie de ces objets de commer-
» ce. Cette politique adroite contient
» deux moyens excellens de procurer
» de l'argent au Roi, & fes fujets lui
» fauront également gré de l'un & de
» l'autre. Le premier fera le produit
» des amendes encourues par ceux
» que la cupidité fera contrevenir à
» l'ordonnance ; le fecond fera le prix
» auquel on vendra les privilèges ex-
» clufifs. Plus ce prix fera exorbitant,
» plus le peuple, touché de la bonté
» d'ame de fon fouverain, croira de-
» voir lui rendre d'actions de graces.
» On aura grand foin de répandre que
» fa majefté fe fait toujours violence
» lorfqu'elle favorife certains parti-
» culiers aux dépens de tous fes fujets ;
» mais que ne pouvant tout à fait fe
» difpenfer d'octroyer quelquefois de
» ces graces extraordinaires, c'eft pour
» cette raifon qu'elle les met à un prix
» fi exceffif, qu'il effraye prefque tous
» ceux qui ont intention de les ache-
» ter. Un cinquième, enfin, propofe
» de forcer les juges compétens des

» affaires dans lesquelles sa majesté
» est intéressée de toujours prononcer
» en faveur des droits domaniaux &
» régaliens. Son sentiment est que le
» Roi doit souvent mander les cours
» souveraines auprès de lui, qu'il
» doit les accueillir & les engager à
» traiter ces sortes d'affaires en sa
» présence. En prenant ces mesures
» le prince n'aura point de prétention,
» quelque mal-fondée qu'on la suppose
» que quelqu'un de ces juges, soit par
» pur esprit de chicane, soit par en-
» vie de pérorer, soit encore pour
» s'attirer la faveur, ne trouve enfin
» le moyen de présenter sous les ap-
» parences imposantes de l'équité.
» D'ailleurs, lorsque la contrariété
» d'opinions de la part des juges ren-
» dra l'évidence problématique, &
» mettra en question la vérité même,
» le prince saisira cette occasion pro-
» pice d'interpréter le droit à son
» avantage: il n'en saurait trouver de
» plus belle. Dès qu'il aura parlé, soit
» crainte, soit respect humain, quel
» juge osera présenter une idée con-
» traire à la sienne ? Qui d'entr'eux
» ne se fera pas un devoir d'étouffer

» le cri de fa confcience, au moins
» politiquement, pour adopter le fen-
» timent de fa majefté. Quand toutes
» les opinions fe feront, pour ainfi
» dire, fondues dans la fienne, alors
» on pourra hardiment, & dans les
» formes, prononcer l'arrêt définitif
» qui adjugera au Roi fes conclufions.
» Tout juge qui donne gain de caufe
» au fouverain, ne faurait manquer
» de prétexte pour juftifier fa décifion;
» car, enfin, en fuppofant que le roi
» n'ait pas la juftice de fon côté, il a
» du moins le fens littéral de la loi,
» le commentaire forcé qu'on y
» adapte, & ce qui eft au-deffus de
» toutes les loix, il a pour lui fa pré-
» rogative royale, droit inamovible &
» facré dont un juge timoré ne fera
» jamais un article de gloffaire ».

Le defpotifme affreux & barbare,
digne d'un Craffus, eft le fondement
de tous les avis propofés dans ce confeil. Quelles horribles maximes n'y
débite-t-on pas? « Un roi, dit-on,
» ne faurait jamais être affez riche,
» parce qu'il eft obligé, pour le main-
» tien & la dignité de fa couronne,
» d'entretenir en tout tems des armées

» formidables , prêtes à marcher au
» premier signal. Il ne saurait jamais
» faire rien d'injuste , quoique son
» pouvoir doive être arbitraire, corps
» & biens , tout est à lui : le citoyen
» ne jouit de la propriété de son hé-
» ritage que sous le bon plaisir du
» prince , & qu'autant qu'il lui plaît
» de ne pas la lui enlever. Il est de
» l'intérêt du souverain de porter
» souvent de grands coups à ces pro-
» priétés , de les miner, de les anéan-
» tir. Il faut que ses peuples languis-
» sent dans la misère : la pauvreté
» des sujets est le plus sûr rempart du
» monarque : un peuple à qui la riante
» fortune ouvre tous les canaux du
» luxe , de l'abondance & de la pros-
» périté , devient fier , altier , indo-
» cile , & voit sans cesse d'un œil
» menaçant le sceptre de fer sous le-
» quel il est toujours à propos de le
» faire plier. Ce sont les dures extré-
» mités de l'indigence , ce sont les
» humiliations cruelles qu'éprouve
» l'homme , pressé par la disette &
» par le besoin qui abâtardissent son
» esprit , avilissent son ame , énervent
» son courage , lui ôtent , en un mot,

» jusqu'à l'idée de ces sentimens no-
» bles & généreux qui, lui faisant en-
» visager la liberté comme le bien le
» plus sacré de tout être raisonnable,
» le portent à briser les fers qu'on lui
» prépare, & à fuir loin du despote
» qui les lui destinait.

» Pensez-vous que je verrais de sang
» froid circuler cette absurde morale?
» Non, non, je m'élèverais forte-
» ment contre: je prouverais à mon
» Roi que sa gloire est directement
» blessée par cette détestable politi-
» que; je lui prouverais que la richesse
» de ses sujets, & non la sienne, est
» la base la plus solide de sa sûreté
» personnelle & de la puissance iné-
» branlable de ses Etats. J'ajouterais
» que les hommes se sont choisis des
» maîtres, non pour la félicité de
» ces maîtres eux-mêmes, mais bien
» pour la leur propre: que leur in-
» tention a été, en mettant un Sou-
» verain à leur tête, de pouvoir avec
» plus de commodité jouir, sous ses
» auspices & par ses soins, des agré-
» mens d'une vie douce & paisible;
» que semblable en tout point au
» fidele berger, qui conduit ses trou-

» peaux dans les vallons les plus fer-
» tiles, fur les côteaux les plus abon-
» dans, le bon prince doit guider les
» peuples par les routes les plus fûres
» & les plus faciles au temple du bon-
» heur, s'il veut lui - même y par-
» venir ».

La mifère des peuples, nous dit-on,
eft le plus fûr appui de l'autorité
royale ? Quelle abfurdité, quelle
horreur ! Les hommes avares & fa-
rouches qui ont l'audace de nous parler ainfi, ont-ils jamais confulté l'expérience ? Non, fans doute, elle leur
aurait appris que c'eft la mifère elle-
même qui enfante & la haine qu'on
porte au Souverain, & les féditions
qui déchirent le cœur de fon royaume. En effet qui doit fouhaiter,
qui doit accélérer avec plus d'ardeur
ces révolutions qui changent la face
des empires, que ceux qui fupportent
impatiemment le joug appéfanti fous
lequel ils gémiffent ? Encouragé par
l'efpoir de trouver quelqu'occafion
d'améliorer fon fort dans le bouleve-
fement des affaires, qui porte avec
plus d'audace & de rapidité dans
toutes les veines de l'Etat le feu de

la rébellion, que celui qui n'a rien à perdre ? Hélas ! si un Prince avait tellement aliéné les cœurs de ses sujets, qu'il ne put les contenir dans leur devoir sans les opprimer, sans confisquer leurs biens, & les accabler sous le poids de la plus triste indigence ; n'y aurait-il pas cent fois plus de justice & de grandeur d'ame de sa part à renoncer au trône, plutôt que de s'y maintenir par un moyen, qui en lui conservant le pouvoir suprême, en dégraderait, en détruiraït même toute la majesté ? Quel honneur trouverait-il à commander à des troupeaux d'esclaves dépouillés ? Le plus haut point de sa gloire n'est-il pas d'étendre son empire sur des sujets riches, libres & fortunés? C'est ainsi que pensait Fabricius, cet illustre Romain, qui fit un jour cette réponse si sublime : *j'aime mieux commander à des citoyens opulens, que d'être opulent moi-même.* Et quelle idée se former d'un Prince, qui se livre sans retenue aux douceurs criminelles d'une vie molle & voluptueuse, qui après avoir ruiné ses peuples ne fait nulle attention à leurs murmures, à leurs plain,

tes, à leurs cris douloureux & réi-
térés, qui fans ceffe frappent fon
oreille ? Ah ! fans doute, à ces traits
vous reconnaiffez moins un Roi,
qu'un impitoyable & féroce géolier,
qui s'engraiffe du fang des malheureux
confiés à fa garde. On n'en faurait
difconvenir ; fi un médecin, qui ne
vient à bout de guérir une maladie
qu'en donnant une autre maladie à
celui qu'il traite, eft un empyrique,
un véritable ignorant ; de même un
Souverain, qui ne connaît d'autre
moyen pour rémédier aux défordres
de fes fujets, que de les réduire par
famine, eft un Prince peu digne de la
couronne, peu fait pour gouverner
des êtres libres. Qu'il forte de fa honteufe léthargie, qu'il enchaîne fon
orgueil ; car ce font là les vices trop
ordinaires qui font encourir à un Roi
le mépris & la haine de fes peuples. Qu'il s'applique aux affaires,
qu'il rende lui-même la juftice, qu'il
fache fe contenter du produit de fes
domaines, qu'il établiffe une balance
exacte entre fes dépenfes & fes revenus ; par des réglemens, auffi fages
que rigoureux, qu'il oppofe une digue

infurmontable aux efforts du brigandage & de la fcélératefe. Qu'il offre à
fes fujets l'exemple des bonnes mœurs,
afin que tous, le prenant pour modele, aucun ne le mette un jour
dans la fâcheufe néceffité de punir
des crimes qu'il aurait pu arrêter dès
leur naiffance. Qu'il ne donne point
au hafard une nouvelle fanction à des
loix, abrogées depuis un tems immé-
morial, fur-tout à celles qui n'ayant
aucun rapport avec le bien public,
ne doivent point fortir de l'oubli auquel on les a condamnées. Enfin qu'il
ne reçoive jamais pour l'abolition
d'aucun de ces forfaits, qu'il importe
à la fociété de ne pas laiffer impunis,
ce qu'il ne fouffrirait pas qu'un juge
fubalterne acceptât, parce que ce
ferait violer toutes les règles & bleffer griévement la juftice.

De quel poids penfez-vous que
ferait pour les hommes dont je viens
de vous parler, la loi des Maca-
riens (1), nation fort voifine de l'U-
topie. Le jour de fon avénement au

___

(1) Autre nom dérivé du grec μακαρ vel
μακαριος, *Felix*, heureux.

trône, après avoir offert aux Dieux des
sacrifices & de solemnelles actions de
grace, le Roi des Macares jure aux
pieds des autels de n'avoir jamais
dans son trésor plus de mille livres
pesant d'or, ou la valeur de pareille
somme en argent. Cette loi si sage &
si économe fut, à ce qu'on rapporte,
portée par un bon Roi, plus jaloux
de faire le bonheur de son pays, que
d'amasser de grándes richesses. Son
but, en l'établissant, fut de prévenir
jusqu'à la tentation de fouler ses peuples pour grossir son trésor. Il était
persuadé que le monarque trouverait
dans la somme à laquelle il l'avait fixé,
de quoi se procurer des secours assez
puissans pour écraser l'hydre de la
rébellion au cas qu'elle vînt à se ma-
nifester dans son empire : il pensait de
plus que ses sujets y puiseraient les
mêmes secours pour triompher des
ennemis de l'état, si le desir ambitieux
de faire des conquêtes les portaient
à former contre lui quelqu'entreprise téméraire. La généreuse envie
d'empêcher ce desir de naître dans
son cœur, avait encore été une des
principales causes de l'établissement
de

de cette fameufe loi. Ce digne Prince
cherchait d'ailleurs à affurer une circulation libre & abondante d'efpeces
dans le commerce, qui lui feul fait la
véritable richeffe d'un royaume; &
comme le Souverain fe trouve quelquefois forcé de lever de nouveaux
impôts, il vouloit que tout ce qu'on
porteroit de fuperflu au tréfor royal
fût confacré à des actes de bienfaifance & de générofité. Un tel Monarque était né pour être l'effroi des méchans, pour être l'amour & les délices des bons citoyens.

« En confcience, mon cher Morus,
» fi je m'avifais de difcourir au confeil
» comme je viens de le faire avec vous,
» & d'étaler tous les principes que
» vous venez d'entendre; ne ferait-ce
» pas crier des fornettes aux oreilles des
» fourds? » === Oui, « & des gens les
» plus fourds qui puiffent exifter.
» Mais, entre nous, je ne vois pas
» qu'il foit fort néceffaire de donner
» certains avis, fur-tout lorfqu'on eft
» bien perfuadé qu'ils feront combattus
» & même rejettés. Ainfi, je conviens
» que votre politique extraordinaire
» comme elle eft ne ferait que peu, ou

E

» point du tout d'impression sur l'es-
» prit de personnes imbues dès leur
» enfance de sentimens diamétrale-
» ment opposés aux vôtres. Aussi
» pensai-je que cette philosophie des
» écoles est plus propre à réussir dans
» le cabinet, entre deux amis qui se
» livrent en liberté au doux épanche-
» ment mutuel de leurs cœurs, qu'à être
» accueillie dans le conseil des Rois.
» On sait assez que tous ceux qui y
» ont séance s'imaginent que les coups
» d'éclat portés par l'autorité absolue,
» doivent seuls faire mouvoir les res-
» sorts du gouvernement. == Vous
» en venez donc à ce que je disais; c'est
» que la philosophie, née pour jouer
» un rôle si mince auprès des Poten-
» tats, doit s'exiler de leur présence.
» == Oui, sans doute, cette philoso-
» phie sauvage & pédantesque, qui
» n'ayant aucun égard aux circons-
» tances & aux lieux, brave im-
» prudemment les qualités des per-
» sonnes, & prend un vol audacieux
» pour planer & dominer sur tout.
» Mais il est une autre philosophie
» plus souple & plus liante : instruite
» par l'expérience, elle sait s'accom-

» moder au tems & respecter les per-
» sonnes : également éloignée de la
» bassesse rampante & de l'inflexible
» roideur , elle joint la franchise à
» l'urbanité, & possede au même de-
» gré le double talent de se concilier
» les esprits & les cœurs. Voilà , mon
» cher Raphaël, la philosophie qui
» doit nous servir de guide à la cour ;
» car enfin vous m'avouerez que vous
» feriez une disparate bien pitoyable ,
» si lorsqu'on représente une comédie
» de Plaute , vous paraissiez soudain
» sur le théatre au milieu d'une scene
» de valets , & si vous y déclamiez
» pompeusement le superbe morceau
» de l'*Octavie* (1) , qui contient l'ex-
» plication de Séneque avec Néron.
» Convenez qu'il eût été plus à pro-
» pos de rester dans la coulisse , que
» de venir faire un mêlange si ridicule
» des deux genres de spectacle les
» plus incompatibles. Quoique la ti-
» rade que vous auriez récitée valût
» beaucoup mieux que toute la co-

_____

(1) Tragédie que l'on attribue à Séneque,
mais que quelques personnes lui contestent.
Acte 2 , scene 2.

E ij

» médie, vous n'en feriez pas moins
» tombé dans une insigne bévue, en
» prenant si mal votre tems pour venir
» faire le tragédien. Que votre rôle
» soit toujours adapté à la circons-
» tance, & qu'il convienne aux per-
» sonnes devant lesquelles vous devez
» le jouer du mieux qu'il vous sera
» possible. Ne troublez jamais vos in-
» terlocuteurs par des disparates cho-
» quantes. Les meilleures choses, lors-
» qu'elles sont déplacées, produisent
» ordinairement les plus mauvais ef-
» fets. Venons à l'application de ma
» comparaison. Si dans le conseil vous
» ne pouvez reverser du premier coup
» la base des principes pernicieux
» qu'on y adopte; si vous ne pouvez
» déraciner en un instant les abus &
» les vices de l'administration, faut-
» il pour cela jetter feux & flammes,
» vous désespérer & quitter le timon
» des affaires ? Est-ce au fort de la
» tempête, & sous le prétexte qu'il
» ne peut surmonter la violence des
» vents déchaînés, que le brave marin
» abandonne son navire à la merci
» des flots ? Qu'avez-vous donc à
» faire ? C'est de ne point prêcher

» avec un zèle indiscret, une chaleur
» inconsidérée, un genre de morale
» absolument inconnue aux habitans
» du nouveau pays où vous vous
» trouveriez. La force de votre élo-
» quence mollirait sur leurs esprits, &
» les préjugés qu'on leur inspire dès
» leur enfance, détruiraient tout l'effet
» des belles maximes que vous vous
» efforceriez vainement de graver
» dans leurs cœurs. Car heurter de
» front, & attaquer ouvertement les
» erreurs, c'est s'exposer à révolter
» ceux qui en sont imbus, c'est les
» aliéner, & perdre son tems.

» *Il est certains esprits qu'il faut pren-*
» *dre de biais* (1). Pour porter des coups
» plus sûrs à leurs fausses idées, il faut
» employer d'heureux détours ; il
» faut par tous les moyens que nous
» suggere l'esprit de conciliation ame-
» ner ces gens au point de croire que
» le sentiment de chacun d'eux en
» particulier est le seul que l'on choisit
» de préférence, lorsque tous ne
» suivent que le nôtre ; il faut enfin,
» dans tous les cas, d'où l'on ne peut

(1) Regnard, Comédie du Légataire.

E iij

» tirer le plus grand bien , faire en-
» forte qu'il en réfulte le moins de
» mal poffible. On ne faurait établir
» une harmonie parfaite dans les corps
» politiques, à moins que les hommes
» ne foient tous parfaits , & c'eft ce
» qui , je crois, ne fe verra pas en-
» core de plufieurs fiècles. ═ Et que
» gagnerais-je en prenant la route que
» vous m'indiquez ? Ne ferait-ce pas
» tomber moi ─ même dans tous les
» excès contre lefquels je chercherais
» à m'élever ? La vérité ne connut
» jamais l'art des ménagemens ; je la
» trahis , fi je parle à la cour un autre
» langage que celui dont je me fers
» avec vous. Je ne fais fi un philo-
» fophe a le droit d'être fourbe & dif-
» fimulé ; quant à moi , j'y renonce.
» Ma morale , j'en conviens , eft ab-
» folument étrangere au pays où vos
» vœux m'appellent ; mais parce
» qu'elle paraîtra fâcheufe & inco-
» mode au miniftere intéreffé de nos
» Princes , fera-t-on fondé à la traiter
» de ridicule, d'impertinente & d'ab-
» furde ? Quelles réclamations n'ex-
» citerait dcnc pas le rêve ingénieux
» de la République de Platon ou la

» réalité du gouvernement d'Utopie?
» (). ique ce soit, sans contredit,
» la plus sage de toutes les institutions
» on réprouverait cependant, com-
» me extravagante, celle qui ne laisse
» aucune propriété au citoyen : la rai-
» son de ce jugement erroné est fort
» simple. C'est que parmi nous cha-
» que particulier est propriétaire di-
» rect de son bien, au lieu que dans les
» républiques dont je parle tous les
» biens sont en commun. Quant à mes
» principes, je soutiens qu'ils ne ren-
» ferment rien que je ne puisse & que
» je ne doive hautement avouer ; ils
» ne peuvent choquer que ceux qui
» s'obstinant à fermer les yeux sur les
» précipices que je leur fais voir,
» ont résolu, n'importe par quelle
» voie, de s'y précipiter. Car enfin,
» si la crainte de passer pour novateur
» nous fait ensevelir dans l'oubli les
» institutions auxquelles la corrup-
» tion des mœurs & la méchanceté des
» hommes prêtent aujourd'hui le ca-
» ractere des abus les plus dangereux,
» il faut donc, par la même considé-
» ration, ne jamais parler de l'Evan-
» gile aux chrétiens. Mais est-ce là

E iv

» l'intention de notre divin législa-
» teur, qui recommande à ses dis-
» ciples de publier jusques sur les toits
» les préceptes qu'il jugeait convena-
» ble de ne leur donner qu'en particu-
» lier. La morale de Jésus - Christ est
» néanmoins bien plus contradictoire
» avec nos idées actuelles que tout ce
» que je viens de vous dire. En vain
» m'alléguerez-vous que nos sermo-
» naires, gens fins & rusés, ont suivi
» pour la plupart le conseil que vous
» me donnez. Lorsqu'ils se font ap-
» perçu que les hommes se confor-
» maient avec peine à la morale du
» Sauveur, ils ont subtilement accom-
» modé sa doctrine au goût du siecle ;
» ils ont, si l'on peut ainsi s'exprimer,
» fait plier la regle, qui ne devait ja-
» mais changer de forme, sur les esprits
» qu'ils avaient à redresser ; leur but
» en prenant ce biais fut d'établir un
» rapport quelconque, une liaison
» au moins indirecte entre l'Evangile
» & les usages reçus chez les hommes.
» Mais ne sentez - vous pas qu'en usant
» de ce détour, ils leur ont ouvert &
» applani tout à la fois les voies de
» l'iniquité ? La sottise qu'ils ont faite

» eſt préciſément celle que je ferais moi-
» même dans le miniſtere, ſi je ſuivais
» vos avis. Car de deux choſes l'une,
» ou mes ſentimens ſeraient toujours
» contraires à ceux des autres Miniſ-
» tres, & dans ce cas autant me vau-
» drait-il ne point parler , ou j'ap-
» prouverais au haſard tous leurs
» plans, & alors je deviendrais le fau-
» teur , comme dit le Mition de Té-
» rence (1) , de leur extravagance.
» Quant à ces voies obliques, à ces
» tempéramens adroits auxquels vous
» me conſeillez d'avoir recours , je
» vous avoue que je ne vois point
» quel fruit je pourrais en retirer. Il
» faut tâcher , me dites-vous , de pré-
» ſenter les choſes ſous le point de
» vue le plus favorable , dans le tems
» le plus opportun , & faire enforte
» qu'il en arrive le moins de mal poſ-
» ſible , lorſqu'on ne peut pas en tirer
» tout le bien que l'on deſire. Mais ne
» croyez pas que ces heureux détours,
» que ces ménagemens dont vous me
» parlez ſoient admiſſibles au conſeil:
» on n'y connaît aucun milieu entre

(1) Adelphes , aĉte 1 , ſcene 2.

E v

» la négative abſolue & la pleine affir-
» mative. Il faut approuver, louer
» même des loix, qui ſont faites
» pour atteſter aux ſiecles futurs l'i-
» gnorance barbare de celui qui les
» vit naître : il faut admettre ſans au-
» cune reſtriction des plans, qui ſou-
» vent ne tendent rien moins qu'à
» ébranler les fondemens d'un empire.
» Pour peu qu'on s'imagine trouver de
» la froideur, de la malignité ou de la
» répugnance dans mon aſſentiment,
» je paſſerai auſſitôt pour un homme
» ſuſpect, pour un traître & un eſ-
» pion. Quel bien, au ſurplus, pour-
» rai-je faire à l'Etat, tant que j'aurai
» pour aſſociés dans le miniſtere, des
» gens qui aiment cent fois mieux
» tenter l'impoſſible pour corrompre
» un homme intégre, que de changer
» eux-mêmes de ſyſtême? N'aurai-je
» pas à craindre que la fréquentation
» journaliere de ces hommes, pour
» qui l'habitude de mal voir & de mal
» penſer eſt une ſeconde nature, ne
» me communique enfin la lépre dont
» ils ſont infectés? En ſuppoſant que
» je parvienne à conſerver ma droi-
» ture & ma délicateſſe dans un poſte

» fi périlleux , loin de donner une
» tournure favorable aux affaires, en
» ufant de détours & de biais , je
» n'en ferai que plus expofé à m'en-
» tendre imputer tous les jours le ré-
» fultat des fauffes combinaifons, des
» idées dangereufes des autres. Je
» trouve fort judicieufe à mon gré
» la comparaifon dont fe fert Platon ,
» pour prouver que le Sage agit bien
» fenfément en ne fe mêlant point des
» affaires du gouvernement. Lorfqu'un
» philofophe , dit-il, voit de fon ap-
» partement un peuple innombrable
» répandu & béant aux corneilles dans
» les places & les carrefours , au mo-
» ment où la pluie tombe avec le plus
» d'abondance, il ne demanderait pas
» mieux que de fortir , pour inviter
» chaque particulier à regagner au
» plutôt fon logis , afin de fe mettre
» à couvert. Mais comme ce philo-
» fophe fait parfaitement bien que fon
» confeil ferait mal reçu ou peu fuivi,
» & qu'il s'expoferait fort inutilement
» à être mouillé , il préfere à ne pas
» bouger de chez lui , & ne cherche
» avec raifon qu'à fe garantir lui-
» même de l'inconvénient dont il

E vj

» ne peut préferver les autres.

« Je vous le dis en confidence,
» mon cher Morus, jamais, non ja-
» mais, il ne fera poffible de fixer une
» forme de gouvernement jufte &
» heureux, chez un peuple, où chaque
» citoyen jouit du droit de propriété;
» chez ce peuple où l'argent eft le mo-
» bile univerfel de toutes les actions,
» où la fortune eft l'unique difpenfa-
» trice des talens, des vertus & de la
» confidération, qui ne devrait ap-
» partenir qu'à ceux qui en font pour-
» vus. Comment faire préfider la juf-
» tice à l'adminiftration des affaires
» publiques, lorfque ces citoyens
» mal intentionnés, qui font autant
» de peftes que l'Etat renferme dans
» fon fein, font en poffeffion des em-
» plois les plus importans, les plus
» honorables & les plus lucratifs?
» Comment procurer le bonheur à
» une multitude infinie d'êtres raffem-
» blés, lorfque la Patrie, qui eft leur
» mère commune, témoigne une pré-
» dilection exclufive pour quelques-
» uns de fes enfans, fur lefquels fa
» main libérale répand journellement
» & avec profufion fes plus rares bien-

» faits , tandis qu'agiffant en vraie
» marâtre avec tous les autres , elle
» les repouffe , les abandonne , & les
» voit d'un œil fec lutter fans ceffe
» contre leur mauvais fort , languir
» long-tems dans l'indigence la plus
» humiliante , & finir par en être les
» victimes ? Ces confidérations , n'en
» doutez pas , redoublent mon eftime
» & ma vénération pour le gouver-
» nement , fi bien combiné , fi falu-
» taire des Utopiens. Leur code ,
» quoique peu volumineux , contient
» néanmoins le nombre des loix fuf-
» fifant pour l'adminiftration générale
» des affaires : chez eux la punition
» fuit toujours le crime de fort près ,
» & jamais la vertu ne refte fans
» récompenfe. La parfaite égalité de
» biens qui regne entre les citoyens ,
» les met tous à même de jouir d'une
» douce aifance. Quel contrafte affli-
» geant j'apperçois , lorfque je com-
» pare à celui-ci le tableau politique
» de tant d'autres nations ! Ailleurs
» on voit continuellement émaner des
» ordonnances , des arrêts , des régle-
» mens de cent tribunaux divers , &
» dans cette énorme promulgation de

» loix que l'on entaffe les unes fur les
» autres , on n'en trouve aucune
» jufqu'à ce jour qui imprime une
» marque affez diftinctive fur cette
» portion de biens , dont chaque par-
» ticulier s'attribue la propriété, pour
» l'empêcher de confondre fes poffef-
» fion avec celles de fes voifins. Je ne
» veux d'autre preuve de cette vérité
» que cette multiplicité effrayante de
» procès, d'inftances, de chicanes, qui
» renaiffent tous les jours pour ne
» jamais finir. Lorfque je fais de fé-
» rieufes réflexions fur ces abus, je
» rends à Platon toute la juftice qui lui
» eft due. Je ne fuis plus étonné qu'il
» ait refufé d'être le légiflateur des
» fociétés qui ne voulaient point fouf-
» crire au partage égal de tous les
» biens entre leurs membres , feule
» loi qu'il regardait comme indifpen-
» fable, pour leur procurer à tous
» la même mefure de bien être & de
» félicité. Ce malheureux droit *du*
» *tien* & *du mien* eft la fource féconde
» & éternelle des querelles , des di-
» vifions funeftes , des brigandages ,
» des affaffinats, des guerres, des dé-
» vaftations, des incendies, des maf-

» facres enfin , de toutes les abo-
» minations , qui font de notre uni-
» vers un vrai féjour d'horreur. Tels
» que des animaux féroces acharnés à
» leur proie , les hommes ne s'oc-
» cupent fur le fol qu'ils habitent qu'à
» fe difputer , qu'à s'arracher leurs
» biens , qu'à fe dépouiller récipro-
» quement de leurs poffeffions par-
» ticulieres. La fraude & la violence
» s'arment en faveur d'un petit nom-
» bre d'entr'eux plus puiffans que les
» autres. Tout ce qui eft à leur bien-
» féance, leur appartient; ils s'en em-
» parent , ils envahiffent tout. Que
» refte-t-il à la foule des plus faibles ?
» La mifere qui les mine , la faim qui
» les dévore , le mépris qui les
» accable & les anéantit. O comble de
» l'injuftice ! Et quels font donc ces
» mortels tout puiffans pour mal faire,
» qui enlevent à leurs femblables juf-
» qu'à la mince portion néceffaire à
» leur fubfiftance ? Que font-ils ? d'in-
» folens parvenus , d'heureux fcélé-
» rats, d'avares égoïftes , qui diffipent
» dans des plaifirs criminels , où ab-
» forbent dans une honteufe inuti-
» lité les meilleures productions de

» la terre , & qui regorgent du plus
» pur sang de l'Etat. Mais cette mul-
» titude de citoyens honnêtes & sen-
» sibles qu'ils écrasent, n'en soutient-
» elle pas tout le fardeau ? Le produit
» de ses fatigues & de ses sueurs ne
» tourne-t-il pas cent fois plus à l'a-
» vantage de la Patrie qu'au sien pro-
» pre ? Oui : je le répete avec con-
» fiance , point de bonheur à espérer
» pour un peuple tant que le droit de
» propriété subsistera chez lui. La plus
» grande partie des citoyens , des
» mieux intentionnés sur-tout , sera
» continuellement exposée à ne re-
» cueillir dans la douleur & dans les
» larmes que la plus faible part de ce
» qu'elle aura semé avec bien de la
» peine.

  » Je ne prétends pas néanmoins
» soutenir qu'il soit possible de chan-
» ger entiérement l'ordre des choses
» dans l'hypothese actuelle : mais ne
» serait-ce pas faire une innovation
» très-avantageuse que de fixer dès à
» présent l'étendue de terrein & la
» somme d'argent que chaque par-
» ticulier pourra posséder à l'avenir ?
» En suivant ce systême , il sera facile

» de poſer entre le Prince & le peuple
» une barriere inſurmontable, qui
» mettra l'un à couvert de la puiſſance
» excluſive du premier, & l'autre à
» l'abri de la mutinerie touiours inſo-
» lente du dernier. On détruira les
» brigues & les cabales pour parvenir
» aux grands emplois, aux charges
» publiques ; on en abolira la véna-
» lité, & principalement la repréſen-
» tation, qui jettant les titulaires dans
» des dépenſes énormes, les force
» d'avoir recours à la rapine pour ſe
» rembourſer du prix de leur acquiſi-
» tion. Cette vénalité ſupprimée, il
» arrivera que les hommes d'un vrai
» mérite, d'une capacité reconnue,
» auront ſeuls droit de prétendre à
» des places, dont l'avarice traitait
» journellement avec les plus offrans &
» derniers enchériſſeurs, malgré leur
» ſtupide ignorance. Des loix de cette
» nature procureraient aux différens
» maux qui affligent les ſociétés hu-
» maines, le ſoulagement qu'appor-
» tent tous les adouciſſans aux maladies
» incurables. Mais que l'on ne ſe flatte
» point de guérir radicalement les
» corps politiques, tant qu'on s'obſ-

» tinera à y maintenir la propriété
» personnelle. Les remedes qu'on em-
» ploiera ne seront que des palliatifs.
» Le mal qu'on fera disparaître d'un
» côté, reparaîtra de l'autre avec plus
» d'irritation ; car il est un fait dont
» vous conviendrez : c'est que, dans
» un royaume où les possessions sont
» en propre , vous ne pouvez faire
» du bien à l'un, sans causer un pré-
» judice quelconque à l'autre , parce
» qu'il faut nécessairement diminuer
» l'*avoir* de ce dernier, pour l'ajouter
» à celui du premier. ━ Pardonnez,
» mais je suis sur cet article d'un sen-
» timent bien opposé au vôtre. Je ne
» crois pas que le bonheur puisse exis-
» ter dans un Etat où subsiste la com-
» munauté de biens, ou, ce qui re-
» vient au même , l'égalité. Qui fera
» naître l'abondance , si chacun se re-
» fuse au travail ? Et qui voudra tra-
» vailler si l'esprit du gain n'éveille
» point la paresse , n'excite point
» l'industrie, n'échauffe point l'ima-
» gination , n'électrise point en quel-
» que façon l'ame de l'artisan & du
» négociant ? Qui travaillera si chaque
» individu , assuré de son bien être,

» se repose sur la diligence & le savoir
» faire de son voisin ? Mais cette pa-
» resse d'habitude traînant à sa suite la
» pauvreté, on verra bientôt la ré-
» volte & le meurtre lever la hache
» pour défendre, au défaut des loix,
» la propriété des épargnes & des
» bénéfices qu'on aura pu faire. Com-
» ment remédier à ces abus étranges
» chez un peuple, où tous les citoyens
» vivant pêle-mêle, sans distinction
» de rangs & de qualités, ne peuvent
» conserver ni respect, ni égards pour
» les Magistrats, auxquels ils doivent
» refuser de se subordonner. == Vous
» n'avez nulle connaissance de la ré-
» publique que je vous propose pour
» modèle ; ainsi vos préjugés ne m'é-
» tonnent point. Mais si vous aviez
» voyagé comme moi en Utopie, si
» vous aviez fait pendant cinq ans
» une étude réfléchie de ses loix & de
» ses coutumes, vous avoueriez sans
» balancer qu'il n'est point de nation,
» si bien policée que vous la supposiez,
» dont le gouvernement puisse l'em-
» porter sur le sien. Ah ! je serais en-
» core habitant de cette Isle fortunée,
» si l'envie démesurée d'en raconter

» les merveilles à mes proches & à
» mes amis, ne m'en avait fait fortir
» prefque malgré moi ».

» Je vous avoue, dit Pierre Gilles,
» que vous aurez bien de la peine à me
perfuader qu'il exifte dans ce nouveau
» monde, que vous vantez-tant, un
» peuple plus éclairé, mieux gouverné
» qu'aucun de ceux qui habitent notre
» hémifphere, où les efprits ne font pas
» moins profonds & fubtils, où les
» monarchies & les républiques font
» plus anciennes, où le long ufage,
» en un mot, des arts libéraux & mé-
» chaniques, a fait découvrir tant de
» moyens furprenans de multiplier
» les commodités, les agrémens de la
» vie, & de les porter à leur plus haut
» période. Remarquez que je ne vous
» parle pas ici de ces découvertes pré-
» cieufes que l'on doit au hafard, &
» auxquelles l'efprit humain n'aurait
» peut être jamais pu parvenir. =
» Quant à l'ancienneté des Etats, vous
» en parleriez plus pertinemment, re-
» prit Raphaël, fi vous aviez lu l'hif-
» toire des Utopiens. En la fuppofant
» fidele, on voit qu'il exiftait chez
» eux des villes bien peuplées & flo-

» riſſantes, avant que l'on connût des
» hommes ſur notre hémiſphere. Pour
» les inventions de l'eſprit humain,
» les découvertes & les progrès faits
» dans les arts, j'eſtime que les deux
» mondes ont ſur ce point un pareil
» avantage. Au reſte, ſi les Utopiens
» nous ſont inférieurs du côté de l'eſ-
» prit, ils ſont ſans contredit nos maî-
» tres du côté de l'induſtrie, du juge-
» ment & de l'activité. Leurs faſtes nous
» apprennent que douze ſiecles avant
» notre abord chez eux ils n'avaient
» aucune idée de toutes les connaiſ-
» ſances des *Ultraquinoxiaux*, c'eſt le
» nom qu'ils donnent aux Européens.
» Mais à l'époque qu'on a vue, un bâti-
» ment fit naufrage ſur les côtes d'U-
» topie ; quelques Romains & Egyp-
» tiens qui ſe ſauverent dans cette
» Iſle y paſſerent le reſte de leurs
» jours. Jugez du génie actif & labo-
» rieux de ce peuple, par l'habileté
» avec laquelle il profita de cette heu-
» reuſe occaſion. Il n'eſt aucun art,
» ſoit méchanique, ſoit libéral, con-
» nu chez les Romains, qu'il n'ait
» appris de ces nouveaux hôtes, où
» dont à force d'application au travail

» il n'ait pénétré tous les secrets, d'.
» près les principes que ces naufragés
» lui en donnerent. Je ne vous affure-
» rais pas que quelqu'habitant de notre
» globe n'ait point m s le pied en Uto-
» pie avant l'époque dont je parle; fi
» cela eft, le fouvenir en eft totale-
» ment perdu ; je ne doute point mê-
» me que la poftérité ne perde un jour
» celui de mon voyage dans cette
» Ifle. Mais fi les Utopiens ont acquis
» une connaiffance fi rapide de nos
» arts & de nos métiers; s'ils ont pro-
» fité fans balancer de nos décou-
» vertes utiles, qu'il s'écoulera de
» tems encore avant que nous leur
» rendions le change, avant que nous
» faffions notre propriété folide &
» incommutable de leurs fages cou-
» tumes, de leurs inftitutions poli-
» tiques, fi fupérieures aux nôtres !
» Cependant, quoique nous ayons
» autant d'efprit, quoique nous pof-
» fédions autant de richeffes réelles
» que ce peuple, tant que nos gou-
» vernemens ne fe modéleront pas fur
» le fien, nous ne devons jamais nous
» promettre de jouir de l'abondance
» & de la profpérité qui fera toujours
» fon partage.

«Je vous en prie inftamment,
» mon cher Raphaël, faites-nous donc
» au plutôt la defcription, tracez-
» nous le plan de cette heureufe répu-
» blique. Plus votre narration fera
» prolixe, moins vous devez appré-
» hender de nous ennuyer. Donnez-
» nous une idée exacte du pays, de
» fes campagnes, de fon agriculture,
» de fes villes, de fes us & coutumes,
» entrez dans le détail circonftancié
» de ce que vous jugerez capable de
» piquer notre curiofité; & tout nous
» intéreffera, puifque nous ne con-
» naiffons rien de ce que vous avez à
» nous raconter. ═ Je ferai auffi vo-
» lontiers, qu'aifément, le récit que
» vous me demandez; mais permettez-
» moi de reprendre haleine. ═ Rien
» de plus jufte; allons dîner, enfuite
» nous difpoferons tout à loifir de
» notre après midi. ═ Je fuis à vos
» ordres ».

Dès que nous eûmes dîné, après
avoir ordonné à mes gens de dire
que je n'y étais pas, fi l'on me deman-
dait, nous retournâmes, Gilles, Raphaël & moi au même endroit, &
nous reprîmes nos places du matin.

Notre voyageur céda à nos nouvelles
inſtances, & voyant le deſir que nous
avions de l'écouter , ſans perdre un
ſeul mot de tout ce qu'il allait nous
dire , il ſe recueillit un inſtant pour
mettre quelqu'ordre dans ſon récit ,
& commença de la maniere ſui-
vante.

L'UTOPIE

DE

THOMAS MORUS,

TRADUCTION NOUVELLE.

LIVRE SECOND.

L'ISLE d'Utopie a cinq cents mille pas de circuit : vers le milieu, qui est sa plus grande largeur ; elle a deux cents mille pas de diamètre : elle conserve cette étendue un assez long espace de terrein, ensuite sa largeur diminue insensiblement, & les extrémités de l'Isle se terminent en pointes ; de sorte qu'à son entrée elle présente la forme d'un croissant régulier. La distance d'un cap à l'autre est d'environ onze milles : la mer s'étend dans ce golfe, que la terre environne de

F

toutes parts ; auffi n'eft-il fujet à aucune de ces violentes tempêtes qui
fe font fentir hors du détroit : ce
bras de mer , toujours paifible , ref-
femble à un grand lac ou à un étang.
On peut regarder ce baffin comme un
havre fûr que la nature a creufé de fa
propre main pour la facilité du commerce de ce peuple. A droite , l'embouchure du détroit eft garnie de
bancs de fable ; à gauche elle eft hé-
riffée d'écueils ; vers le milieu s'élève
un rocher très-commode , fur lequel
on a conftruit un fort pour défendre
le paffage. Tous les autres rochers font
à fleur d'eau. Il eft impoffible de ne
pas fe perdre , fi on ne fuit point en
entrant dans ce port la route & tous
les détours que les feuls habitans con-
naiffent. C'eft ce qui fait qu'aucun
navire étranger ne peut mouiller
dans cette rade , que fous la conduite
d'un Pilote-côtier d'Utopie. Il eft même néceffaire que de la côte on lui
trace par des fignaux le chemin qu'il
doit tenir pour fe garantir du naufrage.
Le feul changement de place de ces
fignaux fuffirait pour faire périr entiérement une flotte ennemie, quelque

nombreufe qu'elle fût. De l'autre côté
de l'Ifle , on trouve plufieurs ports
fort bien abrités ; & dans tous les
endroits où l'on pourrait tenter une
defcente , la nature & l'art fe font fi
bien accordés pour fortifier la côte ,
qu'une poignée de monde ferait en
état de repouffer l'attaque d'une armée
formidable.

Au refte , fuivant l'hiftoire des
Utopiens , & même à en juger par la
fituation du pays , on apprend qu'autrefois il ne formait point une Ifle.
Utope , qui en fit la conquête , au
lieu du nom d'Abraxa qu'il portait ,
lui donna le fien. Cet Utope paffe
pour le fondateur de la République :
ce fut lui qui le premier civilifa fes
Habitans , & leur donna cette forme
de gouvernement, fi fupérieur à tous
ceux qui nous font connus. Ce con-
quérant légiflateur s'étant , fans prefque coup férir , rendu maître de la
contrée, fit auffitôt couper une langue
de terre de quinze mille pas , qui
joignait le pays à la terre - ferme.
Pour ne pas donner aux Habitans lieu
de croire qu'il voulait les humilier
par ces travaux ferviles , il y em-

ploya, conjointement avec eux, ſes propres ſoldats. L'entrepriſe fut pouſ-ſée avec autant de vigueur que de célérité, ſi bien que les Peuples voi-ſins qui la traitaient d'abord d'extra-vagante, furent frappés d'admiration & même de terreur, lorſqu'ils la virent terminée en fort peu de tems. On compte dans toute l'étendue de l'Iſle cinquante-quatre grandes Villes, qui ont, autant que le ſite du terrein, ſur lequel elles ſont bâties, a pu le per-mettre, la même expoſition & la même forme. Elles ſe ſervent toutes du même idiôme, des mêmes cou-tumes, & ſont gouvernées par les mêmes loix. Les plus proches de ces cités ſont à vingt-quatre milles de diſtance; les plus éloignées les unes des autres, ne le ſont que d'une journée de chemin à pied. De chacune de ces Villes, trois Citoyens, égale-ment reſpectables par leur âge & leur longue expérience, s'aſſemblent tous les ans à *Amaurote*, pour y traiter des affaires qui concernent l'Iſle en général. Amaurote eſt la Capitale du pays, parce que ſe trouvant placée au centre, les Députés des autres

Villes peuvent tous s'y rendre avec
une égale commodité. Le partage des
terres labourables a été fait avec une
proportion si exacte, que le territoire
de chaque Ville est au moins de vingt
mille pas de circonférence. Quelques
Villes en ont davantage ; ce sont celles
qui sont plus éloignées les unes des
autres. Quoi qu'il en soit chaque cité,
satisfaite de la portion de terrein qui
lui a été assignée, ne cherche point à
en étendre les bornes. Cette heureuse
modération vient de ce que les Habitans des campagnes s'en regardent
moins comme les maîtres & les propriétaires, que comme les simples
cultivateurs. Chaque champ a sa mé-
tairie agréablement disposée, & pourvue de tous les instrumens nécessaires
au labour & à l'agriculture. Ces maisons rustiques sont habitées par des
Citoyens, qui y vont chacun à leur
tour. Une famille qui a son domicile
à la campagne, ne peut être com-
posée de moins de quarante personnes,
tant hommes que femmes, & de deux
esclaves. Un vieillard & une matrone
sont à la tête de la maison & la gou-
vernent. Il y a sur trois cents de ces

F iij

maifons un Infpecteur général qui eft
chargé de leur direction. Des quarante
perfonnes qui compofent chaque famille, vingt retournent tous les ans
à la Ville après avoir fini leur apprentiffage d'agriculture qui eft de deux
ans : la Ville en renvoie un pareil
nombre à leur place. Ces nouveaux
venus font inftruits par ceux qui,
ayant déjà l'expérience d'une année
font en état de former des élèves :
l'année fuivante ces derniers enfei-
gnent l'agriculture aux novices qui
leur arrivent. On prend ces fages précautions pour prévenir la cherté des
grains qui ne manquerait pas d'être
occafionnée par l'impéritie des laboureurs, s'ils arrivaient tous aux
champs, fans avoir aucune connaiffance de leur culture. Le légiflateur
n'établit cette émigration annuelle des
Habitans de la Ville à la campagne,
& de la campagne à la Ville, que
pour prévenir les dégoûts & l'ennui
qu'éprouveraient à la fin des Citoyens
obligés de fe livrer toute leur vie à
des travaux fatiguans, pour lefquels
ils pourraient avoir d'ailleurs une répugnance naturelle. Nombre de ces

Colons, qui font leurs délices de l'a-
griculture, & qui ſe trouvent bien à
la campagne, obtiennent facilement
la permiſſion d'y reſter tout le tems
qu'il leur plaît. Leur emploi journalier eſt de mettre la terre en valeur,
de pourvoir également à la multiplication & à la conſervation du gros
& du menu bétail, de faire des cou-
pes de bois réglées, & d'en approviſionner les villes en le chariant ou le
voiturant à leur plus grande commodité, ſoit par mer, ſoit par terre. Ce que
j'ai le plus admiré chez eux, c'eſt un
art ſurprenant qu'ils ont pour faire
éclorre une prodigieuſe quantité de
poulets. Comme leurs poules ne cou-
vent point, ils dépoſent un grand
nombre d'œufs en un certain lieu, où
ils entretiennent une chaleur douce
& égale : dès que ces pouſſins ſortent
de leur coque, des valets de ferme,
uniquement deſtinés à cet office, en
prennent tous les ſoins néceſſaires &
les élevent. Ils ſont tellement habitués
à ce métier, qu'ils diſtinguent parfaitement entr'eux tous ces petits animaux. Les Utopiens nourriſſent fort
peu de chevaux ; ceux qu'ils ont ſont

F iv

des plus fougueux ; ils ne les confervent que pour exercer leur jeuneſſe ,
& lui apprendre à les dompter. On
ne ſe ſert que de bœufs , tant pour le
labour que pour le charrois : ils conviennent que cet animal , par ſa len-
teur , eſt bien inférieur au cheval ,
toujours vif , toujours impatient de
marcher ; mais ils lui trouvent plus
de docilité : il a auſſi plus de force &
de nerfs ; il ſupporte plus long-tems la
fatigue , & la principale raiſon qui
les détermine à n'employer que lui ,
c'eſt qu'il n'eſt ſujet à aucune de ces
maladies , qui mettent ſi ſouvent les
chevaux hors d'état de rendre ſervice.
Une autre conſidération appuyée ſur
leurs principes économiques , c'eſt
que le bœuf coûte beaucoup moins à
nourrir que le cheval , & que , lorſqu'il ceſſe d'être propre au travail , il
n'en eſt pas moins utile à l'homme ,
puiſqu'il devient alors un de ſes premiers alimens. Ils ne ſement gueres
d'autre grain que du bled : leur boiſ-
ſon eſt compoſée de vin , de cidre ,
de poirée , & d'une liqueur faite avec
du miel & de la régliſſe qui abondent
dans le pays : ſouvent ils ne boivent

que de l'eau pure. Quoiqu'ils fachent précifément, car ils excellent dans ce genre de fupputation, la quantité de toutes les denrées qui fe confomment annuellement dans la ville & aux champs, ils ne laiffent pas de femer au-delà de ce qu'exigent leurs propres befoins, & de nourrir plus de bétail qu'il ne leur en faut pour leur ufage : ils font part du fuperflu à leurs voifins. Ils tirent de la ville tout ce qu'on ne trouve pas à la campagne, & ne font point obligés de payer ou de rien donner en échange pour l'avoir. Le Magiftrat auquel ils s'adreffent, fe fait un plaifir de leur donner *gratis* tout ce dont ils ont befoin. La plupart des cultivateurs fe rendent à la ville tous les mois, pour y célébrer un certain jour de fête. Au tems de la moiffon, les Infpecteurs généraux du labourage font favoir aux Magiftrats de la ville le nombre d'ouvriers qu'il eft à propos de leur envoyer, & ils l'obtiennent fur le champ : dès qu'ils font arrivés, on commence la récolte, qui peut aifément fe faire en un feul jour fi le tems eft favorable.

F v

II.

Description des Villes d'Utopie, & principalement de celle d'Amaurote.

Qui a vu l'une de ces villes, peut dire en quelque façon qu'il les connaît toutes : elles n'ont d'autre différence entr'elles que celle qui provient du fol même qui leur fert d'emplacement. Je ne vous ferai donc la defcription que d'une feule, & quoi qu'il importe fort peu de laquelle, je choifirai cependant Amaurote, comme étant la capitale. Toutes les autres lui cedent le pas, parce que le Sénat y tient fa Cour. De quelle autre d'ailleurs pourrais-je vous parler plus pertinemment, que de celle où j'ai demeuré pendant cinq années de fuite ? Cette ville, qui a la forme d'un amphithéatre carré, eft agréablement fituée à mi-côte. Sa largeur, qui commence au-deffous du fommet de la colline, s'étend environ deux mille pas jufqu'au fleuve d'Anydre, qui baigne fes murs dans prefque toute leur étendue. L'Anydre prend fa fource à quatre-vingt milles au-deffus d'A-

maurote, d'une petite fontaine, dont
le courant se grossit de plusieurs rivieres qui s'y mêlent, & parmi lesquelles il s'en trouve deux assez considérables. Devant la ville le lit du
fleuve est de cinq cents pas de large:
ses eaux, après s'être fort accrues
encore dans leur cours, vont enfin se
perdre dans l'océan, à soixante milles
au-dessous de la capitale. Le flux &
reflux s'y fait sentir à des heures très-
régulieres dans l'espace de trente milles
au-dessus de son embouchure: lors
du reflux, ses eaux repoussées par
celles de la mer qui occupe son lit,
contractent une certaine âcreté qui est
sensible à quelques milles encore au-
delà, mais elles s'adoucissent peu à
peu; de sorte que celles qui coulent
sous les murs de la ville n'ont que leur
goût naturel, qu'elles conservent
jusqu'à leur source. Il regne un fort
beau quai tout le long de la riviere,
& pour traverser à l'autre bord, qui
est aussi garni de maisons, on a cons-
truit un pont tout en pierres de taille
dans l'endroit où la ville se trouve à
une plus grande distance de la mer;
ainsi les vaisseaux parcourent le canal

en pleine liberté, & on n'eſt point
obligé d'abattre leur mâture pour
paſſer ſous les arches. Il ſort du ſein
de la montagne, ſur laquelle la ville
eſt bâtie, une autre riviere. Quoiqu'elle ſoit moins conſidérable que
l'Anydre, dans lequel elle ſe jette
après avoir traverſé Amaurote, elle
ne laiſſe pas d'avoir ſes agrémens &
ſes commodités. Par pluſieurs lignes
de circonvallation qu'ils ont tracées,
les Amaurotes ont enfermé ſa ſource
dans l'enceinte même de leur ville :
leur but, en prenant cette ſage précaution, a été, au cas qu'ils euſſent
un ſiege à ſoutenir, d'empêcher l'ennemi de leur couper ſes eaux ou de
les empoiſonner. Ils ont pratiqué ſous
terre des aqueducs, bâtis en brique,
qui fourniſſent de l'eau à la baſſeville ;
& dans les quartiers où ils n'ont pu
en procurer par cette voie, les habitans ont des cîternes : l'eau du ciel
qui les remplit ſert également à leurs
différens uſages. Trois côtés de la
ville ſont entourés d'une muraille,
auſſi haute qu'épaiſſe, & fortifiée
d'un grand nombre de tours, de baſ-
tions & de parapets. Au pied de la

muraille eſt un foſſé large & profond,
ſans eau à la vérité, mais tout hériſſé,
tout couvert de broſſailles & de haies
vives, qui en rendent le paſſage im-
praticable. L'Anydre ſert de fortifica-
tion au quatrieme côté ſitué ſur ſa
rive. Les rues ſont percées commodément pour le charroi, & pour garantir les habitans des vents qui régnent
en ces climats. Elles ont vingt pieds
de large. Les maiſons, dont l'extérieur eſt de la plus grande ſimplicité,
mais propre, ſont toutes bâties les
unes auprès des autres, ſur les mêmes
alignemens & dans la même forme.
Cette ſymmétrie réguliere dans tous
les bâtimens offre un coup-d'œil très-
agréable. Chaque maiſon a ſon jardin
attenant. Tous ces jardins réunis pa-
roiſſent n'en former qu'un ſeul, qui
s'étend le long de chaque rue, & qui
ſe trouve borné par le derriere de la
rue parallele. Toutes les maiſons ont
deux portes, l'une deſquelles donne
ſur le jardin, l'autre ſur la rue. Il
ſuffit de pouſſer ces portes à deux
battans pour les ouvrir ; elles ſe ra-
battent d'elles-mêmes. Ainſi chacun a
la liberté d'entrer quand il lui plaît ;

& comme ceux qui habitent ces maiſons n'ont rien qui leur appartienne en propre, ils n'ont beſoin ni de verroux ni de ſerrures pour ſe mettre à l'abri des voleurs. Tous les dix ans il ſe fait un déménagement général. Chaque famille cede la maiſon qu'elle occupe pour prendre celle que le ſort lui donne. Leurs jardins ſont les ſeuls objets auxquels les Utopiens ſont particuliérement attachés, & dont ils prennent les plus grands ſoins. Ils y cultivent avec un égal ſuccès les plantes, les arbuſtes, les fleurs, les fruits & la vigne. Je n'ai vu nulle part des jardins plus fertiles & d'un aſpect plus riant. Le plaiſir d'avoir un ſuperbe jardin pour ſa propre ſatisfaction, n'eſt pas le ſeul motif qui détermine chaque bourgeois à prendre tant de ſoin de celui qui lui eſt échu. C'eſt une émulation auſſi douce qu'utile, entre tous les citoyens, qui les porte à redoubler d'efforts pour ſe ſurpaſſer les uns & les autres dans la culture & dans l'entretien de ces vergers délicieux. On prétend que le Fondateur de la république a pris lui-même toutes les meſures qu'il a

jugées les plus efficaces pour conſerver cet eſprit d'émulation , dont il
réſulte un profit ſi clair pour le général & pour le particulier. Il eſt bon
de vous dire que le plan actuel d'A-
maurote eſt le même qu'Utope a tracé;
mais comme aucun établiſſement humain ne peut être parfait au moment
de ſa naiſſance , les deſcendans des
premiers Républicains ont conſidé-
rablement augmenté par ſucceſſion de
tems , & les agrémens & les commodités de leurs maiſons. Suivant le annales de ce peuple , recueillies avec
autant d'exactitude que de vérité , &
qui comprennent l'hiſtoire de près de
dix-huit ſiécles, on voit qu'à l'époque
de la fondation de la capitale, les maiſons n'étoient d'abord que des huttes,
des cabanes éparſes çà & là , & toutes
conſtruites en bois, ſans aucun apprêt:
leurs couvertures , qui ſe terminaient
en pyramides , n'étaient que de chau-
me. La bâtiſſe en eſt bien différente
aujourd'hui. Toutes ces maiſons éle-
vées de trois étages ont une façade
en pierre de taille ou en brique , l'intérieur eſt de moëlon ; les toits ſont
plats , & enduits d'un certain plâtre

ou ciment qui ne coûte presque rien : ce ciment est à l'épreuve du feu & résiste aux injures de l'air tout autant que le plomb. Comme l'usage du verre est fort commun en ce pays, les habitans s'en servent pour les chassis de leurs fenêtres, & par ce moyen se garantissent du vent. D'autres emploient des chassis de toile très-fine, & imbibée d'une huile transparente ou d'ambre fondu, ce qui produit deux bons effets. Le jour que l'on reçoit à travers ces carreaux est plus clair, & l'abri qu'ils fournissent contre le vent ou le serein, est plus solide.

I I I.

Des Magistrats.

A la tête de chaque trentaine de familles, est un Magistrat qu'elles choisissent tous les ans. Il se nomme, suivant le vieux langage du pays, le *Syphogrante*, & suivant le langage moderne *le Phylarque*. Un Directeur, jadis appellé *Tranibore*, aujourd'hui *Protophylarque*, commande à dix Syphograntes & aux trois cents familles

dé leurs diſtricts. Enfin les Syphograntes , qui forment en tout un
corps de deux cents Magiſtrats , ont
un Préſident. Ce ſont eux-mêmes qui
font ſon élection , & voici de quelle
maniere ils y procedent. La ville étant
diſtribuée en quatre quartiers , les
habitans réunis de chaque quartier
jettent leur vue ſur un citoyen , qu'ils
adoptent & qu'ils préſentent au Sénat.
De ces quatre perſonnes ainſi votées,
les Syphograntes en éliſent une pour
Préſident : cette élection ſe fait par la
voie du ſcrutin , ſerment préalablement prêté par ceux qui y aſſiſtent, de
choiſir celui qu'ils jugeront le plus capable de bien mériter de la patrie.
Quoique la place de Prince ou de
Préſident ſoit à vie , on le deſtitue
cependant, pour peu que l'on ſoup-
çonne qu'il viſe au deſpotiſme. Celle
des Tranibores eſt annuelle ; on les
continue néanmoins quand ils la rem-
pliſſent à la ſatisfaction du peuple.
Tous les autres offices publics ne
paſſent point le terme d'une année.
Tous les trois jours les Tranibores
tiennent conſeil avec le Prince , &
plus ſouvent encore ſi le cas le re-

quiert. On délibere dans ce conseil
sur les affaires d'Etat ; on y examine
aussi celles des particuliers. Ces dernieres, qui sont toujours en très-petite
quantité, se jugent avec la plus grande
diligence. Tour à tour deux Syphograntes ont séance au conseil : on n'y
statue rien concernant les affaires de la
république, dont la motion n'ait été
discutée & admise en plein Sénat trois
jours auparavant. Hors de cette auguste assemblée, ou de celle des Etats
généraux, c'est un crime capital que
de prononcer sur les questions relatives au gouvernement : on a voulu
par cette loi prévenir les ligues que le
Président & les Tranibores pourraient
faire entr'eux pour opprimer le peuple & changer la forme du gouvernement. C'est par cette même raison
que l'on renvoie les matieres les plus
importantes à l'examen des Phylar-
ques, qui en conferent avec les familles de leur dépendance : après une
mûre délibération ils font leur rapport au Sénat. Dans certain cas on as-
semble les Etats généraux pour décider des affaires majeures. Une coutume strictement observée par le Sé-

nat, c'eſt de ne jamais ſtatuer ſur une queſtion le jour qu'elle eſt propoſée : il en remet toujours la déciſion à la ſéance prochaine. Ici l'intention du légiſlateur fut d'empêcher les jugemens précipités : il ſavait que, tout homme qui parle au haſard, aime mieux ſoutenir opiniâtrement une idée fauſſe qui lui eſt échappée, que de riſquer ſa réputation en ſe rétractant : il connaiſſait encore cette mauvaiſe honte, qui nous ôte la liberté de revenir ſur nos pas lorſque nous nous ſommes imprudemment avancés. Il voulut en conſéquence donner aux Magiſtrats le tems de l'examen & de la réflexion, préférables cent fois à cette préſence d'eſprit, à cette promptitude de diſcourir & de prononcer ſur tout, qualités funeſtes dont nos jeunes étourdis ſe piquent fort mal à propos.

I V.

Des Arts & des Artiſans.

Ce peuple n'a qu'une ſeule profeſſion, qui eſt commune aux deux ſexes, & dans laquelle tous ſont éga-

lement verfés, c'eft l'agriculture ; ils
l'apprennent dès leur plus bas âge,
foit par théorie dans les écoles publiques, foit par pratique dans les
campagnes voifines. Les jeunes gens
vont voir travailler les anciens laboureurs ; eux - mêmes mettent la
main à la charrue, ce qui n'eft pas
moins un amufement pour eux, qu'un
exercice, qui ne contribue pas peu
à leur former une conftitution ro-
bufte, à leur donner de la vigueur,
de la foupleffe & de l'agilité. Outre
cet art, qui leur eft commun à tous,
comme je viens de le dire, chaque
habitant apprend un métier qui lui
eft propre. Les uns font ouvriers
dans les manufactures d'ouvrages en
laine, les autres fe font tifferands,
ceux-ci maçons, ceux-là ferruriers
ou charpentiers. Les autres arts mé-
chaniques occupent fi peu de perfonnes qu'il eft même inutile d'en
faire mention. La mode des habits eft
uniforme dans toute l'Ifle, & ne
change jamais. La feule différence
qu'on y remarque, eft celle qui diftingue les deux fexes & les perfonnes
mariées, d'avec celles qui font veuves

ou célibataires : au furplus cette forme d'habits que chaque particulier
fe fait pour lui-même, eft très-agréable. Elle ne gêne aucun des mouvemens du corps , & eft également propre à le garantir de la rigueur du froid
& de l'exceffive chaleur. Les femmes,
ainfi que les hommes , apprennent un
métier : comme elles ont moins de
forces que nous autres, elles ne s'occupent gueres qu'à tricoter , à coudre
& à filer ; les ouvrages plus rudes font
réfervés aux hommes. Chaque enfant
fuit ordinairement la profeffion de fon
pere , qui lui eft familiere & comme
naturelle. Si cependant un enfant an-
nonce du goût & une vocation marquée pour un autre état, on le met en
apprentiffage dans une maifon où l'on
exerce le métier qui lui convient.
Dans ce cas fes parens & les Magiftrats ont le plus grand foin que le
jeune apprentif devienne le fils adoptif d'un pere de famille, généralement
eftimé pour fes bonnes mœurs & fa
capacité. Chaque citoyen a la liberté
d'apprendre plufieurs métiers & de
faire celui qui lui plaît davantage , à
moins que le nombre fuffifant d'ou-

vriers dans un art néceffaire ne vienne
à manquer : alors le Magiftrat oblige
celui qui le poffede à l'exercer, de
préférence à tous les autres. L'emploi le plus important, je dirais prefque l'unique fonction des Syphograntes eft d'avoir l'œil à ce que tout
le monde difpofe utilement de fon
tems & de veiller fur-tout à ce que
perfonne ne fe livre à la pareffe. Les
Utopiens ne font cependant pas attachés au travail, ainfi que des chevaux
qui tournent la meule fans relâche,
& d'autres bêtes de fomme qui n'ont
jamais de repos. Cette contention
continuelle eft un efclavage dur, plus
fait pour un galérien que pour un
homme libre. Cette vie malheureufe
& accablante, qui dans les autres
pays eft celle de tous les artifans, n'eft
point connue en Utopie. Ainfi que
chez nous, on y divife le jour en vingt-
quatre heures. On n'en confacre jamais que fix au travail ; trois avant
midi, qui eft l'heure du dîner. Après
ce repas, on prend deux heures de récréation. Les trois autres heures de
travail fe terminent par le fouper.
On fe couche fur les huit heures ; on en

dort à peu près autant ; c'est-à-dire ,
qu'on se leve sur les quatre heures du
matin. Il est permis à tout artisan
d'employer comme bon lui semble
tout le tems qui se trouve entre son
sommeil , son travail & ses repas.
Loin de le saisir avec avidité pour s'a-
bandonner à un lâche repos, pour se
plonger dans la débauche & dans l'i-
vrognerie , ils l'emploient tous à des
jeux aussi innocens qu'instructifs: quantité d'ouvriers en profitent pour étu-
dier les belles lettres. Il n'est enjoint
qu'aux personnes seules , choisies par
le gouvernement pour apprendre les
sciences relevées , d'assister aux leçons
publiques qui s'en donnent tous les
jours avant le lever du soleil ; cependant les colleges sont remplis d'une
foule d'auditeurs empressés des deux
sexes qui y accourent pour y entendre traiter les objets qui flattent le
plus leur goût dominant. Ceux qui ,
pendant les heures de loisir, préferent
aux études abstraites, qui ne sont pas
de la compétence de tout le monde ,
l'exercice de leur métier sont fort
libres à cet égard. On leur fait bon gré
d'employer ce tems à multiplier les

ouvrages d'un art utile à la société.
Après souper, la récréation est d'une
heure. En été on s'amuse dans les
jardins ; en hiver c'est dans les grandes salles à manger, qui sont com-
munes à toute une famille. Dans ces
réfectoires ils font entr'eux d'agréables
concerts, où ils s'entretiennent &
dissertent paisiblement sur plusieurs
matieres instructives. Loin d'eux ces
jeux insensés du hasard, que l'avarice
inventa, de concert avec la frip-
ponnerie : ils ne les connaissent pas
même de nom. Ils en ont deux qui ont
quelque rapport avec celui des échecs.
L'un consiste dans une espece de
guerre algébrique, dans laquelle les
nombres se livrent bataille & cherchent à se faire prisonniers. L'autre
est un combat entre les vices & les
vertus figurés. On y voit tous les
efforts, tous les grands mouvemens
de ces ennemis naturels & irréconci-
liables, fort ingénieusement repré-
sentés. On y apperçoit le choc & le
désordre des vices qui s'entre-dé-
truisent, & leur ligue puissante contre les vertus. On distingue dans les
premiers les plus terribles antagonis-
tes

res de telle ou telle de ces dernieres, & les moyens d'attaque qu'ils emploient contre elles. Ici on voit qu'ils déploient toutes leurs forces, là qu'ils se replient sur eux-mêmes, & qu'ils se bornent à la guerre de ruse. La belle & vigoureuse défense des vertus est également bien développée : on voit les moyens qu'elles emploient pour combattre les vices avec succès, & les avantages signalés qu'elles remportent sur eux ; en un mot, ce jeu offre un plan régulier de bataille, qui retrace aux yeux tous les campemens, toutes les marches & contre-marches que font deux armées ennemies pour s'arracher mutuellement la victoire & la fixer en leur faveur.

Mais je crois nécessaire, pour ne pas vous exposer à tomber dans quelqu'erreur, d'entrer ici dans un détail plus circonstancié au sujet de l'emploi du tems des Utopiens. Je vous ai dit qu'ils ne travaillaient que six heures ; peut-être ne concevez-vous pas qu'un travail si court puisse suffire pour leur fournir tout ce qui est de nécessité premiere ou d'agrément utile dans la vie? Cependant, loin de manquer de rien,

G

ils font pourvus de tout, même au-
delà de leurs befoins. Pour vous con-
vaincre de la poffibilité de ce que j'a-
vance, faites attention je vous prie à
la grande partie du peuple qui refte
oifif chez les autres nations. Premiérement, les femmes compofent une moitié du monde ; mais dans les pays où
elles travaillent, les hommes nés lâ-
ches & pareffeux paffent toute leur
vie dans une honteufe léthargie. Sup-
putez encore le nombre des Eccléfiaftiques & des Moines ; que de fainéans, que de gens oififs ! Ajoutez à
ceux-ci les riches, les propriétaires de
fonds, les gentilshommes & les feigneurs ; n'oubliez pas fur tout leur
nombreufe valetaille, ces régimens
de mauvais fujets, de vrais pendards,
qui fans ceffe les entourent & fe preffent fur leurs pas ; calculez enfin
ces légions formidables de mandians, de gens qui, pour vivre
fans travailler, fe difent malades,
contre-font les impotens & les infirmes, quoiqu'ils foient gros &
gras, & tout auffi bien portans que
vous & moi ; tout compte fait & dé-
battu, vous verrez qu'il s'en faut

bien que dans nos pays la quantité des artifans & des ouvriers foit auffi confidérable que vous vous l'étiez d'abord imaginé. Autre obfervation. Combien parmi ces ouvriers & ces artifans ne s'en trouve-t-il pas qui font des métiers très-peu néceffaires à la fociété? mais il eft moralement impoffible que ces arts profanes, ces arts corrupteurs & peftilentiels n'a-bondent pas dans un Etat où l'on foudoie l'induftrie, où l'on force le génie à fe proftituer à prix d'argent. Si de nos jours les artifans ne s'adon-naient qu'aux feuls métiers dont on ne peut abfolument fe paffer, l'abon-dance des chofes effentielles ferait fi grande, qu'elles n'auraient plus de valeur, & la main-d'œuvre du fabri-cant, ne lui rapporterait bientôt plus de quoi vivre. Si donc tous ces in-dividus qui s'occupent d'arts inutiles; fi tous ces fainéans, dont un feul confume le produit du travail de deux ouvriers; fi tous les gens de luxe & de bonne chere s'appliquaient à l'e-xercice des feules proffeffion indif-penfables, vous concevez fans peine le peu de tems qu'il leur faudrait pour

G ij

nous fournir tout ce que les besoins,
les commodités & même les plaisirs
naturels & honnêtes peuvent exiger.
C'est ce que l'expérience prouve clairement en Utopie. A peine compte-
t-on dans la capitale & dans ses en-
virons cinq cents personnes des deux
sexes, ayant l'âge & les forces re-
quises pour le travail, qui en soient
exemptes? Les loix en dispensent les
Syphograntes; mais eux-mêmes, jaloux de donner le bon exemple, ne
s'en dispensent pas. Les autres qui
jouissent encore du privilege d'exemp-
tion, sont ceux que leur propre vocation & le vœu du peuple, sur l'a-
vis des prêtres, & du consentement
des Magistrats, appellent à la connaissance des sciences métaphysiques.
Si parmi ces sujets il s'en rencontre
un dont le génie & la capacité ne
répondent pas à l'espérance qu'on en
avait d'abord conçue, de l'académie
on le fait aussi-tôt descendre à la bou-
tique. Si au contraire un artisan pro-
fite avec ardeur du tems de ses ré-
créations pour s'instruire, & fait de
rapides progrès dans les belles-lettres,
du rang de simple ouvrier on l'élève

à celui des favans. C'eſt dans ce dernier ordre , plus éclairé que tous les
autres , que l'on choiſit les députés
aux aſſemblées , les Prêtres , les Tranibores & même le Préſident du Sénat , ou , ſi vous voulez , le Prince ,
chef de la république. Autrefois on le
nommait *Barzane* , aujourd'hui on
l'appelle l'*Ademe*. A la réferve des
lettrés , tous les autres particuliers
d'une ville , étant aſtreints à embraſ-
fer une profeſſion méchanique , utile
à la ſociété , il eſt aiſé de concevoir
qu'on vient à bout de pourvoir à
tout & en fort peu de tems. A tout
ce que je viens de vous dire , j'ajou-
terai pour derniere obſervation qu'en
raiſon du bon ordre que les Utopiens
mettent dans leurs affaires , ils s'é-
pargnent ces embarras& ces difficultés
ſans nombre , que chez les autres
peuples les ouvriers ont quelquefois
toutes les peines du monde à ſur-
monter.Vous conviendrez, par exemple , que chez nous , les ſoins & les
frais extraordinaires que coûtent la
bâtiſſe entiere , ou les réparations ,
viennent de ce que les enfans diſſipés
laiſſent tomber en ruine par leur cou-

pable négligence , des maisons, que leurs peres attentifs avaient toujours entretenues en très - bon état. N'arrive-t-il pas journellement que , faute de quelques menues réparations, la reconstruction urgente d'une partie essentielle d'un bâtiment nous jette dans des dépenses énormes ? N'est-il pas encore ordinaire de voir nn héritier vain & orgueilleux regarder d'un œil de dédain la maison qui vient de lui écheoir, la traiter de *bicoque* , la laisser dépérir , & coûte qui coûte , élever un hôtel spacieux & magnifique sur un terrein qu'il achete au poids de l'or ? Aucun de ces abus n'a lieu en Utopie. Dès que le gouvernement a une fois assigné les emplacemens propres à bâtir , il ne permet presque jamais d'en changer. Les habitans font toujours les réparations nécessaires à tems ; souvent même ils les préviennent ; aussi leurs maisons durent-elles des siècles : les ouvriers feraient même quelquefois exposés à se trouver sans ouvrage si d'ailleurs ils n'étaient continuellement occupés à charier des matériaux, à les amasser , à les mettre en état d'être employés dès

que le besoin le requiert. C'est ce qui
fait qu'on voit le lendemain s'élever
à son comble la maison, que la veille
on a vu sortir de ses fondemens. Quant
aux tailleurs, jamais la besogne ne les
presse : tous les artisans ne portent
dans leurs boutiques ou dans leurs at-
teliers qu'un habit de peau, qui leur
dure sept ans. Si leurs affaires les appellent en ville, ils passent par-dessus
leur habit de travail un ample pour-
point, dont ils s'enveloppent. Ce
dernier vêtement, qui est commun
aux citoyens de toutes les classes, a
la couleur naturelle de la laine avec
laquelle le drap est fabriqué : ils en
usent beaucoup moins que par-tout
ailleurs. La finesse du drap n'est d'aucun prix à leurs yeux ; ils ne recherchent que son extrême propreté, &
sur-tout ils s'épargnent toutes ces façons qui sont si dispendieuses pour
nous. Il en est de même du linge
dont ils font le plus grand usage. La
seule qualité qu'ils estiment dans la
toile, c'est sa blancheur, ils en sont
tous fort curieux ; tandis que chez
nous un particulier qui n'a dans sa
garde-robe que cinq ou six habits de
G iv

drap & autant d'étoffes de foie , &
même dix ou douze, ne peut pas dire
qu'elle foit bien montée , un Utopien
trouve dans fes principes d'économie
les moyens d'être toujours à la mode
de fon fiècle , de pouvoir fe préfenter
par-tout , & de n'avoir cependant
befoin que d'un feul habit en deux
ans. On fe moquerait avec raifon
d'un particulier qui affecterait d'en
avoir davantage ; car il n'en ferait ni
mieux paré ni plus à couvert de l'in-
tempérie des faifons. C'eft par une
fuite de cette fage économie qu'avec
peu de métiers & beaucoup d'artifans
tout abonde à tel point dans le pays
que , faute d'occupations plus pref-
fantes, on voit fouvent les bourgeois
fortir par bandes de la ville, & courir
de gaieté de cœur raccommoder un
grand chemin, réparer une chauffée,
renforcer une digue , ou employer
leur tems à plufieurs autres travaux
publics de ce genre. Je vous le répète,
tout cela fe fait de bonne volonté. En
pareil cas la règle des Magiftrats eft
de ne contraindre perfonne. Quand la
ville eft bien pourvue, & que tout fe
trouve en bon état, alors on abrège

le tems du travail. L'intention du gouvernement n'eſt point de faire perdre ce tems dans des ouvrages abſolument ſuperflus : il veut au contraire que chaque citoyen , après avoir rempli la tâche qu'on a droit d'exiger raiſonnablement de lui , ait de ſon côté le droit de jouir paiſiblement & en pleine liberté du reſte de ſes journées. En diminuant , autant que cela ne nuit point à l'intérêt public, les heures du travail manuel , ſon but eſt d'en laiſſer davantage pour l'étude , pour la culture de l'eſprit & la perfection du cœur , avantages ineſtimables dans leſquels les Utopiens font conſiſter leur ſouveraine félicité.

V.

Du commerce des Utopiens.

Je crois devoir vous parler maintenant du commerce des Utopiens , & vous faire connaître la maniere dont ils font entr'eux l'échange des diverſes choſes néceſſaires à la vie. La ville eſt peuplée de pluſieurs familles, qui ſont compoſées de tous les parens de différentes branches. Dès

G v

qu'une fille se marie , elle passe dans
la famille de son époux. Pour les enfans mâles & les neveux , ils restent
dans leur propre famille & doivent
une entière obéissance au chef , à
moins que son grand âge ne l'ait privé
du jugement ; en ce cas c'est le plus
proche & le plus ancien des parens
que l'on met à la tête de la maison.
Chaque ville contient six mille familles , sans compter celles des Magistrats : pour que la population se
soutienne toujours au même degré ,
on a fait le règlement suivant. Chaque famille ne doit avoir ni moins de
dix ni plus de seize personnes adultes:
comme il serait difficile de fixer le
nombre des individus au-dessous de
l'âge de puberté , le législateur n'en
a point parlé. Le règlement sur la
quantité des adultes s'observe avec
tant de rigueur, qu'on adjoint aux familles qui n'ont point le nombre
prescrit les surnuméraires qui se trouvent dans les autres. Quand toutes les
familles d'une ville sont complettes,
on fait passer l'excédent des jeunes
gens dans les villes qui éprouvent
quelque perte du côté de la popula-

tion. S'il arrive que la république ait plus d'habitans que son sol n'en peut nourrir, alors on tire de chaque ville un certain nombre de citoyens qu'on transporte sur le continent voisin, dont les habitans ont beaucoup plus de terres labourables qu'ils n'en peuvent mettre en valeur. Ces nouveaux Colons continuent à suivre les Coutumes d'Utopie, à se gouverner selon ses loix ; ils conservent sur-tout pour la mere-patrie un attachement inviolable. Ils offrent d'abord leur alliance aux naturels de la colonie ; si ceux - ci l'acceptent, il en résulte un avantage réciproque. Car les Utopiens, à force de travaux, & par leur industrie, parviennent à dompter la nature ingrate de ces climats, & le sol, qui avant leur arrivée ne pouvait suffire aux besoins d'une peuplade, offre bientôt l'abondance à deux peuples entiers. Si les anciens habitans refusent de faire société avec eux & de vivre suivant leurs loix, ils lèvent aussi-tôt la hache, leur déclarent la guerre ; les combattent & les chassent du pays dont ils se rendent maîtres absolus. Vous re-

G vj

marquerez à ce sujet que les Utopiens
estiment que la guerre la plus juste est
celle qu'on entreprend pour conquérir une contrée, que ses habitans,
également avares, jaloux & paresseux
ne veulent ni cultiver ni laisser cultiver à ceux qui n'épargneraient point
leurs bras pour répondre au vœu de
la nature. Ne sait-on pas, disent-ils,
que cette mere commune de tous les
hommes a abandonné par indivis la
terre à ses enfans pour la faire valoir, pour tirer de son sein leur subsistance ? Si quelque calamité extraordinaire, comme la peste, dont ils
ont deux fois éprouvé les ravages depuis leur fondation, diminue à tel
point la population d'une ville, qu'on
ne puisse la réparer sans porter un
préjudice notable à celle des autres
villes ; alors, plutôt que d'enfreindre
les réglemens faits à ce sujet, ils rappellent chez eux leurs Colons ; car ils
aiment mieux dépeupler une colonie
que de souffrir la moindre diminution
dans aucune des villes de la république. Mais j'en reviens à l'administration domestique de chaque famille.
Le plus ancien en est, comme je vous

l'ai déjà dit, le supérieur. Les femmes servent leurs maris, les enfans leurs peres, & les jeunes gens sont soumis aux vieillards. Chaque ville est divisée en quatre quartiers égaux. Au centre de chaque quartier se trouvent des marchés publics qui sont abondamment pourvus de toutes les denrées nécessaires au peuple. Ce qui flatte le plus, c'est l'admirable propreté qu'on apperçoit dans tous les magasins qui régnent autour de la place. C'est-là, c'est dans ces magasins, que tous les artisans portent le tribut de leur travail & de leur industrie. Les chefs de famille vont demander dans ces dépôts publics tout ce dont ils ont besoin pour eux & pour les personnes de leur dépendance; ils l'obtiennent sans bourse délier & sans donner de gages. On est d'autant plus empressé à leur fournir tout ce qu'il leur faut, que l'abondance de tout est réellement extraordinaire. On est d'ailleurs bien persuadé qu'aucun particulier n'exigera rien au-delà de ses besoins. Quel motif plausible déterminerait un citoyen à faire des amas superflus, quand il est assuré qu'à sa premiere

demande on lui fournira toujours un
ample néceffaire ? La crainte de n'en
avoir jamais affez produit cette rapacité vorace que l'on remarque dans
tous les animaux : l'homme le moins
raifonnable de tous eft travaillé d'une
manie bien plus étrange. Il afpire fans
ceffe dans fon fol orgueil à dominer fur
fes femblables ; il veut les éblouir par
le faftueux appareil de fa puiffance &
de fa grandeur. Rempli d'une fotte
vanité , il fe fait gloire de poffeder
plus à lui feul que cent autres enfemble : prétentions abfurdes, avarice, fauffe gloire, vous ne fîtes jamais le tourment de nos fages Infulaires. La pure
fatisfaction de leurs befoins eft le terme
de tous leurs defirs. Attenant les ma-
gafins dont je viens de vous parler,
font les halles où l'on porte certains
comeftibles , comme le pain , les
herbages , les fruits & les légumes.
Les boucheries, les marchés aux poif-
fons & aux volailles font hors de la
ville , fur les bords de la riviere : on
a choifi le voifinage de l'eau pour
procurer à ces endroits la propreté
qui leur eft fi effentielle , & fans laquelle ils ne feraient que d'infects

cloaques. Les efclaves feuls exercent la profeffion de bouchers. On a craint avec raifon que les citoyens, en fe familiarifant dans l'art d'égorger les animaux, ou de les affommer, ne perdiffent peu à peu cette heureufe fenfibilité, cette douceur naturelle, qualités fi cheres & fi précieufes à tous les cœurs bien nés. Quant à l'emplacement des tueries & des étaux, on a encore eu en vue, en les tranfportant hors de l'enceinte des villes, de prévenir les maladies épidémiques que les exhalaifons fœtides qui corrompent l'air ne manquent point à la longue d'occafionner. Il y a dans chaque rue plufieurs grands hôtels, qui tous ont un nom particulier, & font bâtis à une égale diftance l'un de l'autre. C'eft dans ces lieux diftingués que les Syphograntes font leur domicile. A chaque côté latéral de leur demeure font fituées moitié par moitié les maifons des trente familles qu'ils ont fous leur direction. Aux heures des repas elles fe rendent dans le vafte réfectoire de l'hôtel du Syphogrante pour y manger en commun. Les pourvoyeurs de ces diffé-

rens hôtels vont à une heure fixe aux
marchés & à la halle , & fur la lifte
qu'ils préfentent des perfonnes qu'ils
ont à fervir , on leur diftribue toutes
les provifions de bouche qui leur font
néceffaires. Un des principaux objets
qui fixe l'attention dès Magiftrats ,
c'eft le foin des malades ; ils font traités dans des hôpitaux publics , qui
font au nombre de quatre , fitués
proche les portes de la ville : ils font
fi vaftes , qu'on les prendrait volontiers pour autant de gros bourgs.
Quelle que foit la quantité des malades , les Magiftrats veulent qu'ils
foient à leur aife ; ils veillent fur-tout
à ce qu'on ne permette aucune coha-
bitation entre ceux qui n'ont que des
maladies purement accidentelles &
ceux qui font attaqués de maladies
contagieufes. La pharmacie de chaque
hôpital eft des plus complettes , les
gardes-malades font des plus attentifs,
& les médecins des plus habiles; je vous
affure , en un mot , que tout ce qui
peut contribuer au prompt rétabliffe-
ment des malades s'y trouve réuni.
On ne contraint perfonne d'aller fe
faire traiter dans les hôpitaux ; mais

il n'eſt aucun Utopien qui, ſe voyant attaqué d'une maladie ſérieuſe, ne s'**y** rende de ſon plein gré : il eſt perſuadé qu'il y ſera ſoigné avec plus de zele & d'empreſſement encore que dans ſa maiſon. Quand le pourvoyeur des malades a fait le choix des viandes, ordonnées par les médecins, ce qui reſte de meilleur dans les boucheries eſt diviſé par portions égales pour l'approviſionnement de chaque réfectoire. On ne manque pas de ſervir d'abord le Prince, les Pontifes, les Tranibores, les Députés & les étrangers. Ces derniers ſont toujours en fort petit nombre : durant leur ſéjour dans l'Iſle ils ſont défrayés de tout par le gouvernement. Aux heures des repas un héraut ſonne de la trompette ; toutes les familles d'une *Syphograntie*, à l'exception des malades, ſe rendent auſſi-tôt au réfectoire. Après que les ſalles ſont fournies, le particulier a la liberté d'emporter des viandes chez lui pour y manger ſi bon lui ſemble ; dans ce cas on préſume qu'il a de bonnes raiſons pour en agir ainſi. Il n'eſt donc pas défendu de dîner ou de ſouper

chez foi ; mais fort peu de gens prennent cette habitude. En premier lieu
c'eft qu'elle blefferait les ufages de la
civilité, fort eftimée chez les Utopiens : en fecond lieu, c'eft qu'il
ferait peu raifonnable de prendre la
peine d'apprêter un mince dîner au
logis, tandis qu'on en a un tout préparé & beaucoup meilleur à fa porte.
Les efclaves feuls font chargés des
travaux les plus rudes & des offices les
plus bas, foit au réfectoire, foit à la
cuifine. Le foin d'apprêter les mets &
de mettre le couvert ne regarde que
les femmes. Tour à tour celles de
chaque famille font chargées de ce
détail. On dreffe toujours trois tables, & plus s'il eft néceffaire. Les
hommes font affis du côté du mur,
les femmes fe placent vis-à-vis, afin
que s'il leur prend quelque faibleffe,
comme il arrive fouvent à celles qui
font enceintes, elles puiffent fe lever
& fortir du réfectoire fans déranger
perfonne. En cas d'incommodité
elles vont dans la chambre des nourrices, qui n'eft féparée de la falle à
manger que par un mur mitoyen. Là,

celles qui nourriffent trouvent toujours du feu, de l'eau propre, &
des langes tout prêts pour changer
leurs enfans, qu'elles peuvent à leur
aife, & tant qu'il leur plaît, égayer
par leurs tendres careffes. Chaque
mere allaite fes enfans, à moins que
les maladies (*ou la difpofition de fon
tempérament*), ne le lui permettent
pas. Dans ces deux cas les époufes des
Syphograntes cherchent promptement
une nourrice à l'enfant; elles n'ont aucune peine à en trouver. Toutes celles
qui font en état de nourrir s'offrent
de bon cœur pour remplir ce minif-
tère facré, qui eft l'objet de la plus
grande vénération des femmes d'U-
topie. Le nourriffon devient alors le
fils adoptif de celle qui lui a donné
fon lait : toute fa vie il conferve pour
elle les fentimens qu'un bon fils doit
avoir pour fa propre mere. Les enfans au-deffous de cinq ans reftent à
la chambre des nourrices. Ceux au-
deffus de cet âge, tant filles que garçons fervent au réfectoire, ou, s'ils
ne font pas affez forts pour fervir,

ils se tiennent debout dans un silence respectueux derriere ceux qui sont à table. Leurs parens & leurs amis leur présentent par intervalle quelques morceaux de pain & des viandes découpées qu'ils mangent à la hâte ; car ils n'ont pas d'autre tems pour prendre leurs repas. La premiere table de toutes est celle qui occupe le fond de la salle. La place du milieu est la plus honorable & la plus élevée, elle domine sur toutes : c'est celle du Syphogrante ; son épouse est à sa droite, & les deux vieillards les plus anciens sont à sa gauche. Il est bon de vous dire que la distribution des convives est de quatre par quatre. Si le temple se trouve dans cette Syphograntie, le Ministre & son épouse prennent place auprès du Magistrat, comme devant naturellement présider à l'assemblée. On mêle ensuite les jeunes gens avec les personnes d'un âge mur : ces dernieres ont l'inspection sur eux, & comme on ne peut rien dire ni rien faire dans ces réfectoires qui ne soit vu ou entendu, le respect qu'imprime le grand âge retient les étourdis. Si par hasard il leur échappe quel-

que parole trop libre ou quelque
geste déplacé , les anciens qui font
auprès d'eux les reprennent fur le
champ & leur imposent silence. On ne
fert point toute une file de suite ; mais
on présente les mets les plus fuccu-
lens d'abord aux personnes les plus
âgées dont les places font distinguées ,
ensuite on distribue fans façon à la
jeunesse tout ce qui reste fur les plats.
Les vieillards partagent fi bon leur
semble avec leurs voisins ce qu'ils ont
de plus appétissant. La quantité de
mets délicats n'est pas assez abondante
pour les prodiguer indistinctement à
tous les convives. Quoique par égard
pour l'âge on destine les meilleurs
morceaux aux chefs de famille , cela
n'empêche pas que chacun ne foit
bien nourri & même ne fasse bonne
chere. Au commencement du dîner &
du souper on lit quelque traité de
morale. Cette lecture est fort courte,
parce qu'on craint qu'elle ne devienne
plus fastidieuse qu'instructive. Dès
qu'elle cesse , les peres entament la
conversation , qui roule ordinairement fur des sujets agréables & di-
vertissans ; ils ne fe permettent ja-

mais cependant le récit d'aucune anec-
docte fcandaleufe ou aucune faillie indécente. Ne vous imaginez pas qu'ils
vous étourdiffent par leur babil tout
le long du repas , non ; ils laiffent
très-volontiers le champ libre aux
jeunes gens auxquels même ils font
beau jeu. C'eft dans ces momens où
la liberté de la table leur permet de
déployer leur efprit qu'on eft plus à
portée de le connaître & d'en juger.
Le dîner n'eft pas à beaucoup près
auffi long que le fouper. Ils penfent
qu'en furchargeant à midi fon eftomac
de nourritures , le corps affaiffé par
les fonctions laborieufes de la digef-
tion , perd les forces néceffaires pour
le travail : le foir on peut fans inconvénient contenter fon appétit , parce
que l'inaction du corps pendant la
nuit , & le fommeil , font deux excellens digeftifs. On exécute toujours
durant le fouper différentes fympho-
nies & les defferts y font exquis. Les
caffolettes font allumées & répandent
les parfums les plus fuaves dans l'intérieur de la falle ; enfin on n'oublie
rien de tout ce qui peut flatter &
chatouiller les fens des convives ; car

nos Utopiens adoptent pour maxime que toute volupté, dont la fuite n'eſt point dangereuſe, eſt légitime & permiſe. Tel eſt le genre de vie que l'on mene à la ville : celui de la campagne eſt un peu différent. Comme les habitations y ſont plus éloignées les unes des autres, chaque Colon mange en ſon particulier. Au ſurplus il s'en faut bien qu'on manque de vivres aux champs, puiſque c'eſt leur territoire même qui fournit les proviſions de la ville.

VI.

Des voyages des Utopiens.

Quand il prend fantaiſie à un Utopien de voyager, ſoit pour aller voir ſes amis qui habitent dans une autre ville, ſoit pour connaître le pays, il en obtient ſans difficulté la permiſſion des Syphograntes & des Tranibores, à moins que ſa préſence & ſon aſſiduité au travail ne ſoient d'une abſolue néceſſité pour ſes concitoyens. D'ordinaire les voyageurs marchent par caravanne ; ils ſont munis d'un

paſſe-port du Prince qui , jour pour
jour , fixe la durée de leur voyage.
On leur donne un chariot avec un
eſclave public , pour le conduire &
avoir ſoin des bœufs qui y ſont at-
telés. S'il ne ſe trouve point de femmes dans la caravanne , les hommes
aiment mieux aller à pied & laiſſent
là le char qui retarderait leur courſe.
Ils n'emportent rien dans leur tour-
née ; ils ſont traités *gratis* tout le long
de la route. On leur fournit tout ce
dont ils ont beſoin. Chez les différens
particuliers où ils logent l'hoſpitalité
s'exerce avec tant de courtoiſie & de
ſi bonne grace , que les voyageurs ne
s'apperçoivent jamais qu'ils ſont hors
de chez eux. Celui qui paſſe plus d'un
jour dans un endroit y travaille de
ſon métier , & les artiſans ſes con-
freres ont pour lui toutes les déférences imaginables. Si quelqu'un s'a-
viſe de quitter ſes foyers ſans permiſſion & de ſe mettre en voyage
ſans un paſſe-port du Prince , on le
ramene comme un fuyard dès qu'on
peut l'attraper : & il eſt ſévérement
repris de juſtice , s'il tombe dans la
récidive, il perd ſa liberté. Un Utopien
ne

ne peut faire le tour de la ville & parcourir les champs voisins sans l'agrément de son pere & de sa femme.
Comme il n'y trouve ni à boire ni à
manger, il est obligé de revenir aux
heures précises du travail, s'il veut
dîner ou souper. A cette condition
on lui permet de se promener pendant la récréation hors des murs de la
ville, qui n'en souffre aucun préjudice, puisqu'il est contraint d'y rentrer au moment où il devient utile.
Vous concevez d'après ce que je viens
de vous dire qu'on a mis tout en
œuvre pour forcer l'oisiveté jusques
dans ses derniers retranchemens. On
ne rencontre dans toute l'étendue de
l'Isle ni cabaret ni tabagie. Point de
ces lieux infâmes de prostitution ;
point de ces académies de jeu, où
souvent, au péril de leur vie, les
dupes font le profit des escrocs &
des frippons. L'œil vigilant du minis-
tere embrasse tellement toutes les parties de la police, qu'il faut bon gré
malgré faire un bon emploi de son
tems, soit en travaillant, soit en ne
prenant aux heures de loisir que des
délassemens honnêtes. L'abondance est

H

l'heureuse suite de ces sages mesures ; & comme la répartition des biens est égale & commune entre tous les citoyens, on ne connaît en Utopie ni pauvres ni mendians. Dans l'assemblée des Etats généraux, qui se tient tous les ans à Amaurote, & où assistent trois députés de chaque ville, on présente un état détaillé de toutes les productions de chacune de ces villes & de leur territoire. Après l'examen qui en est fait, on établit une balance exacte de rapport & de consommation entre toutes ; en donnant à celles qui se ressentent de la disette le superflu de celles qui ont de tout à foison. Ce don est gratuit & sans espoir de retour. Si l'année suivante la ville qui a donné, vient elle-même à manquer, elle ne va point demander ce qu'il lui faut à celle qui a reçu son superflu, mais elle accepte ce qui lui manque de la premiere ville qui s'offre à le lui fournir. Tous ces prêts & ces échanges se font sans aucune vue d'intérêt ; on les regarde comme autant de devoirs naturels dont on ne saurait se dispenser sans inhumanité. De pareils traits vous prouvent

aſſez, ſans doute, que toute la république ne compoſe qu'une ſeule &
même famille. Comme on ignore ſi
l'année qui ſuit la derniere récolte ſera
bonne ou mauvaiſe, on a grand ſoin
de toujours approviſionner le pays
pour deux ans : on permet enſuite
l'importation chez l'étranger de l'excédent des denrées en tout genre. Ces
productions nationales conſiſtent en
bled, miel, laine, lin, chanvre,
bois, peaux, vermillon, coquillages,
cire, ſuif, cuir, & même en quantité
de gros & de menu bétail. Ils donnent
un ſeptieme de leurs marchandiſes aux
pauvres du pays où ils vont commercer, & vendent le reſtant à un
prix très-borné. Ils rapportent de ces
traites, non-ſeulement le fer, qui eſt
preſque la ſeule choſe qui leur manque, mais encore des ſommes con-
ſidérables en or & en argent. On ne
ſaurait s'imaginer combien les Utopiens ſe ſont enrichis depuis le long
eſpace de tems qu'ils font ſi heu-
reuſement ce commerce. Auſſi leur eſt-
il abſolument égal aujourd'hui de vendre à crédit ou au comptant. La plus
grande partie de leurs affaires ſe fait

H ij

en papier. Pour en affurer la folidité,
ils ne fe contentent pas de la garantie
& de la folvabilité du tireur ou de
l'endoffeur : ils ont foin, en fe con-
formant aux ufages des lieux, d'en
faire dreffer des actes authentiques
par des officiers publics. Ils chargent
enfuite les corps municipaux des villes
de commerce du recouvrement de
ces dettes. Ceux-ci font payer avec
d'autant plus d'exactitude les débiteurs
à l'échéance de leurs obligations,
que leurs villes perçoivent les intérêts des créances, rembourfées &
dépofées en maffe au tréfor public,
jufqu'au jour où les Utopiens font la
demande de leurs capitaux. Ils n'en
répetent fouvent que la plus faible
partie, & abandonnent le refte à
leurs débiteurs, parce qu'ils eftiment
que c'eft bleffer la juftice que d'enlever aux autres ce qui leur fert, &
ce dont on ne fait foi-même aucun
ufage. Mais, s'ils veulent obliger un
peuple voifin, menacé d'une invafion, ou s'ils fe trouvent fur le point
d'avoir la guerre, alors ils redemandent la totalité de leurs créances. Tous
les tréfors qu'ils amaffent dans leur

propre pays, font deftinés à écarter
loin d'eux les calamités publiques, à
leur acquérir des fecours dans les
dangers preffans & imprévus. En tems
de guerre ils donnent une forte paie
aux foldats étrangers qu'ils foudoient
& qu'ils expofent plus volontiers que
les leurs ; car ils font très-avares du
fang de leurs compatriotes. Ils fement
d'ailleurs avec tant de profufion l'or
& l'argent fur les pas de leurs ennemis, qu'ils occafionnent la défertion
de leurs troupes qui paffent de leur
côté ; ou ils enflamment à tel point
la cupidité des Généraux, que ceux-
ci tournent leurs armes contre eux-
mêmes & s'entre-détruifent. Voilà
les raifons qui les déterminent à conferver toujours au befoin un tréfor
confidérable. Mais, vous dirai-je, le
cas qu'ils font de l'or en général ?
Peut-être ne voudrez-vous pas me
croire ? car enfin, fi quelqu'un venait me raconter tout ce dont j'ai été
témoin oculaire à ce fujet, je vous
avoue que je ne pourrais gueres m'empêcher de foupçonner la vérité de fon
récit. Rien cependant de plus vrai que
tout ce que je vais vous apprendre;

mais les choses nous paraissent d'autant plus incroyables qu'elles sont plus éloignées des coutumes & des mœurs de notre pays. Des hommes sensés cependant, des hommes qui réfléchiront sur les usages, sur les loix de ces républicains, si différentes des nôtres, s'étonneront moins de ce que je vais vous raconter & se le persuaderont plus facilement. Il ne s'agit point ici d'avoir égard à l'emploi que nous faisons de l'or & de l'argent; il faut uniquement consulter la façon de penser & de juger des Utopiens sur cet objet si important de notre culte. Comme ils n'ont aucunement besoin d'especes, dont le cours est inconnu chez eux, ainsi que je l'ai remarqué plus haut, ils se bornent à garder leur or & leur argent pour s'en servir à propos dans les conjonctures difficiles & fâcheuses. Il est possible, disent-ils, que ces momens de crise ne se rencontrent pas dans la série des événemens que le ciel nous prépare: il est prudent toutefois de chercher à nous précautionner contre un avenir toujours incertain. L'usage qu'ils font en attendant de l'or & de l'argent est

bien propre à fixer le jugement que
tout le monde doit raisonnablement
porter sur ces métaux : cet usage n'est
autre que la mesure du mépris qu'on
doit avoir pour eux. Sans prévention,
qui pourra disconvenir que le fer,
dont on ne peut pas plus se passer que
du feu & de l'eau, ne soit bien plus nécessaire & plus précieux que l'or &
que l'argent ? L'homme néanmoins,
toujours irréfléchi, toujours inconsé-
quent dans ses procédés, assigne une
valeur aux métaux, sans faire la
moindre attention aux divers degrés
de mérite qu'ils peuvent avoir par
rapport à son utilité personnelle. Il
avilit, il méprise, malgré leurs qualités usuelles, ceux qui sont les plus
communs, & met un prix ridicule aux
autres en raison de leur extrême rareté, quoique d'ailleurs ils ne puissent réellement être d'aucun usage,
proprement dit utile & nécessaire.
Mais la nature, cette tendre mere,
dont la sagesse se manifeste dans toutes
ses vues, raisonne d'une maniere bien
différente de celle de ses enfans. Elle
place sous nos yeux & sous notre
main tout ce qu'elle juge essentiel au

foutien de notre exiftence ; elle affer-
mit la terre fous nos pieds , & fait
circuler autour de nous l'air, qui eft
notre élément ; elle nous indique la
fource & le cours des rivieres, rien
ne lui échappe de ce qui peut nous
rendre la vie douce & agréable ; mais
elle enfouit dans des gouffres profonds
qu'elle-même a creufés au centre de
la terre tout ce qui ne peut nous être
d'aucune utilité réelle. Le gouvernement d'Utopie ne fait point enfermer
dans des tours l'or & l'argent , afin
de prévenir les jugemens du vulgaire,
fottement ingénieux dans tous les
mondes poffibles à fe forger des idées
bifarres. Il pourrait croire ici que le
Prince & le Sénat abufent de fa bonne
foi , qu'ils ourdiffent enfemble quelque trame avantageufe pour eux &
nuifible à fes intérêts. On n'emploie
pas non plus ces métaux à fabriquer
de la vaiffelle & d'autres ouvrages
travaillés par les plus grands artiftes.
Quand il faudrait fondre les matieres
& en faire de la monnoie pour payer
les troupes, ce ferait un embarras &
un fujet de chagrin ; car , dès qu'une
fois on s'eft laiffé féduire par le luxe,

dès qu'on eſt attaché à ſes inventions, ce n'eſt qu'avec beaucoup de
peine qu'on y renonce. Pour preve-
nir ces inconvéniens, ils ont ſur cet
objet une politique marquée au coin
de cette ſingularité qui frappe d'abord
dans toutes leurs inſtitutions. Cette
coutume eſt ſi contraire à nos idées,
ſi oppoſée au profond reſpect, à la
paſſion déſordonnée que nous avons
pour l'or & pour l'argent, qu'il faut,
je le répete, avoir vu les choſes pour
les croire. Toute la vaiſſelle des Utopiens eſt de terre cuite ou de verre,
d'une forme il eſt vrai auſſi propre
qu'agréable; mais la matiere n'eſt rien
moins que rare & coûteuſe. Quant à
nos métaux les plus précieux, ils les
emploient à la fabrique de leurs
vaſes nocturnes, & des uſtenſiles les
plus vils du ménage. On en voit quantité, tant dans les maiſons publiques
que chez les particuliers. Ils en font
auſſi de fortes chaînes pour attacher
aux pieds & aux mains de leurs eſclaves : on condamne encore tous
ceux qui ſont notés d'infamie à porter
des pendans d'oreilles d'or, une quantité prodigieuſe d'anneaux aux doigts,

H v

des colliers , & une large plaque fur
le front, le tout de même métal. Vous
voyez par-là que nos républicains
ont cherché tous les moyens imaginables d'ôter à l'or & à l'argent tout leur
crédit , de les avilir & de les mettre
au niveau de la fange , qu'on méprife
& qu'on rejette avec horreur. Ainfi
la poffeffion de ces mines fi riches ,
que tant d'autres peuples chériffent
comme leurs propres entrailles , &
de la perte defquelles ils feraient in-
confolables , n'eft d'aucun prix aux
yeux de nos Infulaires, & on leur en-
leverait d'un feul coup toutes leurs
richeffes pécuniaires , qu'ils ne s'en
croiraient pas plus pauvres d'une
obole. Ils ramaffent des perles fur
leurs rivages ; ils trouvent des diamans & des pierres fines dans le creux
des rochers ; mais ils ne fe donnent
pas la peine de les chercher. Ils fe
contentent de faire ufage de ceux qui
tombent par hafard fous leurs mains.
Ils les taillent , les poliffent & en font
des ornemens & des joyaux à leurs
petits enfans. Dès que ceux-ci gran-
diffent & qu'ils font fufceptibles de
raifon, ils rejettent de leur propre

mouvement ces babioles, comme nos
jeunes gens rejettent les marques extérieures de l'enfance & les jeux innocens qui, au fortir du berceau,
amufoient leurs facultés naiffantes.
Ces ufages, diamétralement oppofés
à ceux des autres nations, produifent
des idées & des jugemens qui ne font
pas moins contradictoires avec les
nôtres. Je n'ai jamais été plus à portée
de voir ce contrafte frappant qu'à
l'arrivée des ambaffadeurs d'Anémolie
qui firent leur entrée à Amaurote durant mon féjour. Comme ils venaient
pour traiter d'affaires de la plus haute importance, trois députés de chaque ville, & les Ambaffadeurs étrangers qui fe trouvaient alors dans l'Ifle
vinrent fe rendre auprès d'eux dans la
Capitale. Ces derniers qui féjournaient
depuis quelque tems en Utopie, n'i-
gnoraient pas les coutumes des habitans & le profond mépris qu'ils
avaient pour le fafte & pour tout ce
qui s'appelle pompe extérieure : ils
fe préfenterent en conféquence fort
fimplement vêtus ; mais les Anémoliens qui, par rapport à leur éloigne-
ment & au peu de commerce qu'ils

H vj

font avec nos Insulaires, n'avaient
aucune connaissance de leurs mœurs &
de leurs usages, tomberent à leur
égard dans une erreur grossiere. Les
premiers Utopiens qui s'offrirent à
leurs yeux sous le costume national,
leur firent juger aussi-tôt que ce peuple était pauvre & misérable. Plus orgueilleux que sages, ils s'aviserent de
vouloir l'éblouir par leur richesse &
leur magnificence. Nos trois ambassa-
deurs, qui étaient des personnes du
premier rang dans leur pays, s'ha-
billerent donc aussi superbement que
des acteurs qui doivent monter sur
la scene pour y représenter des héros
& des Dieux. Les voilà qui se mettent
en marche, accompagnés d'une suite
de cent personnes au moins, toutes
couvertes d'habits de soie brodés de
diverses couleurs. Ceux de leurs Excellences étaient de drap d'or, enrichis de pierreries. Ils portaient en
outre des bagues, des bracelets, des
colliers & des pendans d'oreilles de
perles & de diamans. Leurs chapeaux
étaient garnis d'une large broderie en
or, & d'agraffes d'un travail aussi
précieux que le métal. Parés de tous

ces riches ornemens , qui chez les
Utopiens font précisément les marques diftinctives de l'efclavage , de
l'infamie ou de l'enfance , ils s'ima-
ginaient éblouir tous les yeux & fe
donner le fpectacle de ces coups de
furprife qui flattent fi agréablement
l'orgueil & la vanité de ceux qui les
font naître. Tous trois portaient fiérement la tête au vent, fe rengorgeaient
& fe pavannaient de la belle maniere ,
en faifant tomber par-ci par-là quelques regards de pitié fur le peuple, qui
accourait en foule pour les voir paffer.
Mais le plaifant de l'aventure, c'eft que
malgré leur air d'importance, & la bonne opinion qu'ils avaient d'eux-mêmes, nos trois Excellences furent com-
plettement moquées & bernées tout
le long de la repréfentation. Je vous
ai dit ci-deffus qu'en général bien peu
d'Utopiens voyagent , très-peu par
conféquent font inftruits des mœurs
& des ufages des autres peuples. Il ne
faut donc pas s'étonner fi nos bons
bourgeois d'Amaurote , qui s'ima-
ginaient que tout fe paffait ailleurs
comme chez eux , prenaient ici les
maîtres pour les valets, & les Ambaf-

fadeurs pour les efclaves de leur fuite.
Ils faluaient refpectueufement ceux qui
portaient les habits les plus fimples,
parce qu'ils croyaient voir en eux
les nouveaux Miniftres plénipotentiaires. Des enfans de fept à huit ans
qui avaient renoncé à tous ces joyaux
de l'enfance, dont ils voyaient les
ambaffadeurs furchargés, criaient de
bonne-foi à leurs meres : *Mamans,
mamans, regardez donc ces grands ni-
gauds qui portent des joujoux & des
babioles, comme s'ils n'étaient encore
qu'au maillot. Taifez-vous,* répondaient
férieufement les meres, *ce font à
coup fûr les bouffons de leurs Excellences.*
D'autres portant la vue fur leurs
chaînes d'or, difaient tout haut, en
fe mocquant ; *de quelle utilité, je vous
prie, peuvent être ces chaînes ? Elles
font fi minces que ces efclaves peuvent
aifément les brifer, & fi peu ferrées qu'il
leur eft plus facile encore de les ôter & de
prendre la fuite.* Après avoir féjourné
quelques jours dans la Capitale, les
Anémoliens, plus inftruits des ufages
du lieu, reconnurent leur prévention.
Ils s'apperçurent bien que l'or ne
manquait pas en Utopie, puifqu'un

seul esclave en portait plus dans les
chaînes, dont il était garrotté, qu'ils
n'en avaient à eux trois dans leurs
riches habits; mais que ce métal
était aussi vil, aussi abhorré chez les
Utopiens, qu'il était chéri & révéré
dans leur pays. Honteux & confus de
leur méprise, ils s'empresserent de
retrancher tout leur train, & dépo-
serent humblement leur fierté & leur
arrogance. Ils se trouverent encore
bien plus éloignés du but qu'ils s'é-
taient proposés, lorsque différens
entretiens avec les habitans les eurent
mis à portée de connaître à fond la
façon de penser du peuple avec lequel
ils venaient traiter. J'avoue que ses
opinions sur ce point durent leur paraître bien étranges. Est-il possible,
disent les Utopiens, qu'un homme
qui est tous les jours en état de
contempler les astres & la beauté
du soleil, puisse avec quelque plaisir repaître ses yeux de la lueur
fugitive de ces petits morceaux de
crystal ou de roche, qu'il nomme
pierres précieuses? Se peut-il qu'il
se rencontre des êtres assez dépourvus
de sens & de raison pour se croire

plus nobles , plus excellens que leurs
semblables, parce qu'ils sont couverts
d'un drap plus fin & plus rare ?
Mais la laine dont ce drap est fabriqué , ne provenait-elle pas également
de la toison d'une brebis , & au bout
du compte , toute belle qu'était cette
toison, la brebis qui la portait n'était-
elle pas une bête comme une autre ?
Vous adorez l'or, (prenez que c'est
un Utopien qui parle) : mais ce métal , par la nature de sa trempe , ne
peut vous être d'aucune utilité ; s'il a
quelque prix , c'est vous qui le lui
avez indiscrétement donné. Ce prix
est idéal & fictif. Ce n'est qu'une valeur conventionnelle & relative à
vos besoins. Cependant cette matière
est aujourd'hui en si haute vénération chez tous les peuples de la terre,
qu'on ne rougit point de la préférer
à l'homme même. En voulez-vous la
preuve ? La voici. Regardez ce maître
sot , enseveli dans sa crasse ignorance;
ne vous semble-t-il pas voir une misérable souche qui conserve à peine
quelques restes de végétation ? Ce
lâche individu est d'ailleurs un fou
décidé , un juré frippon. Cependant

une cour nombreuse s'empresse de
lui offrir ses hommages : il tient sous
sa dépendance & à ses gages des
hommes sensés & vertueux, des
sages & des gens à talens. A quel titre
leur commande-t-il ? Sur quoi fonde-
t-il ses droits ? Sur quoi ? Sur son
coffre-fort. Le malheureux est riche,
& sa richesse est tout à la fois la base
de son stupide orgueil & de son injuste domination. Mais si l'avare chicane, qui met tout son plaisir à dévorer les trésors des hommes, & à
réduire les opulens aux dernieres extrémités de l'indigence ; si la fortune,
encore par un caprice bien digne
d'elle, vient à précipiter du haut
de la roue ce mortel boursouflé
de sottises & d'ennui, nagueres si fier
de ses richesses ; si elle les fait passer
dans les mains du plus insigne pendart
de tous ses valets, alors quelle sera la
ressource de notre millionnaire ? Vous
le verrez bientôt ramper à son tour
dans la poussiere, traîner sa honteuse
existence dans l'obscurité, & finir
par mendier un refuge chez son propre laquais, qui ne regardera son service auprès de lui que comme une

dépendance nécessaire de la totalité
de ses biens dont le sort l'a mis en
possession. Ce qui m'irrite, ce qui
me révolte sur-tout est de voir les
respects, les honneurs presque divins
que vous rendez à un homme qui ne
vous est de rien, & auquel vous ne
devez rien. Je vous surprends néanmoins fléchissant le genou devant
lui, vous l'encensez ; & pourquoi
ces adorations ? Parce qu'il a de l'or
& de l'argent. Mais vous savez
que c'est un ladre, un usurier,
& que de son vivant vous n'aurez
pas un sol de toute sa fortune. Que
vos grimaces sont méprisables, ex-
travagantes & absurdes ! Telle est sur
les richesses la façon de penser des
Utopiens. L'éducation publique qu'ils
reçoivent dès leur plus bas-âge, &
l'étude des belles-lettres dont ils s'occupent très-sérieusement eux-mêmes,
contribuent pareillement à la leur inspirer & à la perfectionner. Quoiqu'ils
ne destinent particulierement à la
connaissance intime des hautes sciences que ceux qui annoncent dès leur
tendre enfance une saine judiciaire,
un génie élevé, un goût invincible

pour la philosophie & la métaphy-
sique, on donne néanmoins à tous les
enfans une teinture de ces sciences,
ainsi que des arts libéraux. D'ailleurs
je vous ai dit que les hommes & les
femmes se font un plaisir de confa-
crer à leur étude les heures que leur
laisse l'interruption du travail. Les
Utopiens ne connaissent que leur langue maternelle; c'est la seule qu'on
emploie dans tous les colleges, dans
toutes les écoles & les Académies. Cet
idiôme est riche & sa prononciation
est fort douce. Aucun autre ne saurait
leur fournir des expressions plus propres à rendre leurs pensées avec autant de précision & de clarté, que de
justesse & d'énergie. Cette langue est
d'ailleurs presque universelle dans
leur tourbillon, elle a différentes diale-
ctes. Ils n'avaient point entendu parler
avant notre arrivée de tous les philosophes si célebres parmi nous. Mais
en musique, en logique, dans l'arith-
métique & la géométrie, leurs découvertes n'étaient nullement infé-
rieures à celles de nos plus grands
Maîtres. Si toutefois ils peuvent aller
de pair avec nos anciens dans les in-

ventions vraiment utiles , il s'en faut
bien qu'ils égalent nos dialecticiens &
nos fophiftes modernes. Ils n'ont
trouvé aucune régle de reftrictions ,
d'amplifications , de fuppofitions ,
ni aucune de ces fubtilités de logique que nos grimauds de college
favent fur le bout du doigt. Ils font
peu propres à la recherche des *idées
fecondes* ; ils n'ont jamais penfé à
l'homme dans l'*univerfalité* , comme
s'exprime le jargon fcientifique de
nos écoles. Malgré la grandeur dé-
mefurée de ce coloffe , au-deffus de
toutes les ftatures gigantefques ; malgré toutes les démonftrations que
nous employâmes pour le leur rendre palpable , ils ne purent jamais
l'appercevoir. Mais s'ils n'ont point
fait un pas dans ce fatras d'abftrac-
tions métaphyfiques , on peut affurer
qu'ils ont en revanche pouffé fort loin
leurs connaiffances dans l'aftronomie.
Ils ont fabriqué divers inftrumens de
mathématique , comme des télef-
copes, des quarts de cercle , & plufieurs autres, à l'aide defquels ils mefurent exactement la hauteur du foleil,
ils fixent même la durée de fon cours,

les déclinaisons, ainsi que les phases de la lune, les mouvemens ordinaires ou rétrogrades des astres & des planètes qui brillent sur leur horison. Quant à l'astrologie judiciaire & à tous ces contes bleus de la magie blanche, leur ignorance sur ce point est des plus parfaites. Ils pronostiquent les pluies, les vents, le froid & le chaud sur certains signes apparens & d'après une foule d'observations confirmées par une longue expérience, qui rarement les induit en erreur. Au surplus, relativement à ces objets, ainsi qu'au flux & reflux de la mer, à sa salaison, à l'origine du monde tel qu'ils le conçoivent, à la nature des divers corps célestes, ils ont des opinions qui different entr'elles, comme en ont eu nos anciens philosophes: quelquefois ils quittent les vieilles pour s'attacher aux nouvelles, lorsqu'ils les croient plus solides, & ils finissent, ainsi que nous, par ne pas tout à fait s'accorder sur ces points de croyance arbitraire. Ils agitent en philosophie morale les mêmes questions que nous. Ils se demandent en conséquence si le nom de *bien* peut

convenir également aux qualités de
l'ame, à celles du corps & de la
fortune, ou s'il n'appartient qu'aux
premieres. Leurs diſſertations ſur la
vertu & ſur ce qu'on appelle plaiſir
ou volupté, ſont très-étendues. L'objet le plus noble & le plus intéreſſant
de toutes leurs queſtions & de toutes
leurs recherches, eſt de ſavoir en quoi
conſiſte le vrai bonheur de l'homme,
ſi c'eſt dans une ſeule ou dans pluſieurs choſes réunies. La plupart des
Utopiens embraſſent ſur cet article le
ſyſtême d'Epicure ; ils ſont perſuadés
que ſi la volupté n'eſt pas entiérement
diſpenſatrice du bonheur, elle ſeule
du moins contribue le plus à nous le
procurer. Ce qui va vous étonner
ſans doute, c'eſt qu'ils fondent ſur la
religion même, toute triſte & toute
ſévere qu'elle eſt, une morale ſi
facile & ſi douce. Jamais ils ne diſ-
ſertent ſur le ſouverain bien de l'homme qu'ils n'invoquent le ſecours de
leur religion ; ils déduiſent leurs con-
ſéquences de ſes principes mêmes ;
ils mêlent ſes maximes aux raiſonne-
mens de la philoſophie, & penſent
que, ſans le concours de leurs lu-

mieres réciproques, ils feraient pendant toute leur vie des recherches infructueuses pour trouver la félicité.

Voici leurs dogmes principaux: L'ame est immortelle. Dieu, dans les décrets éternels de sa bonté, l'a créée *capable de bonheur.* Il est une vie future dans laquelle le vice sera puni & la vertu récompensée. Quoique la religion seule établisse & enseigne ces articles de foi, les Utopiens soutiennent que la raison doit suffire pour nous déterminer à les adopter & à y croire. Si ces points fondamentaux n'étaient point autant de vérités incontestables; si la mort, en nous retranchant du nombre des vivans, anéantissait tout notre être, il n'est pas d'homme, si borné qu'on le suppose, qui n'eût encore assez d'esprit pour sentir qu'il est de son intérêt de se faire, même des crimes les plus atroces, autant de degrés pour atteindre au bonheur de la vie présente. On le verrait donc sans cesse tourmenté de la soif des plaisirs; il les saisirait tous avec une égale avidité, en s'arrêtant néamoins avec complaisance au choix des plus rafinés, des plus exquis, & de ceux dont la douleur n'accompagne ou ne suit point la jouissance. Qui pourrait le blâmer de suivre un pareil système ? Quel excès de folie de renoncer à soi-même & aux agrémens de la vie, de pratiquer les vertus les plus difficiles & les plus austeres, de s'exposer volontairement aux tribulations, de supporter avec patience les disgraces & les maux les plus cuisans, si notre espoir ne s'étend pas au-delà du tombeau ; si notre ame & la félicité dont elle est susceptible se perdent & s'abîment avec le corps dans une nuit éternelle !

Quant à la volupté dont ils font dépendre le bonheur de cette vie, ce n'est point cette volupté sensuelle, qui n'a pour but que la satisfaction des appétits désordonnés, c'est cette volupté douce & honnête, fondée principalement sur l'amour & la pratique de la vertu, sans laquelle ils ne lui trouveraient aucun prix. Or la vertu, selon eux, n'est autre chose que l'observation rigide de la loi naturelle, seule loi universelle, invariable & permanente que Dieu a

profondément

profondément gravée dans nos cœurs pour nous servir de régle en ce monde. Vivre selon la loi naturelle, c'est, disent les Utopiens, ne consulter que la raison, pour savoir d'elle ce que nous devons ou ne devons pas faire, ce qui doit être l'objet de nos desirs ou de notre aversion. Le premier & le plus important de tous les devoirs que nous impose la raison, c'est de révérer, de bénir l'Etre suprême, seul auteur de notre existence & du bonheur auquel nous aspirons. Cette raison nous engage ensuite à mener une vie douce & paisible, à resserrer & à cimenter les liens de la société, en partageant avec tous nos semblables, qui sont nos freres, les aisances, les agrémens, & les biens que nous parvenons à nous procurer. Car enfin, le partisan le plus zélé de la vertu, l'ennemi le plus irréconciliable du plaisir, en vous faisant un devoir de porter votre croix, d'être dur envers vous-même; ne vous ordonne-t-il pas en même-tems d'aimer votre prochain, de l'aider dans son infortune, de le consoler dans ses afflictions? Quelque austere qu'on suppose un

I

homme , il n'en est point qui ne fasse
l'éloge de la charité , comme de la
vertu la plus excellente & la plus essentielle. Il n'en est point qui ne s'at-
tendrisse , qui ne laisse échapper des
marques précieuses de sensibilité , en
vous disant : oui , les seuls plaisirs
purs & délicieux , les seuls plaisirs
qui rapprochent un faible mortel de
la divinité , sont ceux qu'il goûte
lorsqu'il trouve & saisit l'occasion
d'essuyer les larmes de son semblable,
de le soulager du poids de la douleur
qui l'accable , de le rappeller des
portes du trépas & de le rendre aux
charmes d'une vie paisible & fortunée,
qui seule renferme la vraie volupté.
Que chacun de nous descende dans
son cœur, qu'il l'interroge , il lui ré-
pondra que c'est-là le vœu le plus
ardent que la nature, c'est-à-dire, le
désir de sa propre conservation, de
son propre bonheur, ne cesse de lui
faire former pour lui-même. Posons
d'abord pour principe , que la vie
passée dans les délices, qui n'est autre
que la vie voluptueuse , est bonne ou
mauvaise. Si elle est réellement mauvaise, loin d'en procurer la jouissance

à votre prochain, vous devez la lui
ôter, comme d'une chose contraire à
son bien être; si elle est bonne, s'il est
permis, je dis plus, si nous sommes
obligés de lui offrir les moyens d'en
jouir : pourquoi ne commencerions-
nous pas par nous? Il est une vérité
universellement reconnue, c'est qu'on
n'est intéressé à faire du bien à personne au monde plus qu'à soi-même : tandis que la nature dispose nos
cœurs à l'amour du prochain, tandis
qu'elle nous fait un devoir de cet
amour, pourrait-elle nous ordonner
de haïr notre propre individu & de
sévir contre nous-mêmes? Non,
sans doute, le but de tous nos soins
& de toutes nos recherches doit donc
être de mener la vie la plus agréable
possible ; c'est-à-dire, d'embellir le
cercle étroit de nos jours de toutes
les délices, de toutes les jouissances
que la nature nous indique ; car la
seule & vraie vertu de l'homme est
de vivre selon ses loix. Attentive à
nous procurer tout ce qui peut nous
être d'un bien réel, elle se sert de la
voix du plaisir pour appeler au bonheur ses enfans qu'elle voit tous de

même œil & qu'elle chérit avec une
égale tendresse. En les pressant de
s'aider mutuellement, de partager entr'eux à l'amiable & ses faveurs & ses
trésors ; elle ne cesse de leur répéter
de fuir ces délices perfides, ces voluptés insidieuses, que souvent quelques ingrats n'ont pas honte d'acheter aux dépens du bien-être de tous
ceux qui les entourent.

C'est par une suite de ces principes
que les Utopiens soutiennent qu'on
doit scrupuleusement observer les
conventions rédigées entre particuliers, & les loix promulguées par un
Prince bon & juste ou par un peuple
libre & bien intentionné. Cette inviolable observation, ajoutent-ils, doit
avoir lieu, sur-tout à l'égard de nos
loix, qui, revêtues de la sanction
publique, établissent le partage égal,
la communauté de ces biens & de ces
avantages de la vie dans lesquels nous
faisons consister la souveraine volupté. Respecter les loix dans les moyens
que l'on prend pour se procurer le
bonheur, c'est prudence ; se proposer
le bien général pour but de toutes ses
démarches, c'est humanité ; chercher

ſon bien aux dépens de celui d'autrui, c'eſt une injuſtice criante. Le comble de la grandeur d'ame & de l'héroïſme civique, c'eſt de ſacrifier ſon intérêt perſonnel à celui de ſon concitoyen, c'eſt de ne plaindre ni ſoins, ni peines, ni argent lorſqu'il eſt queſtion de l'obliger ; c'eſt, en un mot, de préférer ſon bien-être au notre propre. Loin de nous nuire, cette généroſité officieuſe devient pour nous la ſource d'une infinité d'avantages. Outre qu'un bienfait porte toujours avec lui ſa récompenſe, la chaîne inviſible qui nous lie les uns aux autres, nous fait une néceſſité de nous rendre des ſervices réciproques, & d'uſer entre nous de juſtes repréſailles. Mais ſans parler ici de ce retour que nous avons droit d'attendre, les impreſſions vives & délicieuſes que nous éprouvons au fond du cœur lorſque nous avons fait une action bonne & louable, n'en ſont-elles pas le plus doux prix ? Et ce prix ſi flatteur ne nous dédommage-t-il pas au centuple de la privation que nous avons eu le courage de nous faire ? A ces conſidérations purement humaines, qui réſultent

I iij

d'un acte d'humanité, il faut joindre
un motif plus consolant encore, c'est
la certitude intime qu'a tout homme,
pénétré de sa religion, qu'il est un
Dieu tout puissant, dont la justice
souveraine récompense les œuvres
de bienfaisance & de charité par des
biens éternels & inépuisables. C'est
d'après ces principes qu'ils se persuadent que les plaisirs, dont la conti-
nuité forme le bonheur, sont l'unique fin à laquelle doivent tendre
toutes les actions & même toutes les
vertus de l'homme. Ils définissent la
volupté, cet état de l'ame & du corps,
que l'instinct naturel nous fait préférer
à tout autre, parce qu'il nous affecte
d'une maniere plus douce & plus
agréable. Remarquez, je vous prie,
ces mots, *l'instinct naturel.* Ce n'est
pas sans de très-fortes raisons qu'ils
les emploient dans cette définition.
Les seuls plaisirs avoués par la nature
sont, disent-ils, ceux qui ne causent
de préjudice à personne, qui ne nous
font point sacrifier un plus grand
avantage à un moindre, qui n'en-
gendrent ni la douleur ni le remord,
qui ne portent enfin aucune atteinte,

soit à nos facultés physiques , soit à nos facultés intellectuelles. Les plaisirs que la nature condamne & rejette sont ceux que se forge cette multitude d'hommes aveugles qui se repaissent d'illusions, qui donnent aux choses le degré de bonté , de valeur & d'excellence qu'il leur plaît , comme s'il dépendait d'eux d'en changer aussi facilement l'essence , qu'ils en changent la dénomination. Tous ces desirs déréglés, tous ces appétits fougueux , toutes ces convulsions de l'ame & ces épuisemens des sens , ne sont point la vraie félicité : loin de nous rapprocher d'elle , ils ne font que l'éloigner de nous , ils la détruisent même entiérement. Dès qu'une fois l'homme prend plaisir à savourer de pareilles jouissances , dès qu'il est travaillé de semblables vertiges , plus de repos, plus de douceurs à espérer pour lui ; son cœur, dupe de son imagination exaltée , s'échauffe & s'enflamme pour des objets fantastiques, dont la recherche lui cause autant de peines & de soins , que la possession lui cause de douleurs & de repentir. Regardez ce malheureux

I iv

aveugle , il s'élance , il court , il vole
dans une route , qu'il prend pour
celle du bonheur ; dans le délire de
sa passion il croit y parvenir , il double la vîtesse de sa marche , il est au
bout de sa carriere ; qu'y trouve-t-il?
Le précipice affreux dans lequel il se
précipite.

Les Utopiens mettent au rang de
ces plaisirs , de ces voluptés chimé-
riques , la folie de ces hommes dont
je vous ai parlé plus haut , qui , me-
surant leur mérite à leur habit , s'estiment sottement au-dessus des autres,
en proportion du faste & de la magnificence qu'ils déploient dans leur
extérieur. Cette façon de penser &
de s'apprécier , disent nos sages , renferme deux erreurs bien grossieres.
Priser son habit plus que sa personne,
premiere sottise. Dans le fait , à ne
considérer l'habit , ainsi qu'on doit le
faire , que relativement à son usage,
quelle simplicité de mettre une différence entre les draps & de préférer
le plus fin ? Quelle foule d'inconséquences absurdes cette premiere n'en-
traîne-t-elle pas ? Les partisans du
luxe , persuadés à la vue de leur pom-

peux étalage qu'ils ne s'abufent point, & qu'ils font réellement au - deffus du commun des hommes , exigent nos hommages comme un tribut qui leur eft dû, & qu'on ne peut fe dif- penfer de leur payer fans s'expofer à leur reffentiment. Ils nous forcent à des égards, à des refpects, auxquels ils n'auraient jamais ofé prétendre , fous l'extérieur fimple & uni de la bourgeoifie. Autre fottife. Quel profit, quel bien réel retirent-ils de ces vains honneurs, de ces déférences fufpectes dont ils font fi fiers & fi jaloux ? De quelle fenfation agréable, vous affecte un courtifan qui vient humblement embraffer vos genoux & vous pro- diguer fon encens ? La forte odeur de fa fumée appaife-t-elle les douleurs de votre fciatique ou guérit-elle votre cerveau perclus ? Les Utopiens pla- cent dans la même claffe de fous ces nobles à feize quartiers qui , dé- ployant à tout propos leur généa- logie, vous montrent avec un orgueil infultant la longue fuite de leurs an- cêtres , vous font l'énumération de tous les fiefs qu'ils ont poffédés ; (car, difent-ils, point de nobleffe fans fei-

gneurie), & qui ne s'en croient pas
moins nobles d'un cheveu , quoique,
les terres & les châteaux de leurs
peres ne foient pas parvenus jufqu'à
eux , ou quoiqu'ils les aient vendus
& qu'ils en aient fottement diffipé
les fonds. Auprès de ces fous fieffés
nos Infulaires placent ces amateurs de
bijoux , ces curieux , qui s'extafient
à la vue d'une perle ou d'une pierre
quelconque , & qui s'imaginent jouir
d'un bonheur vraiment divin , lorfqu'ils en trouvent une qui eft de
mode & de grande valeur aux yeux
des connaiffeurs ; car il eft bon de
remarquer que les joailleries & les
bijoux ont leur vogue & leur difcrédit comme toutes les autres modes du fiecle. Sitôt donc que nos
amateurs rencontrent une de ces
pierres , ils l'achetent fans monture ,
après avoir préalablement pris le ferment de garantie du vendeur qu'elle
eft fine ; car ces meffieurs font défians
& croient toujours qu'on veut les
tromper. Mais , puifqu'ils ne favent
pas diftinguer un diamant fin d'avec
un faux , quel plaifir trouvent-ils à
faire l'acquifition de l'un plutôt que

de l'autre ? Ne vous semble-t-il pas
voir un aveugle né, qui s'avise de
choisir les couleurs ? Aux antiquaires
& aux curieux, ils joignent, ces avares intraitables, qui toujours affamés
d'argent, n'en ont jamais affez, quoiqu'ils en regorgent. Que veulent-ils
faire de tous ces tréfors qu'ils entaf-
fent ? Ils ne peuvent fe raffafier de
leur vue, tant que dure le jour ils
les contemplent, la nuit ils fe relevent
pour les regarder encore, les caref-
fer, les baifer, y toucher du bout
des doigts : frénéfie infenfée, délire
cruel ! non, non, tu n'es point le
bonheur. A la fuite de ces derniers je
vois ces malheureux harpagons qui
toujours travaillant, toujours fuant,
portent des regards avides fur la moindre parcelle d'or qui s'offre à leurs
yeux, fe dérobent jufqu'au néceffaire
pour ne point toucher à leur coffre-
fort, ou pour l'enfler de quelques
grains, après lui avoir prodigué mille
témoignages extravagans de leur paffion, ils l'enfouiffent fecrétement dans
la terre, de forte qu'ils le perdent
par la crainte feule de le perdre : en
effet, n'eft-ce pas le perdre réellement

que de se priver soi-même , que de priver les autres de son usage & de l'enterrer au fond de sa cave ou dans son jardin ? *Mon cher, mon pauvre argent, te voilà donc en sûreté*, se dit tout bas notre avare, qui trépigne de joie en regardant la place où il l'a mis. Mais , supposons qu'on le découvre & qu'on l'enleve , dix ans avant la mort du propriétaire, & à son insçu , sa possession idéale équivaudra à sa possession réelle & fera de même son bonheur. Pourvu qu'il n'ait point connaissance du vol, il lui est fort indifférent , puisqu'il ne s'en sert pas, que son or reste ou ne reste pas dans l'endroit où il l'a déposé. Mais , d'après ces raisonnemens si simples, n'est-il pas clair que tout avare est un imbécille décidé & la plus sotte des dupes?

Quoique les Utopiens ne connaissent aucun jeu de hasard , ils savent très - bien cependant qu'il en existe ; mais ils traitent & les joueurs de profession & les chasseurs déterminés avec le même mépris que les harpagons & les autres fous que je viens de vous citer. Quel misérable passe-tems, vous difent-ils, que de s'affembler autour d'un tapis verd pour reffaffer & jetter des dez, dont la chance incertaine vous met dans des tranfes continuelles, & renouvelle à chaque inftant vos angoiffes ! Mais je vous accorde que le jeu eft un plaifir ; convenez de votre côté que ce plaifir doit à la fin devenir faftidieux & infipide à force de le répéter. Dites-moi encore , de quelle titillation voluptueufe votre oreille eft-elle affectée en entendant les jappemens , les aboiemens des chiens qui s'entre-difputent l'honneur de coëffer les premiers le cerf ou le fanglier que vous relancez ? Pouvez-vous prendre plus de plaifir à voir courir un lévrier après un liévre, qu'un baffet après un autre chien ? Si vous ne voulez vous procurer que le divertiffement de la courfe , faites courir vos chiens les uns après les autres , ils égalent les liévres en vîteffe. Mais fi c'eft l'efpérance de voir étrangler , déchirer fous vos yeux l'animal épuifé , qui doit néceffairement fuccomber , convenez que ce barbare fpectacle devrait bien plutôt émouvoir votre pitié, s'il

vous en refte encore. Eft-il poffible
que vous puiffiez voir de fang-froid
un dogue irrité fe jetter fur un lièvre
& le déchirer à belles dents? Vous ne
fentez donc pas toute l'injuftice d'un
combat fi inégal & fi révoltant?
Faites attention que l'animal, de la
mort duquel vous aimez à vous repaître, eft faible, timide, innocent;
au lieu que celui qui le terraffe & le
dévore eft vigoureux, irafcible &
fanguinaire. Ces fpectacles dégoûtans
infpirent une telle horreur aux Utopiens, qu'ils ont abandonné la chaffe
à leurs bouchers, qui font, comme
je vous l'ai dit, tous efclaves. Nos
Infulaires la regardent comme la partie
la plus vile & la plus abjecte de l'art
de tuer les animaux & d'apprêter
leur chair. Ils penfent que les autres
parties de cet art font plus honnêtes,
parce qu'elles font plus utiles. Dans
le fait, fi on égorge un mouton,
c'eft pour s'en nourrir; c'eft donc
une néceffité que de le tuer. Mais le
chaffeur, en faifant déchirer & dévorer par fes chiens la proie qu'il prend,
ne cherche qu'un divertiffement con-
forme à fon goût particulier, & ce

goût eſt toujours la preuve d'une
ame dure & d'un caractere féroce. Si
par haſard un chaſſeur conſerve encore quelque ſenſibilité , l'habitude
de voir le ſang ne peut manquer de la
lui faire perdre tôt ou tard , & de lui
faire contracter des ſentimens crüels
& barbares. Les Utopiens prétendent
donc que tous les genres de bonheur
dont je viens de vous faire l'énumération , & beaucoup d'autres encore
auxquels les hommes ſe livrent avec
fureur , ſont totalement oppoſés au
vrai bonheur , loin d'avoir aucune
reſſemblance , aucun rapport avec
lui. Comme les plaiſirs factices n'ont,
de leur nature , aucune qualité douce
& agréable , comme l'imagination
abuſée leur prête celles qu'on leur
trouve , il faut en conclure que les
hommes prennent pour l'ouvrage du
plaiſir même les diverſes ſenſations
voluptueuſes dont ils s'affectent , tandis qu'elles ne ſont en effet que la
ſuite de leurs préjugés & de leur prévention. Il en eſt du goût dépravé de
ces gens , comme de ces envies de
femmes enceintes , qui s'imaginent
trouver plus de douceur dans l'ab-

fynthe que dans le miel. Cependant comme la vue d'une perfonne attaquée de la jauniſſe ne change point le fond de couleurs , quoique tous les objets qui s'offrent à ſes regards prennent une teinte jaunâtre, de même les fauſſes idées de quelques extravagans , ſéduits par de vains preſtiges , ne ſauraient changer la nature & l'eſſence de cette volupté qui fait le bonheur.

Les Utopiens diſtinguent deux ſortes de plaiſirs, ſans le concours deſquels il ne peut ſubſiſter. Ceux du premier ordre ſont les plaiſirs de l'ame, ceux du ſecond ſont les jouiſſances du corps. Dans la claſſe des plaiſirs de l'ame , ils font entrer les impreſſions touchantes qu'occaſionne en nous la découverte ou la connaiſſance de la vérité , l'eſpoir certain d'une vie future dans laquelle nous jouirons éternellement de biens ſans aucun mêlange & ſans altération. Les jouiſſances des ſens ſe ſubdiviſent en deux autres claſſes. On comprend dans la premiere les ſenſations douces & voluptueuſes que nous procure la ſatisfaction de tous les beſoins cor potels. Outre ces plaisirs il en est d'autres qui ont fur l'individu une influence moins immédiate ; mais, quoique leur action ne foit pas auffi vive, & que nous ne puiffions clairement démontrer de quelle maniere elle a lieu, elle n'en eft pas moins très-agréable. Ainfi l'exécution d'une bonne mufique charme notre oreille, nous ravit, nous tranfporte , & la vue d'une belle femme fait errer fur nos levres le fourire de la volupté. Les plaifirs du corps de la feconde claffe confiftent dans la bonne dif-pofition des fens & de leurs organes , dans ce jufte équilibre des humeurs, qui font les preuves manifeftes d'une parfaite fanté. On ne faurait difconvenir que la fanté ne foit elle-même un très-grand bien : quoique l'ame ne foit point doucement agitée par des impreffions extérieures , elle n'en jouit pas moins d'un calme délicieux, lorfque tous nos membres font fains & bien difpos. Il eft vrai que ce plaifir eft moins vif, moins apparent que celui qui réfulte de la fatisfaction

de nos befoins ; cependant les philofophes Utopiens le regardent comme
la bafe fur laquelle porte toute la félicité humaine, Ce fyftême eft fort de
mon goût , & en effet, quelle douceur peut-on efpérer dans la vie fans
la fanté ? La langueur répand goutte à
goutte le poifon & l'amertume fur
toutes nos jouiffances. L'état phyfique
d'un homme , qui fans fouffrir des
douleurs aiguës n'a qu'une fanté faible & chancelante , un corps caco-
chyme , eft, felon nos Infulaires ,
moins un état flatteur & defirable ,
qu'une obftrufion totale , qu'un en-
gourdiffement funefte de toutes fes
facultés. La fanté eft-elle un bien réel?
Sa poffeffion doit - elle être mife au
rang des voluptés? Cette queftion a
jadis excité de grands débats parmi
les Utopiens. Plufieurs tenaient pour
la négative , & donnaient pour raifon
que le mot volupté fignifiant une
impreffion actuelle faite fur les fens
par un objet extérieur ; elle ne pouvait exifter fans cette action : un plus
grand nombre foutenait l'affirmative
& prétendait que la fanté était la pre-

miere de toutes les voluptés ; leur
fentiment eft aujourd'hui le plus général , celui des premiers eft tombé
dans un difcrédit prefqu'abfolu. Voici
comme raifonnent les partifans de
l'affirmative. La douleur eft la compagne inféparable de la maladie : or ,
fi la douleur eft l'ennemie mortelle
de la fanté & du plaifir , le plaifir ou
la volupté doivent être , par une conféquence affez naturelle , la fuite de la
bonne fanté. Il importe fort peu que
la maladie foit la douleur même ou
qu'elle n'en foit que l'occafion , cela
revient au même , & les effets fub-
féquens font entiérement femblables.
Que la fanté ne foit autre chofe que
le plaifir , ou qu'elle n'en foit que
l'occafion , comme le feu eft celle de
la chaleur , il s'enfuit que , fi ceux
qui s'approchent du feu doivent néceffairement reffentir la chaleur ,
ceux qui jouiffent d'une fanté parfaite
doivent également jouir de ce bien
réel , que nous appellons *volupté*.
D'ailleurs , ajoutent-ils , prendre fes
repas , n'eft-ce pas repouffer la faim ;
repouffer la faim , n'eft-ce pas rétablir les forces épuifées ; c'eft-à-dire ,

corroborer la santé qui commençait
à éprouver quelqu'altération , & le
plaisir de satisfaire son appétit n'est-
il pas un des plaisirs les plus sensibles ?
Or , si l'on trouve du plaisir à contenter son appétit , ne doit-on pas en
goûter un plus grand encore lorsque
la faim entiérement appaisée l'estomac
fait une paisible & facile digestion ?
Peut-on alors tomber dans une léthargie assez profonde pour ne pas
sentir la disposition harmonique de
toutes les parties de son corps , & si
on la sent , comme on n'en saurait
douter , cette sensation , dont il nous
est si aisé de nous rendre compte ,
n'est-elle pas encore une jouissance
vraiment voluptueuse ? C'est donc se
tromper que de dire que la santé n'est
point un bien réel , parce qu'elle n'a
pas sur nos sens d'action extérieure ,
ou qu'elle manque d'un sentiment
qui lui soit propre ; car , quel homme
bien éveillé ne s'apperçoit pas que
son corps est dans un état tranquille
& qu'il fait fort bien toutes ses fonctions ? Quel homme n'est point agréablement affecté de cet état & ne demande pas à le conserver ? Tous ces

raifonnemens fi clairs, fi démonftratifs,
prouvent donc que la fanté a des effets
très-fenfibles, & qu'on doit par conféquent la regarder comme un bien
réel & la mere de toutes les autres
voluptés; mais il eft tems de me ré-
fumer.

Les Utopiens donnent aux plaifirs
de l'ame la préférence qui leur eft
due, tant à caufe de leur nobleffe que
de leur folidité. Le témoignage d'une
bonne confcience & d'une vie fans
reproches eft, felon eux, le premier
de tous ces plaifirs. Un bon tempérament, une fanté à l'épreuve, font
les premiers biens réels du corps. On
ne doit, difent-ils, prendre de nourritures que pour vivre; c'eft-à-dire,
pour foutenir fa fanté. Le boire & le
manger n'ont par eux-mêmes aucunes
bonnes qualités, celles que nous leur
trouvons ne font que relatives à nos
befoins. Ils ne faut voir dans les alimens que des moyens propres à réparer les forces que nous perdons
continuellement, à entretenir la vigueur du corps & à repouffer la mort
qui s'avance à pas lents, & qui nous
retranche à chaque minute une partie

de nous-mêmes. Ainſi, comme le ſage
a raiſon d'aimer mieux écarter loin de
lui les maladies, plutôt que d'appeller
la médecine à ſon ſecours, comme
il a raiſon encore de préférer les remedes qui guériſſent radicalement, à
ceux qui ne font que pallier le mal;
de même nous devrions former le
vœu de ne jamais ſavourer les délices de la table, plutôt que de nous
voir aſſujettis à un beſoin, qui nous
eſt commun avec tous les animaux,
& qui marque tout à la fois notre
faibleſſe & notre imperfection. Ceux
qui font leur ſouverain bien de la
gourmandiſe doivent donc ſe perſua-
der qu'ils auraient atteint au plus haut
degré du bonheur s'ils avaient trois
ventres, une faim que rien ne pût ap-
paiſer, une ſoif toujours dévorante
& une démangeaiſon continuelle au
palais; mais, qui ne conçoit pas qu'un
individu qui paſſerait toute ſa vie à
table ſans pouvoir jamais ſe raſſaſier,
ſerait le plus étrange & le plus à
plaindre de tous les êtres. Les plaiſirs
de la bonne chere ſont ſans contredit
les moins nobles de tous les plaiſirs
des ſens. Cette ſorte de volupté a

d'ailleurs ſes douleurs inſéparables qui l'empoiſonnent. Le plaiſir de manger naît de la faim ; mais la partie n'eſt pas égale entr'eux. Le mal-aiſe que la faim nous fait éprouver eſt de beaucoup plus long que le plaiſir que nous éprouvons à contenter notre appétit. La faim naît avant le plaiſir, & le plaiſir ceſſe avec elle. Les Uto-piens ſoutiennent donc qu'on ne doit faire cas des plaiſirs de la table qu'au-tant qu'ils nous ſont néceſſaires. Ils uſent avec ſobriété, avec une recon-naiſſance vraiment filiale de tous les dons que la main libérale de la nature leur préſente. Ils ſont pénétrés ſur-tout de ce que cette bonne mere a attaché des ſenſations agréables, dont le charme ſecret nous attire & nous fait trouver une volupté réelle à ſa-tisfaire des beſoins, qui ſont au-tant de tyrans impérieux qu'il faut contenter par néceſſité.

Que notre vie ſerait triſte & dé-plorable s'il nous fallait chaſſer par des drogues & des potions ameres les incommodités journalieres de la ſoif & de la faim , comme nous chaſſons des autres maladies qui ſont bien moins fréquentes ! Les Utopiens regardent la beauté, la force, la souplesse, l'agilité, comme autant de qualités estimables, & ils ne négligent rien de ce qui peut les augmenter & leur en faire retirer les plus grands avantages. Ils sont fort sensibles aux plaisirs des yeux, de l'ouie & de l'odorat. Les jouissances attachées à ces trois sens sont particulieres à l'homme. Aucun autre animal ne peut s'amuser à contempler l'ordre, la structure, l'admirable chef - d'œuvre de l'univers : toutes les brutes n'ont qu'un odorat plus ou moins borné qui leur sert uniquement à distinguer leur pâture; aucune d'elles n'est agréablement affectée par la respiration des odeurs suaves, aucune n'est mollement agitée par les sons touchans de la mélodie & l'harmonie de la musique. Mais, quel que soit le goût de nos sages pour les plaisirs des trois sens dont je vous parle, ils prennent toujours garde avant de s'y livrer que la possession d'un moindre ne nuise à la jouissance d'un plus grand ou que la possession de ceux qu'ils se procurent ne soit suivie de douleurs

&

& de regrets, ce qui ne manquera
d'arriver, vous difent-ils, fi ces plaifirs ne portent point un caractere vifible d'honnêteté. Ils penfent que le
comble de la folie eft de méprifer les
graces, la beauté & les forces du
corps ; ils regardent même comme
coupables d'un lent fuicide ceux qui
pratiquent les jeûnes, les abftinences,
& les autres macérations de ce genre
qui épuifent nos fens, minent peu à
peu, & finiffent par détruire totalement la fanté. Négliger les qualités
extérieures, dans la vue de procurer
un bien quelconque, foit au prochain,
foit à la Patrie, & dans une ferme
confiance que Dieu qui voit tout,
qui nous tient compte de tout, nous
dédommagera amplement de cet oubli
volontaire de nos propres intérêts ;
c'eft un facrifice noble & généreux,
dont les Utopiens font le plus grand
cas. Mais qu'un homme, féduit par
un vain fantôme de vertu ou par l'idée
de fe faire une habitude du mal-aife
pour lequel il n'eft peut-être pas né,
s'impofe de rudes mortifications, des
pénitences meurtrieres, lefquelles
font en pure perte pour lui & pour

K.

ſes ſemblables , c'eſt un excès de dé-
mence , c'eſt une cruauté envers lui-
même , une ingratitude criminelle envers la nature , dont il ne s'empreſſe
de rejetter les plus doux bienfaits que
pour acquérir plutôt le droit de la
méconnaître.

Telle eſt l'opinion de ce peuple
touchant les vertus & les plaiſirs, Il
croit que le ſeul ſecours de la raiſon
eſt ſuffiſant pour procurer à l'homme
cette félicité ſi douce & ſi ſolide à laquelle il doit tendre , & qu'il n'appartient qu'à une Religion , émanée
du ciel même , de lui inſpirer des
idées plus pures encore & plus ſu-
blimes. Ce ſyſtême de morale eſt-il
bon, eſt il mauvais ? Cette queſtion
pourrait faire la matiere d'une longue
diſſertation dans laquelle mon tems
ne me permet pas d'entrer. Je la crois
d'ailleurs trop étrangere à mon objet.
Je me ſuis engagé à vous faire le récit de mon voyage , à vous donner
une idée ſommaire des mœurs , des
coutumes , de la politique & du gouvernement des Utopiens ; mais je n'ai
point entendu me rendre le garant &
devenir le cenſeur ou le panégyriſte

de leur morale & de leurs dogmes.
Quelle que soit votre opinion sur ces
articles, n'en tenez pas moins pour
certain qu'il est impossible de voir
une République plus éclairée, plus
florissante & plus heureuse. Les Utopiens sont de moyenne taille, & ont
plus de force qu'elle n'en promet.
Leur climat n'est point des plus fertiles : l'air, en général, y est assez mal-
sain. Grace à leur industrie, il ne
résulte aucun danger pour eux de ces
inconvéniens. Ils viennent à bout par
leurs travaux continuels de changer
la nature de leur sol & de le fertiliser :
par leur sobriété, leur tempérance,
& sur-tout leur grande propreté, ils
se garantissent de toutes les influen-
ces du mauvais air. Aussi ne trouve-
t-on nulle part une plus grande
abondance du nécessaire & des êtres
mieux constitués, plus robustes, dont
la santé soit moins exposée aux maladies, & dont le cours de la vie soit
plus étendu. Outre les travaux ordinaires à nos laboureurs, ils en font
de bien plus étonnans pour surmonter les obstacles & vaincre l'ingratitude du sol qu'ils cultivent. Sous-

vent pour enfemencer un terrein qui
leur paraît propre au labour , ils dé-
racinent une forêt entiere , coupent
les arbres & en plantent une dans un
autre endroit. Le befoin de fe prépa-
rer d'abondantes récoltes a moins de
part encore à ces travaux prodigieux,
que la précaution d'entourer les villes
de bois, pour s'épargner dans le tranf-
port les embarras & les fatigues d'une
longue route. Ils plantent toujours
leurs bois auprès de la mer , & en
bordent les rivieres pour la commodité du charroi : ils penfent que celui
des autres denrées fe fait plus aifément par terre, de tel endroit éloigné
qu'on les tire. Ce peuple eft d'un
commerce facile & agréable , il a le
caractere doux , l'humeur enjouée,
l'efprit perçant , & fur-tout le jugement fort fain. En général les Utopiens aiment le repos; mais , dès que
l'utilité publique parle , ils volent
par-tout où elle les appelle , & dans
ce cas aucun travail ne les étonne,
aucune fatigue ne les rebute. Leurs
defirs , qui font en tout fort modérés,
femblent n'avoir point de bornes lorfqu'il s'agit d'apprendre , de connaître

& de s'inſtruire ; de ſorte que l'étude
eſt preſque leur unique paſſion. Nous
ne jugeâmes pas à propos de leur
donner d'abord connaiſſance des Auteurs latins ; nous avions bien prévu
que, parmi ces Ecrivains, les Poëtes &
les Hiſtoriens pourraient ſeuls ſlatter
leur goût ; mais ſitôt que nous leur
eûmes parlé des Gres & des Philo-
ſophes fameux qui ſe trouvent chez
ce peuple, le plus célebre de l'Anti-
quité , il n'eſt point de prieres &
d'inſtances qu'ils ne nous firent pour
nous déterminer à leur en donner une
traduction. Nous cédâmes à leurs
preſſantes ſollicitations , plutôt par
politeſſe, que dans l'eſpérance de
leur voir retirer quelque profit de
nos veilles ; mais nous eûmes la ſatisfaction de nous appercevoir dès nos
premieres leçons que , grace à leur
avidité pour les ſciences & à leur in-
fatigable application , nous ne per-
drions point le fruit de notre travail.
Dès qu'ils eurent quelque teinture de
la langue grecque, ils formerent des
caracteres avec tant d'aiſance , la
prononcerent ſi nettement , & ap-
prirent par cœur avec tant de facilité

K iij

qu'ils nous étonnerent au dernier
point. J'aurais regardé la rapidité de
leurs progrès comme un miracle, si
d'ailleurs les écoliers, dont le Sénat
nous avait fpécialement chargés,
n'euffent été les plus intelligens de
leurs colleges, & n'euffent joint aux
merveilleufes difpofitions d'un âge
mûr le defir le plus ardent de s'avancer.
Au bout de trois ans ils poffédaient
parfaitement la langue grecque, & ex-
pliquaient couramment les meilleurs
auteurs, à moins que les fautes d'impreffion qui fe rencontraient dans les
exemplaires ne leur fiffent faire quelque contre-fens. Je ne fais au jufte ce
qu'il en eft ; mais je crois devoir attribuer leurs progrès en cette langue
à l'affinité qui fe trouve entr'elle & la
leur. Je conjecture à ce fujet que les
Utopiens tirent leur origine des
Grecs; quoique l'idiôme des premiers
foit prefque tout à fait Perfan, on
retrouve néanmoins des veftiges de la
langue grecque dans la dérivaifon des
noms des Villes & des Magiftrats.
Lors de ma quatrieme navigation,
au lieu de me charger d'un ballot de
marchandifes comme les autres paf-

fagers, j'emportai avec moi une affez
grande quantité de livres, car mon
intention était bien plutôt de paffer
mes jours chez cet heureux Peuple,
que de hâter mon retour dans un
monde auffi pervers que le nôtre. Je
ne fais quelle fatalité m'a entraîné
malgré moi & m'a fait renoncer à un
fi louable deffein. A mon départ je
fis préfent à nos Infulaires de ma
petite bibliotheque. Elle était com-
pofée des œuvres de Platon, d'une
partie de ceux d'Ariftote, du traité
de Théophrafte fur les plantes. Mais
ce qui me caufait bien des regrets,
c'eft que cet excellent livre était tout
lacéré, tout mutilé. Comme je n'a-
vais pas eu la précaution de le ferrer
fous clef, un maudit finge, fous la
patte duquel il tomba, s'amufa pendant la traverfée à déchirer quantité
de feuillets, & même à en arracher
plufieurs tout à fait. Je ne leur ai
laiffé en Grammairiens que *Lafcaris*,
car je n'avais point apporté avec moi
Théodore Gaza, & je n'avais pour
tout dictionnaire qu'Hefychius &
Diofcoride. Ils font le plus grand cas
des mélanges de Plutarque & s'amu-

sent des plaisanteries de Lucien. Parmi les Poëtes ils ont Aristophane, Homere, Euripide, & un petit Sophocle de la jolie impression d'Alde. Entr'autres Historiens je leur ai donné Thucydide, Hérodote & Hérodien: ils ont en outre plusieurs livres de Médecine, car mon compagnon de voyage Tricius Apinatus avait apporté avec lui quelques traités d'Hypocrate & le petit manuel de Galien, pour lequel ils ont une estime singuliere. Quoique je ne sache point de pays où la Médecine soit moins essentielle, il n'en est cependant pas où cette science soit plus honorée & plus respectée. Les Utopiens la placent au rang des connaissances les plus utiles & les plus importantes de la Philosophie. Premiérement, ils jouissent d'un plaisir inexprimable, en voyant qu'il leur est permis de soulever à la lueur du flambeau de cet Art sublime un coin du rideau qui nous cache les secrets merveilleux de la nature ; en second lieu ils pensent que l'Eternel, créateur de toutes choses, leur sait bon gré des peines qu'ils se donnent pour connaître, détailler,

examiner , approfondir tous les ref-
forts du plus beau chef-d'œuvre qui
foit forti de fa main. Ils font perfuadés que Dieu , qui eft le premier de
tous les Artiftes , n'eft pas moins jaloux que les autres de voir admirer
fes ouvrages. En conféquence , ils
croient que cet Etre fuprême n'a créé
l'homme feul à fon image , ne l'a
doué de la raifon , qui eft une éma-
nation de fa divine effence , que pour
livrer à fes regards & à fes réflexions
le fpectacle miraculeux de l'Univers ,
& recevoir enfuite de la bouche de
fa créature le tribut de louanges &
de reconnaiffance que méritent les
œuvres , dans lefquelles on voit écla-
ter tout à la fois fa bonté , fa fageffe
& fa toute puiffance. Auffi , difent-ils,
que Dieu comble de fes graces les
plus particulieres ces hommes qui ,
animés d'une fainte curiofité fe plai-
fent à contempler fes ouvrages , à
s'élancer du cercle étroit où ils font
placés dans la profondeur de fes fecrets , tandis qu'il traite à l'égal des
brutes , ces êtres ftupides , dont l'œil
morne , fans ceffe attaché à la terre ,
les rend femblables aux vils animaux

K v

qui cherchent leur pâture, ces êtres
pareſſeux qui n'ont jamais oſé franchir de la penſée les liens qui les re-
tiennent, & s'élever juſqu'à la voûte
étoilée qui les environne, pour l'examiner, en parcourir toutes les beau-
tés, & enſuite former des actes d'a-
doration & de reconnaiſſance envers
leur Auteur. Mais je rentre dans mon
ſujet.

Je vous dirai donc que le génie des
Utopiens, exercé dès leur bas-âge
par l'étude des ſciences & des belles-
lettres a toute la ſagacité néceſſaire,
tant pour l'invention que pour la perfection de ces Arts qui font éclorre,
fécondent & multiplient les agrémens
de la vie. Entre ces arts il en eſt deux
très-importans, dont ils nous font
redevables. Le premier eſt l'Impri-
merie, le ſecond eſt la fabrique du
papier. Il eſt vrai qu'ils n'ont pas peu
contribué à en faire par eux-mêmes
la découverte. Nous n'eûmes beſoin
que de leur montrer les livres
d'Alde, imprimés, de leur indiquer
les matériaux qui entrent dans la com-
poſition du papier, & de leur faire
connaître la facilité & la promptitude

avec laquelle on imprime. Comme
aucun de nous n'en favait davantage,
il nous fut impoffible de leur donner
de plus grandes lumieres. Il ne leur
fallut rien de plus, puifqu'ils par-
vinrent fur notre fimple expofé à
pénétrer tous les fecrets de ces deux
arts. Au lieu de feuilles d'arbuftes &
d'écorces de rofeaux dont ils s'étaient
fervi jufqu'alors, ils effayerent de
fabriquer du papier & de fondre des
caracteres. Faute de quelques procédés ils manquerent leurs opérations
dans les premiers effais; mais loin
de fe rebuter ils les recommencerent
tant de fois, & de tant de façons fi
différentes, qu'à la fin ils réuffirent
& perfectionnèrent même leurs découvertes. S'ils avaient entre les mains
une plus grande quantité d'Auteurs
Grecs, les exemplaires ne leur en
manqueraient pas, car ils ont déjà
fait plufieurs éditions de ceux que je
leur ai laiffés. Ils accueillent avec
bonté tous ceux qui voyagent chez
eux, dans l'intention de les connaître. Comme ils font fort curieux d'apprendre tout ce qui fe paffe chez les
autres peuples ils témoignent des dé-

férences particulieres aux Etrangers ; recommandables par leurs vertus, leurs talens, leur savoir, & la longue expérience qu'ils ont acquise, soit par leurs voyages, soit par leurs études. C'est à ces titres que nous dûmes la réception flatteuse dont ils nous honorerent. Le commerce attire peu d'étrangers chez eux. On ne pourrait leur apporter que du fer, de l'or & de l'argent ; mais les négocians, en général, préferent l'importation de ces deux derniers métaux à leur exportation. Quant aux marchandises & aux denrées d'Utopies, les habitans aiment mieux les transporter eux-mêmes que de laisser aux habitans des autres pays la liberté de venir les chercher. Une bonne raison les a déterminés à prendre ce parti. Ils ont voulu se ménager par-là des occasions favorables de voyager chez leurs voisins, & de se perfectionner dans l'Art de la Navigation, qu'ils sont extrêmement curieux de bien connaître.

V I I.

Des Esclaves.

Les Utopiens ne se servent pour esclaves que des prisonniers de guerre qu'ils ont fait eux-mêmes , & ne réduisent point les enfans de ces malheureux à la condition de leurs peres. Ils ne veulent pas même employer les esclaves des peuples voisins. Sur qui donc , me demanderez-vous , tombe le poids & l'infamie de la servitude ? Sur le crime seul & sur la scélératesse. Ils achetent des autres nations tous ceux qui par leurs forfaits ont mérité la mort à laquelle ils sont condamnés. Voilà ceux qui composent en grande partie leurs esclaves. Leur Isle n'en fournit qu'un très-petit nombre. Ils ont ces misérables à fort bon compte, & souvent pour rien. Toujours chargés de fers , ils sont dans cet état condamnés à perpétuité aux travaux publics. Il est à propos de vous observer qu'ils traitent les esclaves compatriotes avec plus de rigueur que les étrangers , parce qu'ils jugent que leur baſſeſſe eſt moins digne de pitié , puiſque la bonne éducation qu'ils ont reçue, les exemples de vertu qu'ils ont eus ſans ceſſe ſous les yeux, n'ont pu corriger leur naturel vicieux & leur inſpirer l'horreur du crime. Outre ces eſclaves ils en ont d'une autre ſorte. Ce ſont ces gens qui , forcés dans d'autres pays de gagner leur pain à la ſueur de leur front , viennent en Utopie , parce qu'ils ſavent que ſes habitans , juſtes appréciateurs de la peine & du tems d'autrui, accordent un honnête ſalaire aux pauvres journaliers qu'ils emploient. On uſe de la plus grande douceur envers ces derniers : on double leur tâche , il eſt vrai , parce qu'ils ſont , par nature & par état endurcis au travail; à cela près ils jouiſſent du droit de bourgeoiſie & de tous les privileges des autres citoyens. Lorſqu'ils veulent retourner dans leur pays , ce qui arrive aſſez rarement, on ne les retient point , encore moins les laiſſe-t-on partir les mains vides.

Les Utopiens , comme je l'ai dit plus haut , ont pour les malades mille ſoins, mille attentions, & des

complaifances fans bornes. Ils ont recours à tous les moyens qui peuvent
contribuer à leur rendre la fanté.
Tous les fecours que fournit la médecine leur font prodigués , on leur
fait fur tout obferver le régime le
plus propre à les rétablir. C'eft principalement pour les infortunés , af-
fligés de maux incurables , qu'ils réfervent les remedes les plus efficaces ;
c'eft pour eux qu'ils réfervent ces
confolations douces & infinuantes ,
qui , fans rien changer à la nature du
mal , femblent néanmoins le diminuer
de moitié. Mais fi une maladie réfifte
à tous les efforts de l'art , & fait
éprouver à celui qui en eft attaqué
des douleurs trop aiguës , des fouf-
frances continuelles , alors les Prêtres
& les Magiftrats font les premiers à
preffer le malade d'abréger avec fa vie
fon horrible tourment. « Mon cher ,
» lui difent-ils , quel fardeau plus im-
» portun , plus odieux pour vous
» que le jour ? A vous parler fran-
» chement il ne vous refte aucun ef-
» poir de guérifon ; vous n'êtes plus
» propre à rien ; vous êtes à charge
» à vous-même & infupportable aux

» autres ; pourquoi ne pas hâter l'inf-
» tant de votre délivrance ? Non,
» mon ami, non, ne vous opiniâtrez
» pas à nourrir fans ceſſe dans votre
» ſein le germe cruel de la mort,
» dont les angoiſſes & les horreurs
» ſe renouvellent pour vous à chaque
» inſtant du jour. Puiſque l'exiſtence
» n'eſt plus qu'une gêne affreuſe, un
» ſupplice effrayant pour tout votre
» être, rendez, rendez de plein gré
» à la terre votre dépouille, n'at-
» tendez pas que la mort, qui ſe plaît
» à fondre fur ceux qui jouiſſent à
» leur aiſe des délices de la vie, & à
» laiſſer languir ceux qui ſont navrés
» de ſes amertumes, vienne d'elle-
» même à votre aide. Courez, volez
» au-devant d'elle, bravez-la. Armez
» votre main ſans trembler, frappez,
» le dernier jour de vos ſouffrances
» ſera le premier de votre bonheur.
» Ayez confiance, mon cher frere,
» & ſoyez perſuadé qu'en quittant
» cette vie & en deſcendant chez les
» morts, vous ne ferez que ſortir
» d'un horrible cachot, pour entrer
» & faire à jamais votre demeure dans
» le ſéjour des voluptés éternelles. Si

» vous êtes affez faible pour vous ar-
» rêter au cri de la nature effrayée,
» fi l'idée de votre deftruction vous
» épouvante, au point de faire tom-
» ber le fer de votre main, tournez
» les yeux vers le meilleur de vos
» amis, implorez fa pitié, conjurez-
» le de vous rendre ce bon office;
» préfentez hardiment la tête au coup
» mortel qu'il va vous porter, & que
» votre dernier foupir foit un acte
» de reconnaiffance pour lui. Vous ne
» fauriez trop lui en témoigner, puif-
» qu'il va faire ceffer vos douleurs &
» vos tourmens. Nous vous le répé-
» tons, vous ne fauriez montrer plus
» de prudence & de réfignation à la
» volonté de l'Etre fuprême, dont nous
» fommes les interprêtes & les ora-
» cles, qu'en fuivant fans tarder le
» bon confeil que nous vous donnons
» de trancher vous-même la trame de
» vos jours, ou de fouffrir qu'une
» main amicale vous rende ce dernier
» fervice ». Les malades qui cedent à
la force de cette exhortation fe laiffent volontairement mourir d'inani-
tion ou, au moyen de quelque breu-
vage préparé qu'ils avalent, tombent

doucement , & fans s'en apperce=
voir , dans les bras du fommeil éternel. Au refte , quel que foit l'état dé-
fefpéré de ces malades on ne les
force point au fuicide , on n'en fait
périr aucun s'il n'y confent ; au
contraire , on les foigne , on les af-
fifte jufqu'au dernier moment; en un
mot , on ne néglige rien pour allé-
ger leurs douleurs autant qu'il eft
poffible. Les Utopiens penfent que
ces infortunés , en fuccombant fous
la violence de leurs maux , meurent
honorablement. Si un homme , égaré
par le défefpoir , ou par dégoût
pour la vie , ou par quelqu'autre raifon , qui n'eft approuvée ni par les
Prêtres ni par les Magiftrats , attente
à fes jours , & qu'il meure du coup
dont il fe frappe , on le regarde comme indigne de la terre & du feu , &
fon cadavre , privé des honneurs de
la fépulture , eft jetté à la voierie
pour y fervir de pâture aux cor-
beaux.

Les filles ne peuvent fe marier en
Utopie avant l'âge de dix-huit ans ,
& les garçons avant celui de vingt-
deux. Si deux futurs conjoints , im-

patiens de jouir des plaisirs du mariage n'attendent pas le moment de
leur union pour ſe donner des preuves réciproques de leur tendreſſe , &
qu'ils en ſoient convaincus, ils ſont
blâmés l'un & l'autre ; défenſe à eux
de ſe marier, à moins que le Prince,
par un effet particulier de ſa clémence
ne daigne leur pardonner. Le pere &
la mere , dans la maiſon deſquels ſe
commettent ces larcins amoureux ,
ſont terriblement punis , puiſque le
déshonneur public eſt la ſuite de leur
coupable négligence. Les raiſons qu'ils
m'ont données de cette inflexible rigueur me paraiſſent très - plauſibles.
Qui pourrait ſe réſoudre à ſe marier,
à ne vivre que pour ſa femme, à ſup-
porter tous les chagrins, tous les pénibles déſagrémens que la différence
des humeurs & des caracteres où les
circonſtances fâcheuſes font naître
ſouvent dans le ſein des meilleurs
ménages , ſi l'on ne prenait toutes
les précautions imaginables pour
ſevrer les hommes des plaiſirs trop
faciles du concubinage ? En fait de
mariage ils obſervent avec un reſpect
religieux une coutume qui nous a

d'abord très fort choqués tant elle nous parut bizarre & indécente. Lorsque deux personnes se recherchent, ils ne veulent point qu'elles s'engagent avant d'avoir toutes deux jugé par elles-mêmes des qualités de leur propre corps. En conséquence, une vénérable matronne déshabille la future & la fait voir toute nue à son amant, qui de son côté est présenté à sa maîtresse dans l'état de pure nature par quelque grave & honnête personnage. Nous eûmes peine à retenir nos éclats de rire en apprenant cet usage, & nous leur avouâmes franchement que nous le trouvions fort sot & fort impertinent. Mais ils se moquèrent bien de nous & des inconséquences aussi funestes que multipliées que commettent sur cet article les peuples de notre Univers. Quoi, nous dirent-ils, lorsqu'il s'agit de l'achat d'un méchant bidet, vous faites les plus grandes attentions à votre marché pour n'en être pas la dupe. Quoique cette bête soit à découvert & sous vos yeux, leur témoignage semble alors vous devenir suspect & vous voulez avoir une connaissance

plus sûre, plus parfaite de l'animal.
Vous le faites déseller & débrider,
vous examinez soigneusement ses
pieds, ses jambes, sa croupe, sa
tête, son poitrail, vous avez des
yeux de lynx pour fureter jusques
dans les moindres plis de tout son
corps; malgré tant d'examens vous ba-
lancez encore à conclure, tant vous
appréhendez que le cheval n'ait quelque défaut qui échappe à vos regards
& à vos recherches. Mais à combien
plus forte raison devez - vous être
attentif au choix que vous faites d'une
femme? Songez que c'est uniquement
de ce choix que dépend cette volupté délicieuse qui fait le charme de
nos beaux jours ou ce dégoût insurmontable qui les remplit d'amertumes. Qui pourrait donc trop blâmer
cette sorte d'insouciance, je dirais
presque cet oubli criminel que vous
montrez dans une affaire si impor-
tante? Si vous prenez pour compagne
une femme qui cache à vos yeux
quelque difformité, quelque mal
secret, le premier jour de votre mariage ne sera-t-il pas aussi le premier
jour de l'affreux supplice que vous

allez éprouver le reste de votre vie ?
Et comment ne pas tomber tous les
jours dans ce triste inconvénient si le
hasard seul préside à vos mariages, si
lui seul unit indistinctement des êtres,
qui n'ont aucune connaissance parti-
liere les uns des autres ? Mais , pouvez-vous l'avoir cette connaissance,
vous qui n'osez paraître un seul instant sans être couverts de tous les
habits, de tous les ajustemens qui
peuvent en imposer à la vue & cacher
ainsi , ou au moins déguiser en grande
partie les défauts de vos corps ? J'en
reviens à ce que je vous observais
tout à l'heure. Vos époux , le jour
de leurs noces, ne se connaissent que
du visage & de la main. Ils vont à
l'Autel tout joyeux, ils en reviennent
de même ; mais au moment fatal où
on livre l'épouse aux embrassemens
de son mari , quelle disgrace pour
tous deux si l'un ou l'autre a quelqu'infirmité rebutante ou des défauts
qui décelent son impuissance, laquelle
ne pouvait par conséquent se découvrir qu'à cette heure ! Tous les
Etres ne sont pas assez philosophes
pour se contenter des qualités esti-

mables du cœur & de l'esprit. Les
Philosophes eux - mêmes qui font le
plus grand cas de la vertu, font flattés
de trouver des épouses qui y joignent
la beauté, l'une & l'autre, vous disent-
ils, se prêtent un mutuel éclat, elles n'en
ont que plus de prix lorsqu'elles se
trouvent réunies dans un même objet.
Convenez, ajoutent les Utopiens, qu'il
peut arriver que ces habits superbes
ne servent qu'à couvrir des diffor-
mités, des défauts de nature, dont
la découverte est plus que suffisante
pour éloigner à jamais un époux de
son épouse ou une femme de son
mari, parce que l'un ou l'autre se
trouvera peut-être inhabile à recevoir
des caresses & à y répondre. Mais si
les époux ne s'apperçoivent de ce
défaut qu'après le mariage, quel autre parti leur reste-t-il à prendre que
celui de se résigner & de souffrir?
Les loix ont donc dû prévoir ce cas
fâcheux & fournir au citoyen l'expédient le plus infaillible pour l'en garantir. Il était d'autant plus juste &
plus nécessaire de redoubler de soins
& d'attentions sur cet article si essentiel au bonheur des individus que la

polygamie eft févérement défendue en
ce pays , & que chaque mari s'y contente, bon gré malgré, de fa femme. Le
mariage eft indiffoluble,& il ne peut fe
caffer que pour caufe d'adultere bien
prouv , ou pour mauvaifes mœurs.
Sans ces griefs la mort feule a le pouvoir de rompre les nœuds des époux,
Quand ils font fondés à fe pourvoir
en caffation de mariage, le Sénat pro-
nonce fon arrêt qui contient cette
caffation , & la peine d'infamie contre la partie coupable : de plus, cet
arrêt lui enjoint de paffer fes jours
dans un veuvage perpétuel. On ne
permet jamais à un mari de répudier
fa femme, à laquelle il n'a d'autre
reproche à faire que celui d'une infirmité qui lui fera furvenue. Les
Utopiens foutiennent que c'eft le
comble de l'injuftice & de la barbarie
que d'abandonner une perfonne que
l'on a aimée & qui nous a toujours
chéri , au moment où fon état de
fouffrance & d'affliction exige de notre
part un furcroît de foins & de confolations. Comment fuppofer qu'un
homme honnête & délicat puiffe fe
réfoudre à délaiffer une compagne
vertueufe

vertueufe dans la fociété de laquelle il a paffé tant de jours fortunés, parce que le tems qui détruit tout aura imprimé fes traces fur le front de cette époufe, jadis adorée, parce que la vieilleffe, qui eft la premiere & la plus incurable de toutes les infirmités qu'elle traîne à fa fuite, lui aura enlevé fes attraits & fa fraîcheur ? Mais cet époux n'en a-t-il pas eu les prémices, ne les a-t-il pas moiffonnés en partie ? Et il quitterait fa femme parce qu'elle eft faible, débile, languiffante; il deviendrait volage & parjure à l'inftant où fon état douloureux exige mille facrifices & réclame la foi de fes premiers fermens ! Ah ! c'eft une indignité, c'eft une horreur qui ne faurait fe préfumer ! Si deux époux fe trouvent d'un caractere abfolument incompatible, fi leurs humeurs, leurs goûts, leurs paffions font entiérement oppofés, & qu'il leur foit vraiment impoffible de vivre enfemble en bonne intelligence, ils font alors une féparation à l'amiable, & les deux parties, de leur confentement mutuel, convolent à de fecondes noces : ce fecond mariage ne fe contracte que

L

fous le bon plaifir & avec l'agrément
des Magiftrats. Ils font des enquêtes
pour s'inftruire de la vérité des faits
articulés par les parties plaignantes.
Au befoin ils chargent leurs propres
époufes de faire toutes les informa-
tions néceffaires, & de leur rendre
un fidele compte, pour les mettre à
portée de juger avec pleine connaiffance de caufe. Ce n'eft cependant
qu'à la derniere extrémité que les
Magiftrats confentent à de pareils
divorces. Les Utopiens font perfuadés
qu'un des moyens les moins propres
à entretenir l'amour conjugal ferait
de laiffer entrevoir aux maris de la
facilité à répudier leurs femmes pour
en prendre d'autres. Le plus dur efclavage eft la punition de l'adultere.
Si l'un des deux coupables eft céli-
bataire, la partie offenfée a le droit
de rompre avec la partie qui lui a
manqué de foi, & de fe remarier
avec le complice ou la complice du
délit. Si toutefois ce n'eft pas fa volonté, elle peut à fon gré faire un
autre choix. Si l'époux ou l'époufe
perfifte à vouloir vivre avec fon in-
fidele moitié, ils peuvent refter en-

semble, à condition néanmoins que l'innocent partagera le sort du coupable, que l'on condamne à des travaux particuliers. Il arrive par fois que le Prince, ému de compassion à la vue du repentir sincere que témoigne la partie criminelle, & touché d'ailleurs par les bons traitemens & les soins officieux que ne cesse d'avoir pour elle la partie lésée, leur fait grace, leur rend leur liberté & les rétablit dans tous les droits de citoyens. Une rechûte dans l'adultere est punie de mort sans miséricorde. On ne trouve dans le code Utopien aucune peine fixée contre les autres délits. Le Législateur a laissé entiérement à la prudence & au discernement du Sénat le soin d'en prononcer dans tous les cas, suivant leur degré de malice & d'atrocité. Les maris ont sur leurs femmes le même pouvoir que les peres ont sur leurs enfans: Les uns & les autres peuvent leur infliger des corrections domestiques, à moins que l'énormité de leur crime ne force la Justice d'en prendre connaissance & d'appeller à son secours la vindicte publique. En général la servitude

est la punition la plus en usage chez
les Utopiens, même contre les forfaits les plus graves. Ils pensent avec
assez de raison que cette peine n'est
pas moins rigoureuse pour les scélé-
rats que la mort même, & qu'elle est
plus utile à la République. Et, en
effet, un homme qui est forcé de remplir la tâche la plus rude, est un être
dont on tire du service; il est donc
plus nécessaire à la société qu'un cadavre. D'ailleurs ces malheureux esclaves, exposés tous les jours à la
vue des passans sont une leçon vi-
vante qui produit tous les bons effets
qu'on peut en attendre. Elle imprime
dans l'ame une crainte salutaire qui
se renouvelle sans cesse; elle inspire
en un mot une aversion bien plus grande pour le crime, que quand la mort
enleve du milieu de nous les criminels
& que quelque laps de tems efface
jusqu'à leur souvenir. Si ces forçats
se mutinent & se révoltent, s'ils refusent de travailler, alors on les
égorge sans pitié comme des bêtes
féroces que l'on ne peut dompter,
malgré la pesanteur de leurs fers &
l'horreur de leur cachot. Ceux qu

contraire qui s'arment d'une conf-
tance courageufe pour fupporter leur
fort, ont l'efpoir flatteur de le voir
changer. Lorfque ces malheureux,
prêts à fuccomber fous le poids des
travaux dont ils font chargés, témoignent le plus vif repentir de leurs égaremens paffés, & qu'ils paraiffent
plus touchés de la honte qui fuit le
crime que de fon fupplice, quelquefois le Prince, pour leur donner une
preuve de fa bonté, quelquefois la
voix du peuple adoucit leur fervitude
ou même leur fait recouvrer leur liberté. On ne févit pas moins contre
l'audacieux qui cherche à corrompre
une perfonne du fexe que contre celui qui la fait fuccomber. En général
la volonté déterminée de commettre
un crime quelconque, & les moyens
employés pour y parvenir font ré-
putés chez eux pour le fait. Ils eftiment à cet égard qu'il ferait injufte
de faire grace à un fcélérat d'un forfait que le défaut feul d'occafion favorable lui aura empêché de con-
fommer.

Ce peuple a un goût fingulier pour
les farces & pour les bouffons ; c'eft

s'expofer à des reproches certains,
& même à des réprimandés féveres
que de les infulter, tant il fe perfuade
qu'on ne faurait prendre de pafle-tems
plus agréable que de s'amufer des
folies que débitent les fous. Lorfque
nos Infulaires favent qu'un homme
poufle l'auftere indifférence au point
de ne pas même accueillir d'un léger
fourire les plaifanteries d'un bouffon,
ils ont grand foin de ne point le confier à fa garde ou de ne point le mettre
fous fa protection. Ils craignent que
ces Etres empefés, & chagrins, dont
le front ne fe déride jamais, ne traitent
mal un individu, qui par état ou par
nature n'a d'autre talent & d'autre
mérite que celui d'égayer les autres
& de les faire rire. Nos fages penfent
qu'il eft malhonnête & indécent de
railler une perfonne fur fa laideur ou
fur tel autre défaut corporel que ce
foit. Loin d'applaudir à fes brocards,
ils méprifent toujours le mauvais
plaifant. Un galant homme ne doit
jamais fe moquer des travers de la
nature, il doit plaindre ceux qu'elle
difgracie, puifqu'il ne dépend pas
d'eux d'être exempts de ces défauts

trop visibles & souvent fort incom-
modes. Si d'un côté les Utopiens blâment & accusent d'une insouciance
répréhensible les personnes qui négligent leur beauté , de l'autre ils regardent comme infâmes toutes celles
qui emploient les vains secours d'une
toilette recherchée, & du fard pour se
donner des attraits que la nature leur
a refusés ou que le tems leur a fait
perdre. Ce Peuple Philosophe sait par
expérience que la fragile beauté d'une
épouse est un charme moins puissant
pour enchaîner & retenir un époux ,
que la douceur du caractere , la ré-
gularité de la conduite , & sur-tout
les complaisances sans bornes & un
respect inviolable pour son mari. L'é-
clat de deux beaux yeux peut séduire
bien des gens : la beauté fait nombre
de mariages ; mais la vertu seule les
rend heureux , elle seule triomphe à
la fin de l'inconstance , elle seule a le
pouvoir de la fixer.

Le gouvernement d'Utopie croirait
n'avoir rempli que la moitié de l'administration publique s'il se conten-
tait de faire trembler & de punir les
méchans. C'est peu d'effrayer le crime,

L iv

il faut encourager la vertu. En conséquence, les Magistrats, pour faire naître cet amour dans le cœur des citoyens, décernent aux plus vertueux des récompenses, aussi flatteuses qu'honorables. Remplis d'un zele patriotique, ils font élever dans la grande place de chaque ville des statues à ceux qui se sont illustrés, soit par leurs qualités héroïques, soit par les services importans qu'ils ont rendus à leur Pays. Ces monumens glorieux, destinés à perpétuer le souvenir des belles actions & à consacrer la mémoire des peres, deviennent pour les enfans un puissant aiguillon qui les excite à marcher sur leurs traces : leurs ames fieres & sublimes s'électrisent à la vue de ces effigies que semble animer encore l'amour du bien public. C'est ainsi que cette nation éclairée, en honorant la vertu, a trouvé le moyen d'enfanter chaque jour à la Patrie une foule de nouveaux héros. Un homme convaincu d'avoir brigué une place dans la Magistrature, est destitué de toutes ses fonctions, il ne peut plus espérer de rentrer jamais dans les charges & d'avoir part au Miniftere. Nos Infulaires vivent entr'eux dans l'union la plus étroite ; c'eſt un peuple d'amis. Les Magiſtrats n'ont point l'abord glacial, l'air rébarba- tif & menaçant. On les appelle *Peres*. Ils méritent effectivement ce nom. On leur rend de bon cœur tous les reſpects dus à leurs perſonnes encore plus qu'à leur rang ; mais ils ne ſont nullement jaloux de ces honneurs : auffi ne les voit-on point ſe forma- liſer de ce qu'on aura manqué par haſard à leur témoigner quelques- uns de ces égards que preſcrit la politeſſe. Le Prince ne porte ni dia- dême ni couronne. Il n'en impoſe point par la pompe de ſon extérieur & de ſon cortege. Vêtu comme un ſimple particulier, on ne le diſtingue de la foule des citoyens que par une gerbe de bled que Sa Majeſté tient or- dinairement à la main. Il en eſt de même du Souverain Pontife, on ne le reconnaît qu'au cierge allumé qu'on porte toujours devant lui.

Le Code des loix eſt fort peu volu- mineux ; mais, par la nature même de ſon inſtitution & de ſon gouver- nement, cette République en a tout

L v

autant qu'il lui en faut. Ce que ses
Habitans trouvent de plus étrange
chez les autres peuples, c'est que ces
énormes volumes de loix & de glof-
faires, loin d'affermir leur tranquillité & d'affurer leurs fortunes,
ne font que porter le trouble
dans les familles & jetter de l'incertitude fur les propriétés. Les citoyens,
loin de trouver dans ces loix l'appui
qu'ils invoquent en faveur de leurs
poffeffions, n'y trouvent que des
moyens fûrs de fe ruiner promptement & d'abforber tout leur avoir.
N'eft-ce pas une injuftice criante,
ajoutent les Utopiens, que de promener & d'égarer les hommes dans
ce labyrinthe de loix, qui font trop
nombreufes pour qu'une étude de
toute la vie puiffe fuffire à les bien
connaître, & toujours trop obfcures
pour qu'un commentateur, tel habile
qu'il foit, puiffe au premier coup-
d'œil en déterminer le véritable fens?
Ils écartent loin du fanctuaire de la
Juftice ces Procureurs avares & infatiables qui dévorent & engloutiffent
les biens de leurs cliens; ils en ex-
cluent auffi ces dangereux Avocats qui

se chargent volontiers des plus mauvaises causes, qui ont l'art de les colorer du plus beau vernis, & qui, à la faveur de leurs commentaires insidieux parviennent à faire absoudre le coupable & à faire condamner l'innocent. Tous ces autres suppôts subalternes de la Chicane qui nous pillent & qui nous rongent y sont inconnus. Ils ont tellement en horreur cette vermine du barreau, qu'elle n'ose s'y produire. Toujours prévoyans, toujours judicieux, ils pensent qu'il est plus naturel de laisser les parties instruire elles-mêmes leurs Juges de leurs affaires. C'est le plus sûr expédient pour couper court à ces longueurs mortelles, à ces subtilités si nuisibles aux intérêts des cliens ; c'est aussi le meilleur moyen de parvenir à la connaissance de leur bon droit. Tout homme qu'un rusé praticien n'a pas endoctriné, n'est nullement versé dans l'art de surprendre notre religion par des discours apprêtés, & de nous éblouir par de grands mots. Il se contente d'articuler les faits. Son Juge, attentif & pénétrant le suit pas à pas, il voit tout, il examine tout.

L vj

La vérité lumineuse qui sort de la
bouche de cet homme simple le
frappe ; elle lui aurait entiérement
échappé sous les nuages impénétra-
bles , dont n'eût pas manqué de l'en-
velopper un pilier de Barreau. Les
juges n'ont point de tels avantages
dans ces pays où chaque particulier,
en reffaffant ce fatras de loix amon-
celées , & toujours contradictoires ,
peut trouver quelque paffage lou-
che du texte pour étayer de fauffes
prétentions & favorifer fa cupidité.
De là ces jugemens monftrueux, qui
font tôt ou tard la honte ou le défefpoir de ceux qui les rendent , & qui
caufent la perte , quelquefois même
le déshonneur des perfonnes qui le
méritent le moins. Au refte il n'eft
point d'Utopien qui n'ait une bonne
teinture de fa jurifprudence. Outre
que leur code eft fort peu étendu , le
texte en eft très clair & très précis ,
on y diftingue à chaque page la prudence confommée & le défintéreffe-
ment de la Juftice qui l'a dicté. La fin
que doit fe propofer un Légiflateur
eft de mettre tous les citoyens à
portée de connaître les obligations

qui les lient les uns aux autres, & les
devoirs communs & respectifs qu'ils
ont à remplir. Or, à quoi bon multiplier les loix & les surcharger de
gloses ? Ces commentaires si subtils,
si raffinés, ne sont entendus que par
un petit nombre, qui ont assez de sagacité pour pénétrer leur sens : il ne peut
donc y avoir que ce petit nombre
de particuliers qui soient instruits des
obligations que les loix leur imposent.
Mais une loi, dont l'esprit n'est pas
moins clair que le texte en est simple,
est une loi qui devient intelligible
pour les citoyens de tous les états.
Dans tous les gouvernemens n'est-ce
pas le vulgaire qui compose la multitude des particuliers ? Or, qu'importe
à ce vulgaire peu éclairé, & qui a le
plus besoin de réglemens, que vous
en prescriviez ou que vous n'en prescriviez pas, si ceux que vous faites
sont si obscurs, si entortillés, qu'il
ne peut les comprendre, si vous le
forcez d'avoir recours à des commen-
tateurs plus embrouillés encore, qui
achèvent de l'égarer & de le plonger
dans cette incertitude d'idées, dans
cette confusion, dans cette ignorance

abfolue dont vous vouliez le tirer ?
Prétendez-vous que ce Vulgaire, animal
d'habitude , uniquement occupé de
fes befoins phyfiques & du foin de
gagner fa vie , ait un génie perçant ,
un tact fûr , un difcernement fin , une
judiciaire , en un mot , qui le mette
à l'abri des erreurs & des furprifes?
Certes , c'eft demander l'impoffible
que d'exiger que chaque artifan pris
féparément foit un jurifconfulte profond , & l'aigle du Barreau.

Nos Républicains procurent de
grands avantages aux nations voifines
qui veulent les prendre pour mo-
deles. Plufieurs leur doivent la liberté
dont elles jouiflent : ce font eux qui
les ont affranchies du joug tyrannique
fous lequel elles gémiffaient. Jaloufes,
à l'exemple des Utopiens , de faire
leur bonheur , elles viennent chez
eux fe choifir des Magiftrats. Les unes
les renouvellent tous les ans , les autres les continuent pendant cinq.
Quand leur tems eft expiré, on les re-
conduit comme en triomphe dans leur
patrie , en les comblant de tous les
éloges & de bénédictions que méritent les Magiftrats integres , & on

en reprend de nouveaux. Ces Nations étrangeres prouvent en agiſſant ainſi qu'elles ſont très éclairées ſur leurs vrais intérêts. La perte ou le ſalut d'un peuple dépendent abſolument des mœurs de ceux qui ſont à la tête de l'adminiſtration. D'après ce principe inconteſtable, convenez qu'on ne ſaurait trop vanter la prudence de ces nations, voiſines d'Utopie. En prenant pour Magiſtrats des hommes qui n'ont qu'une charge paſſagere, & qui doivent inceſſamment quitter le pays pour retourner dans le leur, elles ont préſumé avec raiſon que ces hommes auraient de trop puiſſans motifs d'honneur & de gloire pour ſe laiſſer jamais corrompre & pour vendre la juſtice. Elles ont encore penſé que ces Magiſtrats étant étrangers & inconnus à leurs compatriotes, ſeraient toujours impartiaux, toujours integres, & que jamais la haine ou la vengeance ne dicteraient leurs arrêts. Que fermes comme des chênes, ils marcheraient ſans broncher dans les voies de la Juſtice & de la Vérité, & péſeraient leurs droits avec l'exactitude la plus ſcrupuleuſe. On ne pouvait fans doute raifonner plus fagement. L'acception des perfonnes & l'intérêt font les deux agens qui égarent le plus de Juges, & qui leur font perdre entiérement de vue cette fouveraine équité qui eft le lien le plus facré des Sociétés humaines, & la feule fauve-garde de tous les Empires. Les Utopiens donnent le nom d'Alliés aux peuples qui font gouvernés par des Magiftrats d'Utopie, & le nom d'amis à ceux auxquels ils fourniffent différens fecours, fuivant les circonftances. Ils ne font aucun de ces pactes, de ces traités d'alliance que les autres peuples changent, rompent & renouvellent fi fouvent entre eux. A quoi fervent ces traités, vous difent-ils ? La nature, notre mere commune, n'a-t-elle pas créé tous les individus pour s'entr'aimer ? N'a-t elle pas affez fortement gravé cet amour au fond de nos cœurs ? L'être affez barbare pour étouffer fa voix & réfifter à fes douces impreffions, fera-t-il affez délicat pour fe faire un fcrupule d'enfreindre les claufes d'un traité ? Nos Infulaires font d'autant plus attachés à ces principes,

que la plupart des Souverains de leur
hémifphere ne font rien moins que rigides obfervateurs de leurs conventions refpectives. Ces infractions font
fort rares en Europe, fur-tout parmi les
Princes qui ont le bonheur de vivre
fous l'empire de la foi. La Religion
de Jefus-Chrift, cette religion fainte
& fublime a fur eux un afcendant fupérieur encore à leur puiffance. Dans
cette partie de notre monde la Majefté des Traités eft regardée comme
facrée & inviolable. La bonté pater-
nelle & la droiture de nos Monarques
d'une part, de l'autre le refpect qu'ils
portent au Saint-Siége, & la crainte
qu'ils ont de déplaire au Souverain
Pontife les rendent tous religieux obfervateurs des pactes qu'ils font entre
eux. Comme ce Vicaire du Chef in-
vifible de l'Eglife ne promet jamais
rien, ne contracte aucun engagement
fans le tenir à la rigueur ; auffi fait-il,
de la part de Dieu, un devoir à tous
les Rois de remplir fcrupuleufement
leur parole & d'accomplir à la lettre
leurs conventions réciproques. S'ils
ofent y manquer, les cenfures eccléfiaftiques les rappellent à leur devoir.

S'ils n'y rentrent pas, le Saint-Pere tonne , les foudres de l'excommunication échappent auſſi-tôt de ſa main, tombent, & frappent les Potentats orgueilleux qui refuſent de ſe ſoumettre. Les Papes n'ont ſans doute pas tort de penſer qu'il eſt indigne à des Princes jaloux du nom de Chrétiens , de manquer de bonne-foi dans l'obſervation de leurs conventions. Mais dans le monde où ſe trouve placé l'Utopie , monde encore moins éloigné du nôtre par l'Equateur, au-delà duquel il eſt ſitué , que par la différence de ſes mœurs & de ſes uſages , on ne doit nullement ſe repoſer ſur la foi des Traités politiques. Les abus à cet égard ſont ſi exceſſifs & ſi fréquens, qu'on pourrait preſqu'avancer que plus on emploie de cérémonies ſolemnelles pour leur donner une ſolide ſanction , plus ils ſont fragiles, plus leur durée eſt momentanée. La raiſon de ces ruptures multipliées eſt fort ſimple. Les Traités de paix , d'alliance, de confédération ſe font en des termes ſi ambigus , les tournures des clauſes ſont ſi captieuſes , ſi équivoques , que les parties contractantes ne font jamais tellement liées qu'elles ne trouvent toujours des moyens plaufibles, au moins en apparence, d'éluder leurs engagemens & de fe dégager de leurs fermens. Cependant fi les Plénipotentiaires trouvaient une pareille duplicité, difons mieux, une pareille fraude dans les contrats des particuliers, irrités de cette indigne mauvaife foi ils la taxeraient hautement de piége, de fcélératefe, & s'écrieraient qu'elle mérite le dernier fupplice; mais eux, mais ces fiers repréfentans des Maîtres de la terre croient leur avoir rendu un fervice au-deffus de toute récompenfe, lorfqu'ils ont furpris la bonne foi d'un Négociateur, lorfqu'ils l'ont trompé & lui ont fait figner un traité qu'ils peuvent interprêter à leur avantage ou faire rompre à leur fantaifie.

Que conclure de la mauvaife foi des Princes de ce nouveau monde & de leurs Miniftres, finon que là probité eft une qualité obfcure qui ne convient qu'au petit peuple; qu'elle eft d'une condition trop baffe pour fortir des cercles bourgeois & figurer à la Cour; ou bien encore qu'il eft

deux fortes de probités, l'une vile
& abjecte qui fied à la roture, & qui
ne doit jamais franchir les bornes
étroites dans lefquelles elle eft ref-
treinte, & l'autre plus noble, plus
élevée, plus libre que celle du vulgaire; que cette derniere a le droit de
tout faire, parce qu'elle peut impunément tout ofer, & que cette probité
fiere & impérieufe eft apparemment
la vertu favorite des Rois. Comme
je viens de vous le dire, la duplicité
des Monarques du Monde dans lequel
l'Utopie eft fituée, eft la principale
caufe qui détermine nos Républicains
à ne faire aucun traité avec les Puiffances de ces contrées. Je me perfuade qu'ils changeraient de réfolu-
tion s'ils vivaient au milieu de l'Europe. Cependant, quelque bonne-
foi, quelqu'exactitude que l'on ap-
porte dans l'obfervation des traités,
la coutume d'en faire ne leur paraît
pas moins étrange & moins déplacée.
Car enfin, vous demandent-ils, que
produit cette malheureufe coutume ?
Deux peuples font féparés l'un de
l'autre, foit par un petit bras de riviere, foit par une monticule, &

comme fi la nature n'avait pas établi
affez de rapports entre les êtres, comme fi elle n'avait pas tiffu de fes propres mains les nœuds fi doux qui les
lient néceffairement les uns aux autres ; ces individus inquiets & jaloux s'obfervent, fe regardent d'un
œil fombre ; ils s'enivrent du poifon
de la défiance, & fe perfuadent qu'ils
font nés comme les bêtes féroces,
pour s'attaquer, fe mordre, fe déchirer & fe dévorer, à moins qu'un
traité bien dreffé, bien cimenté ne
leur prouve le contraire & n'enchaîne
leur férocité. Mais le voilà conclu ce
Traité, le voilà ratifié de part & d'autre. Ne vous imaginez pas que la paix
& l'amitié fraternelle en foient plus
ftables parmi eux. Non. Des deux
côtés les hoftilités, les meurtres, les
dévaftations recommencent de plus
belle après la fignature ; & pourquoi ?
C'eft que, faute d'attention de la part
des Négociateurs qui ont rédigé les
articles, on les trouve tous fi équivoques, ils renferment des contradictions fi palpables, que les deux
peuples regardent le Traité comme nul
& non avenu, & croient en confé-

quence devoir profiter de la liberté
qu'il leur rend pour se massacrer de
nouveau & se détruire. Nous autres
au contraire nous n'appellons ennemis, & nous ne traitons comme tels
que ceux qui nous font tort & insulte.
Autrement nous pensons que cet
amour de l'espece, ce sentiment qui
nous est si naturel, doit avoir sur nos
cœurs des droits plus saints, plus in-
violables que les clauses d'un con-
trat ; en un mot, nous voulons que
les honnêtes gens de toutes les nations
connues ne forment qu'un seul peuple de freres, & qu'ils soient plus
fortement attachés les uns aux autres
par leurs besoins réciproques & les
secours mutuels qu'ils se doivent,
que par de vaines conventions, aussi
peu respectables que les passions qui
les dictent, & qui s'en font un jeu.

VIII.

De l'Art Militaire en Utopie.

Ce peuple déteste la guerre. Il voit
avec horreur que l'homme, qui de
tous les animaux se glorifie d'avoir

lui feul la raifon en partage , eft cependant le plus déchaîné , le plus furieux contre fon efpece , & qu'il fait
fa paffion dominante d'un Art , qui
femble devoir n'être exercé que par
les ours , les tigres & les pantheres.
Cette gloire fi funefte , cette gloire
que l'on n'acquiert que par le fer &
par le feu , cette gloire qui eft l'idole
de prefque toutes les nations , leur
paraît bien plutôt une frénéfie brutale , une férocité abominable , qu'une
paffion noble & fublime , digne des
éloges faftueux qu'on lui prodigue.
Malgré l'averfion décidée qu'ils ont
pour les armes , les Utopiens ne laiffent pas que de s'y exercer. A certains jours on donne des leçons publiques de Tactique , auxquelles les
hommes , & même les femmes font
obligées d'affifter , afin que dans un
cas preffant elles puiffent avec adreffe
porter un coup de main pour fauver
leur Pays. Quoique ce peuple cherche tous les moyens de s'aguerrir ,
ils ne prend néanmoins les armes qu'à
la derniere extrémité , foit pour fe
garantir d'une invafion & défendre
les frontieres , foit pour repouffer les

ennemis de ses bons & fideles alliés ;
soit enfin pour délivrer du joug d'un
tyran des voisins qui implorent son
secours. Dans ce dernier cas ils combattent pour eux par pure générosité,
& ne retirent leurs troupes que quand
la nation opprimée a totalement brisé
les fers qui la retenaient dans l'escla-
vage. Nos Républicains prêtent gratuitement à tous les peuples l'assistance
qu'eux-mêmes leur demanderaient s'ils
étaient dans le cas d'en avoir besoin.
Ce n'est pas seulement pour se défendre contre d'injustes agresseurs qu'ils
leur donnent des secours, ils leur en
fournissent encore pour les mettre
en état de tirer raison des hostilités
commencées & d'user de représailles.

Je dois vous observer que les Utopiens ne prêtent aucune assistance si
on ne les consulte pas avant la déclaration de guerre. Ils veulent se con-
vaincre par eux-mêmes que le peuple, qui réclame leur appui, ne peut
se dispenser d'opposer la force à la
force. Dès qu'ils en sont persuadés,
ils lui fournissent sans délai les troupes qu'il leur demande. Les nations
opprimées & pillées par leurs voisins
n'ont

n'ont pas de plus sûrs vengeurs que nos Insulaires. Leur ressentiment éclate, sur-tout lorsqu'un peuple se forge des loix iniques, se joue des plus saintes, & par les interprétations insidieuses qu'il leur donne parvient à tromper la crédule honnêteté des Négocians. Tel fut l'unique motif de la guerre qu'ils firent il y a environ un siecle pour les *Néphélogetes*, contre les *Alaopolites*. Les premiers soute-naient que leurs négocians avaient éprouvé, de la part des derniers, une lésion révoltante, quoique revêtue de toutes les formes de la justice. Que cette plainte fût bien ou mal fondée, c'est ce qu'il ne m'est pas possible de décider. Quoi qu'il en soit, elle fut le sujet d'une guerre sanglante & rui-neuse. En effet, sur ce différend, les deux nations arment avec la plus grande activité : leurs préparatifs sont effrayans ; la Discorde & la Haine soufflent sur eux ; ils sont à l'instant saisis, transportés de fureur, chacun d'eux brûle de signaler sa vengeance, la soif du sang les dévore ; les peuples voisins prennent parti pour ou con-tre ; en un clin d'œil l'embrasement

M

devient général : les armées s'avancent, elles se choquent, le combat s'échauffe, des flots de sang ruissellent, les campagnes sont jonchées de morts, & les villes n'offrent bientôt plus que de vastes cimetieres. Ces deux Etats nagueres florissans reçoivent tour à tour des secousses qui les font pencher vers leur ruine. Enfin, après un épuisement total les *Alaopolites* succombent & sont contraints de recevoir la loi du plus fort qui les réduit à la servitude. Les Utopiens qui ne faisaient la guerre que pour leurs Alliés, furent les premiers à forcer les vaincus de vivre sous l'entiere dépendance des vainqueurs, & cependant, les Alaopolites, dans les beaux jours de leur prospérité, formaient une nation riche & puissante, peu faite pour entrer en comparaison avec la peuplade des Néphélogetes.

Telle est la chaleur, tel est le zele que mettent les Utopiens dans la défense des intérêts politiques & pécuniaires de leurs alliés. Ils s'en faut bien qu'ils soient aussi ardens pour leur propre compte. Si on les trompe,

fi on leur enleve leurs tréfors, ils ne
pouffent point leur reffentiment jufqu'à la rupture , & pourvu qu'on ne
commette aucun acte d'hoftilité, ils
fe contentent de ne plus commercer
avec les peuples qui leur font banqueroute. Ce n'eft pas qu'ils prennent
moins à cœur les intérêts de leurs
compatriotes que ceux de leurs amis;
mais ils pardonnent moins volontiers
le tort qu'on fait à leurs Alliés, que
celui qu'on leur fait à eux-mêmes.
Ainfi que tous les autres ce procédé
a fes raifons : les voici. Chez nos
alliés, difent-ils, les biens appartenant
en propre à chaque particulier, les
négocians ne fauraient éprouver aucune perte fans fupporter un échec
confidérable , puifque fouvent il entraîne leur ruine ; au lieu que chez
nous les biens fe trouvant en commun , toutes les pertes le font auffi ,
de forte qu'une banqueroute faite à
nos commerçans ne frappe point directement fur un feul ou fur quelques
particuliers. D'ailleurs on ne peut jamais nous enlever que notre fuperflu,
puifque nous avons grand foin de ne
rien transporter chez l'Etranger, qu'au

M ij

préalable notre pays ne ſoit abondamment pourvu de tous les objets
d'exportation. Nous penſons en conſéquence qu'il ſerait abſurde & cruel
de ſacrifier dès milliers de citoyens
pour nous venger d'un dommage qui
n'eſt nullement ſenſible pour aucun
de nous.

Si quelqu'Utopien, voyageant chez
un peuple voiſin, ſe trouve attaqué
dans ſa perſonne & reçoit une bleſſure
dont les ſuites alterent ſa ſanté, ou le
conduiſent au tombeau, ſoit que cet
attentat ſoit un guet-à-pens, ſoit
qu'on l'ait commis en vertu d'un ordre
du gouvernement, nos Républicains
n'en ſont pas plutôt inſtruits par leur
Réſident dans les pays étrangers où
la ſcene s'eſt paſſée, qu'ils en demandent hautement ſatisfaction : ils exigent qu'on leur livre les coupables,
quels qu'ils ſoient; & pour peu qu'on
balance, ils déclarent ſur le champ
la guerre au peuple, fauteur du meurtre. Si on leur remet les auteurs de
l'aſſaſſinat, ſuivant ſon atrocité, ils
les condamnent à mort ou les jettent
dans l'eſclavage.

Ils rougiſſent en quelque façon &

font plongés dans le plus grand deuil
lorſqu'ils remportent une victoire
ſignalée. C'eſt, vous diſent-ils, une
impéritie, une abſurdité révoltante
que d'acheter à ſi haut prix des marchandiſes, quelque précieuſes qu'on
les ſuppoſe & qu'elles ſoient en effet.
Le plus beau moment de leur gloire
eſt celui où leur génie fécond en ruſes
de guerre, rend inutiles toutes les
tentatives de leurs ennemis & les
leur fait vaincre par adreſſe. On dé-
cerne à ceux qui ont remporté un tel
avantage les honneurs du triomphe
public, & par les trophées qu'on leur
érige on immortaliſe la mémoire de
pareils exploits, les ſeuls qu'ils admi-
rent & qu'ils ſoutiennent être vraiment dignes de l'homme, qui doit
l'emporter, autant ſur tous les animaux, par les reſſources du génie,
que la plupart d'entr'eux l'emportent
ſur lui par les forces du corps. Et de
fait les lions, les ours, les tigres, les
loups, les ſangliers, les chiens, &
les autres eſpeces d'animaux qui ſe
combattent, ont ſans contredit bien
plus de force, de nervure & de férocité que nous : mais qu'ils nous
M iij

font inférieurs du côté du raisonne-
ment & de l'imagination! Quel homme oferait fe flatter d'attaquer avec
avantage les bêtes fauves , s'il lui
fallait combattre corps à corps avec
elles ? Ce n'eft que par adreffe qu'il
doit chercher à les dompter & à les
vaincre ; c'eft ainfi que les hommes
devraient fe borner à faire la guerre
entr'eux. Les Utopiens ne la déclarent
jamais qu'à leur corps défendant , &
que fur le refus pofitif de juftice
qu'on leur fait. Ils ne font, en un mot,
agreffeurs que quand ils ne peuvent
abfolument fe difpenfer de l'être ;
mais dès qu'ils ont une fois tiré l'épée
hors du fourreau , ils ne la remettent
qu'après avoir tiré une vengeance
éclatante des infultes & des torts
qu'on leur a faits. Leur but eft alors
d'effrayer les nations injuftes par la
terreur de leurs armes , & d'en faire
des exemples fi frappans , qu'ils puiffent à l'avenir leur fervir de frein.
Tel eft fur cet article le plan de conduite de nos Infulaires, toujours pru-
dens , toujours modérés dans fon
exécution. Ils cherchent moins à s'acquérir de la gloire & des éloges ,

qu'à se mettre à l'abri de plus grands dangers, & même à en préserver les autres.

Sitôt que la guerre est déclarée, ils font au même instant afficher avec le plus grand secret quantité de placards, munis du sceau de la République, dans les lieux les plus fréquentés du pays ennemi. Par ces placards ils mettent à prix la tête du Prince, leur adversaire, ainsi que celles de plusieurs autres personnes amplement désignées dans ces écrits clandestins. Les récompenses très-considérables pour quiconque tuera ces dernieres, sont cependant moindres que celles proposées pour celui qui les défera du Prince. Ces personnes sont ordinairement les Ministres & les Favoris du Souverain. Lorsqu'on se saisit d'un proscrit, & qu'on le remet vivant entre leurs mains, ils donnent le double de la récompense affichée. Ils offrent même des récompenses à ces proscrits, & leur grace, bien entendu, s'ils veulent se détacher du parti ennemi & suivre le leur. Ces expédiens politiques jettent ces malheureux Favoris dans une

M iv

horrible défiance les uns contre les
autres. Sans cesse ils se croient envi-
ronnés de traîtres ; ils n'envisagent
bientôt plus dans leurs proches que
des ennemis, des espions & des bourreaux. Et en effet il arrive toujours
que ces proscrits, & principalement
le Prince, sont égorgés ou livrés par
ceux mêmes qu'ils honoraient de toute
leur confiance, tant la soif de l'or est
une puissante amorce pour le crime !
Les Utopiens, convaincus de cette
triste vérité, ne manquent jamais
d'en tirer le parti le plus avantageux,
& pour d'autant mieux rassurer les
mercenaires qu'ils veulent corrompre,
ils leur promettent des récompenses
si fortes, que la cupidité leur fait
entièrement fermer les yeux sur tous
les dangers auxquels ils s'exposent
pour les obtenir. Dans ces circonstan-
ces, dont l'histoire d'Utopie offre plus
d'un exemple, ils promettent non-
seulement des sommes immenses
mais encore la propriété de terres
d'un très-grand revenu, situées dans
le pays de leurs plus fideles alliés.
C'est-là que ces traîtres & ces assassins peuvent se retirer pour y passer

tranquillement & en toute fûreté le
refte de leurs jours au fein de l'opu-
lence. Jamais on n'eut fur cet article
ni fur aucun autre à fe plaindre du
manque de parole des Utopiens.

Les autres peuples regardent comme indigne & barbare, comme une
lâcheté abominable cet ufage de faire
un trafic du fang de fes ennemis,
de mettre leur vie à l'enchere ; tran-
chons le mot, de les faire affaffiner.
Quant aux Utopiens ils s'en font un
point d'honneur ; & voici comme ils
juftifient fur ce point la fageffe & la
juftice de leurs procédés. Par ce moyen,
difent-ils, nous terminons fouvent
la guerre fans livrer aucun combat :
nous prouvons donc notre amour
pour l'humanité, puifqu'aux dépens
d'un petit nombre de coupables (1)
que nous faifons périr, nous fauvons
un peuple d'innocens, qui dans une
aftion feraient reftés fur la place. Ce
n'eft pas la confervation feule de nos
compatriotes qui nous intéreffe,

_____

(1) Cette morale n'eft-elle pas une fuite
de ce principe ? *Expedit unum mori pro
populo.*

M v

nous ne sommes pas moins jaloux d'épargner le sang de nos ennemis. Nous n'ignorons pas que ces soldats qui portent les armes contre nos troupes n'agissent point de leur propre mouvement ; qu'ils ont souvent horreur d'un métier qu'ils exercent par force, & qu'ils ne sont sous la main du Prince qui les commande que les instrumens de son aveugle fureur & de sa vengeance.

Si l'expédient ci-dessus ne leur réussit point , ils tentent une autre voie. Ils sement le trouble & la division dans la famille royale , en faisant espérer la couronne à un frere du Roi s'il en a , ou , à son défaut, à quelqu'autre Grand du royaume. Si l'effet de ces factions & des révoltes qui s'en suivent ne répond pas à leur attente , ils font alors agir les nations voisines de la puissance avec laquelle ils sont en guerre. A l'aide de quelque vieux titre , qu'ils produisent à point nommé , (& les Princes , comme on le fait très-bien , ne manquent jamais de ces fortes de titres) , ils les forcent en quelque façon de prendre les armes contre les ennemis de leur

Isle, & font une ligue offensive & défensive avec elles. Suivant les clauses de cette confédération ils fournissent tout l'argent qu'exige le service d'une ou de plusieurs campagnes ; mais ils ne donnent presque point d'hommes. Leur amour pour leurs compatriotes est poussé à tel point ; ils font un si grand cas de leur vie, qu'ils se résoudraient, je crois, avec bien de la peine à échanger un des leurs contre le Roi ennemi. Pour l'or & pour l'argent, comme ils ne tiennent en aucune maniere à ces métaux, ils donnent sans balancer tout ce qu'on leur demande, & on leur demanderait tout ce qu'ils possedent qu'ils le donneraient volontiers, puisqu'ils n'en vivraient ni moins à leur aise ni moins heureux. Outre les richesses prodigieuses qu'ils renferment chez eux, ils ont encore des sommes considérables placées chez l'étranger. Je vous ai dit ci - dessus que plusieurs peuples qui commercent avec nos Insulaires avaient de l'argent à eux appartenant. Dans les tems de nécessité ils répetent ces sommes, qui leur servent à lever des soldats de tous les

côtés, & sur-tout à en soudoyer chez
les *Zapoletes.*

Ce peuple, situé au Levant, est
éloigné d'environ cinq cents milles
d'Utopie. Il est dur, agreste & sauvage.
Il préfere, aux lieux où la nature
plus riante se pare de tous ses charmes,
les forêts ténébreuses qu'il habite &
les montagnes incultes sur lesquelles
il a été nourri. Ces hommes sont d'un
tempéramment de fer; endurcis au
froid & au chaud, ainsi qu'au travail
le plus opiniâtre, rien ne les rebute.
L'agriculture, les modes dans les habits, l'élégance dans les bâtimens,
en un mot tous ces arts qui répandent
tant de douceurs & d'agrémens sur
la vie, n'ont aucun prix pour eux, ils
les méprisent & ne les cultivent point.
Leur occupation journaliere consiste
à soigner les bestiaux; ils ne vivent
que du produit de la chasse & de la
rapine. La nature les forma tout ex-
près pour la guerre: leur éducation
est toute relative à ce métier, ils
cherchent & saisissent avec empresse-
ment toutes les occasions de s'y livrer.
Dès qu'il s'en présente une, on les
voit sortir par bandes de leurs affreux

repaires , defcendre de leurs mor-
nes inacceffibles , inonder les campagnes , & s'engager prefque pour
rien à ceux qui viennent dans leur
pays pour enrôler. Ils n'ont d'autre
talent que celui de fe battre , & c'eft
toujours à outrance. Dès qu'une fois
ils fe font mis à la folde d'une Puiffance , ils combattent pour elle avec
une bravoure dont on n'a pas d'idée ,
& leur fidélité d'ailleurs eft à toute
épreuve. Mais ils ne s'engagent jamais
pour un tems fixe & limité. La premiere convention qu'ils font lorfqu'ils s'enrôlent au fervice d'un Souverain, c'eft que fi, dès le lendemain
le Prince fon ennemi leur propofe
une plus forte folde, ils feront libres
de paffer de fon côté, & que fi le fur-
lendemain le peuple qui les a fou-
doyés en premier lieu , porte plus
haut la paie du foldat, il leur fera
également permis de revenir fe ran-
ger fous fes étendards. Il fe fait fort
peu de guerres , dans lefquelles les
Zapoletes ne compofent la plus grande
partie des troupes de l'une & de l'autre
Puiffances belligérantes. Il arrive de là
tous les jours que de proches parens,

qui naguéres vivaient dans la plus
parfaite union , & dont l'amitié re-
doublait , en raison du plaifir qu'ils
goûtaient à fe voir réunis fous les
mêmes enfeignes , féduits peu de
jours après par l'appas du gain le
plus chétif , fe féparent & fe jettent
dans les deux partis oppofés. En
vient-on aux mains , tous les nœuds
du fang & de l'amitié fe brifent tout
à coup, la haine la plus invétérée fuc-
cede à leur tendreffe ; du plus loin
qu'ils s'apperçoivent ils s'élancent
comme des taureaux furieux les uns
contre les autres ; ils fe mefurent , fe
terraffent , s'égorgent , fe maffacrent
fans aucune pitié. Mais que ce vil intérêt , qui leur fait facrifier un parti
à un autre : que cette baffe avarice
leur eft bien peu profitable ! Ils ab-
forbent en un clin d'œil dans un luxe
groffier , dans un libertinage crapu-
leux , le falaire qu'ils retirent de leur
art meurtrier, & menent toujours une
vie obfcure & miférable.

Tels & plus brutaux encore font
ces hommes que les Utopiens foudoient pour combattre leurs ennemis. Comme ces montagnards ne fau-

raient trouver ailleurs une plus forte
paie, ils accourent en foule se vendre à la République. Nos sages, qui
font si délicats sur le choix des peuples, qu'ils adoptent pour Alliés, ne
traitent avec cette nation barbare que
pour s'en débarrasser par les voies les
plus courtes & les plus expéditives.
En tems de guerre on leur fait occuper les postes les plus périlleux : la
plupart tombent sous le fer des ennemis ; on est par conséquent dif-
pensé de leur tenir les promesses sé-
duisantes qu'on leur a faites pour
les attirer : quant à ceux qui en ré-
chappent on remplit exactement à leur
égard la parole qu'on leur a donnée.
On veut en se conduisant ainsi leur
faire un pont d'or pour l'avenir. Ils
font si flattés de cet avantage que dans
les autres occasions qui se présentent
par la suite, ils volent de leur plein
gré braver les dangers auxquels on
les expose. Les Utopiens, loin de
les ménager, se persuadent que ce
ferait de leur part bien mériter du
genre humain s'ils parvenaient à purger totalement la terre de cette race
immonde de brigands & d'assassins.

Outre les troupes Zapolétaines, les Utopiens emploient celles que leur prêtent les peuples auxquels ils ont donné du secours dans l'occasion; ils ont encore les *Auxiliaires* que leurs Alliés leur envoient; enfin ils joignent à ces forces celles de leur nation. Ils nomment Généralissime de toutes ces troupes réunies un des leurs, non moins recommandable par son expérience que par sa valeur. Ce Chef, dont l'autorité est absolue, a sous ses ordres deux autres compatriotes qui lui servent de Lieutenans généraux. Tant que le Commandant en chef respire, ses Lieutenans sont sans exercice & n'ont aucun pouvoir sur l'armée; mais s'il arrive que le Général soit tué ou fait prisonnier, alors le premier des deux Lieutenans prend aussi-tôt le commandement & lui succede comme par droit d'héritage. Au besoin le second remplace le premier. Comme les Utopiens n'ignorent pas que rien n'est plus journalier que le sort des armes, ils ont pris cette sage précaution pour garantir leurs troupes du désordre & de la consternation dans lesquels la mort ou la prise de son Général doit nécessairement jetter toute une armée.

Chaque ville fait ses levées, on ne prend que ceux qui font de bonne volonté. Il ne se fait ici aucun enrôlement forcé, parce qu'on pense avec raison que tout poltron, loin de rendre service dans un moment décisif, ne sert qu'à inspirer la frayeur & le découragement à ses camarades. Si cependant le foyer de la guerre se concentre dans leur propre pays, les poltrons, pourvu qu'ils soient bien constitués & bien portans, sont contraints de prendre les armes comme les autres. Ils les embarquent sur les vaisseaux avec des troupes agueries & intrépides; on les place d'espace en espace sur les murailles entre de braves soldats, de sorte qu'on leur ôte tout moyen & tout espoir de prendre la fuite. Alors la honte de paraître sans cœur, la nécessité de repousser les coups de l'ennemi & l'impossibilité de se cacher ou de tourner le dos, changent souvent tout à coup leur poltronnerie en valeur héroïque. Quant aux guerres, dont le théâtre est dans le Pays étranger, si d'un côté on ne

force perſonne d'y aller, de l'autre
on permet aux femmes d'y accom-
pagner leurs maris ; on les y exhorte
même, en comblant d'éloges celles
qui prennent ce parti. Dans une action l'épouſe combat auprès de ſon
mari ; les enfans, les neveux, les
alliés les entourent, ſi bien que chaque famille forme comme autant de
régimens ſéparés qui ſe réuniſſent
pour combattre avec chaleur & ſe
preter mutuellement les ſecours
que la nature & l'amitié réclament
en ces inſtans de criſe où ils courent
tous les mêmes dangers.

Le mari qui revient ſans ſa femme
& le fils ſans ſon pere, ſont également
déshonorés. Cette politique produit
les plus grands effets. Dès qu'on ſonne
la charge & que l'on combat, pour
peu que l'ennemi oppoſe de réſiſ-
tance, on s'échauffe, on s'enflamme,
on ſe bat en déterminé. Chaque Utopien diſputant pied à pied le terrein
fait des prodiges de valeur, & vend
chérement ſa vie s'il ne peut la ſau-
ver. Rien ne coûte à ces Républicains
lorſqu'il s'agit d'écarter loin d'eux le
terrible fléau de la guerre, ou pour

n'y employer que des troupes étrangeres ; mais dès qu'ils se trouvent réduits à la fâcheuse nécessité de combattre en personnes, ils partent, ils volent où le devoir les appelle, le courage les transporte, & ce que toute leur prudence n'a pu faire, leur bravoure l'exécute. Ne croyez pas que leur valeur ne soit qu'un premier feu qui se ralentit & s'éteint aussi-tôt : non, leur intrépidité s'accroît en raison de la durée du combat. Ce sont tous autant de héros dont les rangs sont inébranlables. La mort, qui ne respecte pas plus les braves que les poltrons, les frappe & les moissonne ; mais sa vue ne les fait jamais reculer. Cette valeur surnaturelle est une suite de la confiance qu'ils ont qu'après eux rien ne manquera à leur famille. Son sort, son bien-être est assuré, s'écrient-ils, dans ces instans, nous pouvons mourir en repos. Oui, cette douce confiance est le premier aliment de leur bravoure. Ils se battent avec la ferme résolution de vaincre, & la mort leur paraît plus supportable cent fois que la défaite. Nous sommes privés de cet avantage nous autres.

Depuis le foldat jufqu'au Général, chacun eft occupé de fon propre intérêt, de celui de fes enfans. Cette cruelle incertitude froiffe le cœur des plus déterminés, entre la crainte de laiffer après eux des infortunés, & celle de l'être eux-mêmes : or, l'afpect effrayant de la mifere eft prefque toujours, comme on le fait, l'écueil du plus fier courage.

Ajoutez à cette confiance des Utopiens leur habileté dans l'Art militaire, la parfaite connaiffance qu'ils ont de leur Tactique, & vous fentirez aifément qu'ils doivent être tous valeureux & invincibles. Enfin cette vérité vous deviendra, pour ainfi dire, palpable, fi vous faites attention que les principes dans lefquels on les éleve depuis leur berceau, contribuent à leur donner & à nourrir en eux cet héroïfme patriotique. La vie, leur répete-t-on fans ceffe, eft un dépôt que le ciel vous a confié. Vous n'avez aucun droit deffus, il appartient tout entier à la patrie : jouiffez des avantages fans nombre que fon ufufruit vous procure ; que le fonds vous foit affez cher pour le ménager comme votre bien propre ; il n'y a qu'un fou qui s'avise de le dissiper & de l'aliéner. Si la Patrie vous le redemande, rendez-le lui sans balancer ; il n'y a qu'un lâche , un homme vil & méprisable qui puisse le nier ou s'obstiner à vouloir le retenir.

Dans la mêlée une foule de jeunes gens d'élite se rallient , combinent leurs forces, fondent avec l'impétuosité des aigles sur le Général ennemi ; tantôt ils l'attirent dans quelque piege, tantôt ils le combattent corps à corps. Ici ils font pleuvoir de loin sur lui une grêle de traits ; là, tous s'opiniâtrent à lui porter le coup mortel ; à moins qu'il ne prenne au plutôt la fuite , il est bien rare qu'il ne soit tué ou qu'il ne tombe vivant dans les mains du vainqueur. Dès que les Utopiens ont gagné la victoire ne pensez pas qu'ils se fassent un jeu barbare de massacrer les vaincus. Toute leur vengeance se borne à les faire prisonniers. Jamais ils ne se livrent inconsidérément à la poursuite des fuyards. Ils conservent leur ordre de bataille après le combat , pour être toujours à portée de le réintégrer si

on les y force ; ils aiment mieux
laiffer échapper tous les vaincus que
de rompre leurs rangs pour les pour-
fuivre. Ils fe fouviennent de ce qui
leur eft arrivé en plus d'une occafion.
Les ennemis après avoir mis en dé-
route le corps de leur armée, fe
croyaient déjà fi fûrs de la victoire,
qu'ils fe difperfaient & couraient çà
& là après les fuyards pour les égorger. Les Utopiens qui ont toujours
un corps de réferve en ftation pour
obferver, tous les mouvemens des
ennemis, s'étant apperçu de leur dé-
fordre, firent avancer ce corps qui n'a-
vait point encore donné ; il chargea
à l'improvifte l'ennemi qui, ne pouvant plus fe rallier, fut taillé en pieces,
& perdit ainfi le fruit de la victoire
qui tourna au profit des vaincus.

Je ne faurais trop vous dire qui
l'emporte chez nos Infulaires, ou de
leur habilité à tendre des pieges, ou
de celle qu'ils ont à les découvrir & à
les éviter. On croirait quelquefois,
à voir leurs manœuvres qu'ils mé-
ditent une prompte retraite; point du
tout : ont-ils formé ce projet, ils
l'exécutent avec tant de précifion &

de secret qu'ils sont déjà fort éloignés avant que l'on s'en doute. Dès qu'ils ont reconnu les forces ennemies & leur supériorité sur les leurs, ou qu'ils s'apperçoivent du désavantage de leur position, ils décampent de nuit & dans le plus profond silence, ou usent de quelqu'autre stratagême. Le jour même ils observent un si bel ordre dans leur retraite, ils présentent une telle contenance, qu'il ne serait pas moins dangereux de les attaquer dans leur marche que dans le camp le mieux fortifié. Les retranchemens de leur camp consistent ordinairement dans un fossé aussi large que profond. La terre qu'ils retirent du fossé qui entoure le camp, leur sert à former de leur côté une espece de mur ou de parapet qu'il faut franchir avant de pouvoir les attaquer. Ce ne sont pas les sappeurs seuls & les pionniers qui travaillent à ces fortifications, tous les soldats y sont employés, excepté cependant les sentinelles & les védettes. A l'aide de ce grand nombre d'ouvriers ils achevent en fort peu de tems tous les ouvrages extérieurs qu'ils estiment nécessaires à la sûreté de leur camp.

Leurs armes n'ont pas moins de
solidité que de légéreté. Elles résis-
tent aux corps les mieux assénés & en
portent presque toujours de mortels.
Elles ne gênent le soldat dans aucun
des mouvemens de son corps ; elles
lui laissent la liberté de tous ses gestes ;
il peut même nager commodément
en portant ses armes. Je dois vous observer à ce sujet que l'art de nager,
tout armé est un des élémens du métier de la guerre chez les Utopiens.
L'Infanterie & la Cavalerie se servent
de flèches pour armes offensives ;
leurs soldats les lancent avec une
adresse égale à la vigueur de leurs
bras, & leur coup-d'œil est si sûr,
qu'ils manquent rarement leur coup.
Faut-il combattre corps à corps, au
lieu d'épées, ils ont des haches tran-
chantes, dont le fil & la pesanteur les
rend également propres à frapper &
d'estoc & de taille. Ils ont l'imagination très-fertile pour inventer des machines de guerre ; dès qu'elles sont
fabriquées ils les cachent soigneusement, de peur qu'en les faisant paraître avant le moment favorable les
ennemis ne s'en fassent un objet de
dérision

dérision, après avoir trouvé les moyens
de rendre leur effet inutile. Les premieres qualités qu'ils exigent dans
toutes ces machines, c'est qu'elles puissent se démonter, se transporter & se
remonter avec autant d'aisance que
de célérité.

Sitôt qu'ils ont fait une trève,
ils l'observent si religieusement,
qu'ils n'usent pas même sur le
champ de représailles envers les in-
fracteurs. Jamais, dans les transports
insensés d'une fureur brutale on ne
les vit piller, saccager, détruire, in-
cendier les récoltes & dévaster les
campagnes. Ils respectent en toute
occasion les biens de la terre, qui
sont, disent-ils, le patrimoine le
plus sacré de l'homme. Leur scrupule
sur cet article est poussé si loin, qu'ils
prennent les plus grandes précautions
pour que les troupes dans leur passage
ne causent quelque dégât, & que les
chevaux ne foulent à leurs pieds les
moissons. Ils n'attaquent aucun homme désarmé, à moins qu'il ne soit
connu pour un espion. Ils deviennent
les protecteurs des villes qui se rendent
& jamais ne livrent au pillage celles

N

qui font prifes d'affaut ; mais ils font
mourir ceux qui ont empêché que la
place ne capitulât , & font efclaves
les foldats & les Officiers de la gar-
nifon. L'âge , en pareil circonftance,
eft toujours l'objet de leur refpect ;
auffi prennent-ils fous leur protection les vieillards , les enfans , & fur-
tout ce fexe faible & timide , qui n'a
d'autres armes que fes pleurs & fes
fanglots ? S'ils font informés que pendant le fiége il s'eft préfenté quelque
citoyen judicieux & bien intentionné
qui a confeillé la reddition de la ville,
ils lui en favent bon gré & lui témoignent leur fatisfaction par des
récompenfes proportionnées au fervice. On lui fait affez fouvent préfent
d'une partie des biens confifqués. Le
furplus eft diftribué par égale portion aux troupes auxiliaires. Quant
aux Utopiens, fatisfaits du fort dont
ils jouiffent chez eux, jamais on ne les
voit prendre part au butin, & profiter des dépouilles de l'ennemi.

Quand la paix eft faite ils n'exigent
point de leurs Alliés , pour lefquels
ils ont pris les armes , le rembourfe-
ment des fraix extraordinaires de la

guerre; ils mettent tout sur le compte des vaincus, & leur font payer les dépens de deux manieres. 1°. En leur imposant un fort tribut annuel, dont le produit, mis en séquestre, sert à subvenir aux fraix d'une autre guerre. 2°. En les forçant de leur céder des terres considerables & du plus grand rapport. Cette sage politique a triplé les revenus de nos Républicains, qui par succession de tems sont devenus propriétaires, chez divers peuples, de biens immenses, dont le produit au total monte, autant que je puis m'en souvenir, à sept cents mille ducats par an. Ils envoient dans les différens pays où sont situés ces domaines, des citoyens en qualité de Trésoriers : ceux-ci menent chez ces différens peuples un train des plus magnifiques, & ont sur-tout une table splendide. Mais quelques dépenses qu'ils fassent, ils versent encore tous les ans des sommes prodigieuses dans le trésor public. Nos Insulaires prêtent cet argent au peuple, sur le territoire duquel sont assis ces grands fiefs. Ils lui en abandonnent les intérêts jusqu'à ce qu'ils redemandent leur capital; ce qui arrive rarement, comme je vous l'ai dit, pour la totalité. Quant au surplus des terres conquises, ils les distribuent entre tous ceux qui, à leur sollicitation, ont fait cause commune avec eux, & ont partagé leurs dangers. S'il arrive qu'un Souverain équippe une flotte pour faire une descente dans l'Isle, ils le préviennent en toute diligence & font avorter son entreprise : leur premier principe est de ne jamais faire la guerre sur leur propre terrein; le second est de n'admettre aucunes troupes étrangeres dans leur Isle, quelque grand que soit le péril qui les menace.

I X.

Des différentes Religions d'Utopie.

On compte non-seulement diverses religions dans l'Isle ; mais chaque ville a aussi les siennes particulieres. Les uns offrent leurs vœux au Soleil, les autres à la Lune : ceux-ci adorent une Planete, ceux-là les Astres qu'ils se sont choisis. Plusieurs reconnaissent pour leur Dieu quelqu'homme extraordinaire qui, dans les siecles les plus reculés, a fait, par ses exploits glorieux ou par ses vertus éclatantes, l'admiration de son pays. Mais la plus grande & la plus saine partie de la nation laisse là cette foule de Dieux vulgaires, enfans d'une imagination déréglée : elle n'admet qu'une seule Divinité éternelle, immense, incompréhensible, dont les attributs ne sont pas moins infinis que la puissance & la gloire. Sa nature n'a aucun rapport avec tout ce qui tombe sous les sens ; elle est répandue dans tout l'univers par sa vertu plutôt que par son essence. Ce Souverain Etre, disent ceux qui l'adorent, est le seul auteur de toutes choses. C'est lui, s'écrient-ils, dans les actes de reconnaissance qu'ils forment du fond de leur cœur, c'est lui qui créa le monde, qui établit cette harmonie merveilleuse qui regne dans toutes ses parties ; c'est lui qui régle le cours des astres, qui a posé la barriere insurmontable qui sépare les élémens, qui a fixé des bornes aux deux mers ; c'est lui qui prépare ces événemens inattendus qui nous jettent dans la

derniere furprife, & qui amene ces
révolutions que toute la prudence
humaine ne faurait prévoir. La nature
ne nous offre qu'un cercle de viciffi-
tudes continuelles, les fiecles s'é-
coulent, les âges fe preffent & fe
confondent, la mort dévore tous les
êtres ; tout ce qui refpire, commence,
croît, décline & finit : Dieu feul,
toujours environné de fa gloire, n'eft
fujet à aucun changement. Les Utopiens divifés entr'eux fur différens
points de leur créance, fe réuniffent
tous pour confeffer l'exiftence de cet
Etre fuprême, qu'ils appellent *Mythra.*
Quelle que foit, difent-ils, l'idée que
l'on s'en forme, toujours eft-il certain que chez tous les peuples & dans
tous les fiecles on a reconnu l'exiftence de ce Dieu qui n'a point d'égal
en puiffance & en perfections. Au
refte cette diverfité de fyftêmes religieux, & ce nombre de fectes di-
minuent de jour en jour, & chacun,
profitant des études qu'il fait, parvient à la lueur du flambeau de la
vérité à connaître la religion la plus
raifonnable, & l'embraffe dès qu'il
eft perfuadé qu'il l'a trouvée. Je ne

doute même pas que ce cahos d'o-
pinions incohérentes fur la religion ,
ne fût totalement diffipé depuis long-
tems , fi la fuperftition n'aveuglait
prefque tous ceux qui les fuivent.
Qu'il furvienne un accident , un re-
vers à un Utopien fur le point d'ab-
jurer , la terreur s'empare à l'inftant
de fes efprits ; au lieu d'attribuer fes
malheurs au concours des circonftances , à l'enchaînement des chofes ,
il fe perfuade que le Ciel , irrité de
fon apoftafie , veut le punir & s'en
venger.

Nous nous fîmes un devoir de
leur parler de notre fainte Religion.
Dès qu'ils furent inftruits de la fublime morale de l'Evangile , des préceptes de notre divin Sauveur , de fa
miffion & de fes miracles , de la conf-
tance avec laquelle tant de glorieux
Maryrs ont confeffé au milieu des
plus horribles tortures & en préfence
des Tyrans & des bourreaux , le nom
de Jefus-Chrift ; quand ils furent que
leur fang , répandu pour la foi ,
avait enfanté une foule de héros au
Chriftianifme ; que ces nouveaux
Fideles , à l'exemple des premiers ,

N iv

couraient mériter la palme du Mar-
tyre, affrontaient les croix & les bû-
chers, chantaient au milieu des flammes les louanges de leur divin Maître,
expiraient en priant pour leurs plus
cruels ennemis, soit que la grace
opérât sur leurs cœurs, soit qu'ils
crussent appercevoir & qu'il y eût
en effet une affinité particuliere entre leur profession de foi la plus ac-
créditée & le dogme de l'Evangile,
ils se sentaient entraînés par un penchant irrésistible à en faire l'éloge & à
l'aimer. Le partage égal, ou plutôt
la communauté de biens si fortement
recommandée par le Sauveur du monde, si généreusement observée par
les Fideles dans les premiers momens
de l'Eglise naissante, est, je crois,
le principal motif du zele & de l'a-
mour que ces Républicains témoi-
gnerent pour notre Religion. Mais
sans chercher à approfondir les raisons qui les déterminerent, il me
suffit de vous dire qu'un nombre
prodigieux se fit baptiser. Comme de
six compagnons que nous étions,
deux étaient morts, & que des quatre vivans aucun n'était revêtu du sa-

cerdoce, nous ne pûmes leur con-
férer les sacremens, que chez nous
les Prêtres seuls ont le droit d'ad-
ministrer; mais tous savent parfaitement bien en quoi ils consistent &
brûlent du desir d'être admis à leur
participation. Je les ai même entendu
agiter la question suivante : savoir,
si un de leurs concitoyens, qu'ils
éleveraient à l'ordre de la prêtrise,
aurait le caractere sacerdotal, quoiqu'il ne fût pas approuvé par le Pape ?
Quantité d'Utopiens soutenaient l'affirmative : au tems de mon départ ils
n'avaient point encore procédé à
cette ordination. Leur premier principe en fait de religion est la tolérance,
aussi ceux qui ne croient pas à notre
révélation ne persécutent - ils point
ceux qui y croient ; leur amitié pour
eux n'en est ni moins vive ni moins
sincere. Ce systême de tolérance leur
tient si fort à cœur, qu'ils punissent
non-seulement le fanatisme mais même le zele indiscret. Un de nos nouveaux profélytes en fit la triste expérience. Il sortait pour ainsi dire des
fonts baptismaux ; dans ces premiers
momens de ferveur il crut qu'il était

N y

de fon devoir de faire retentir juf-
ques fur les toits les paroles de l'E-
vangile. En vain lui repréfentons-
nous les rifques qu'il court, que le
Ciel ne lui ayant donné aucune miffion, n'exige rien de lui ; il fe laiffe
entraîner par fa fougue imprudente ;
il éleve la voix, il prêche fans nul
ménagement, fe plaît à heurter de
front toutes les bienféances, s'emporte
jufqu'à foutenir que fa religion eft la
feule émanée d'en Haut, la feule véritable, que toutes les autres ne font
qu'un tiffu d'erreurs & d'impoftures ;
qu'enfin, hors de l'Eglife il n'eft point
de falut. Nos Utopiens laffés d'entendre les déclamations outrées de
cet Apôtre fans caractere, fe faififfent
de lui & le traduifent en juftice. On
condamna au banniffement, non
comme contempteur des autres religions, mais comme perturbateur du
repos public. Ce n'eft pas fans des raifons très-plaufibles qu'ils prêchent le
tolérantifme. Lors qu'Utope aborda
cet e Ifle, il apprit auffi-tôt que les
difputes de religion divifaient les efprits, les fentimens, les familles,
& que cette défunion portait at-

teinte aux forces de la nation ; vérité dont lui - même fit l'épreuve,
puifqu'il ne vint à bout de conquérir le pays qu'en détruifant, les
unes par les autres, toutes ces fectes
qui combataient féparément, quoique pour la même caufe. Dès qu'il
fe fut rendu maître de l'Ifle, il fe hâta
de promulguer un Edit portant libre
exercice de toutes les religions. Il
permit aux différens fectaires de
faire des profélytes, non pas en dé-
criant les autres dogmes, non pas
en prononçant anathême contre ceux
qui les profeffaient, & en les condam-
nant comme des impies & des blaf-
phêmateurs ; mais en expliquant avec
bonne-foi, & dans la fimplicité de
leur cœur les motifs déterminans de
leur propre croyance, & en prouvant fans paffion l'excellence & la
vérité de la religion qu'ils voulaient
faire embraffer. Tout fanatique, convaincu d'avoir employé l'artifice, la
force & la violence, eft condamné à
l'exil ou à la fervitude, fuivant la
gravité du délit. Par ces réglemens
fi judicieux le Légiflateur voulut non-
feulement affurer la tranquillité pu-

N vj

blique, toujours expofée à de violens
orages, lorfque le Fanatifme fanguinaire & barbare, ce Fanatifme qui
ne connut jamais de bornes, arme
du couteau facré les partifans des différentes religions : il voulut encore
faire entendre à fon peuple qu'il avait
auffi eu en vue les intérêts mêmes de
la Divinité. Quelle témérité, difait-
il, à un faible mortel, d'ofer prononcer en dernier reffort fur un objet auffi important que celui de la
religion ? Eft-il de fa compétence ?
Et qui fait fi ce Dieu de miféricorde,
ce Dieu, fi jaloux de nos hommages,
ne fe plaît à cette variété de cultes
qu'on lui rend, fi lui-même ne les infpire point, s'il ne partage pas fa révélation ? Utope eut fans doute raifon de penfer que l'abfurdité la plus
révoltante était de vouloir régir &
maîtrifer les confciences, de vouloir
à main armée contraindre un homme
à quitter la religion de fes peres,
dans laquelle il a été élevé, pour lui
en faire embraffer une qu'il ne connut
jamais. Et de fait, fi dans cette
foule de religions, qui circulent & qui
propagent fur la furface du globe,

il n'en existe qu'une seule descendue du Ciel & marquée du sceau de la Divinité, ceux qui en sont les dépositaires n'ont besoin pour y faire croire que d'employer les voies de la douceur, de la patience & de la persuasion. La vérité percera à la fin & dissipera tous les nuages sous lesquels l'intérêt & les autres passions humaines chercheront à la faire disparaître. Quel déluge de maux n'entraîne pas à sa suite l'intolérance ? Si vous entreprenez la conversion des ames le poignard à la main, considérez que les méchans, c'est-à-dire, ces gens dont l'opiniâtreté égale l'aveuglement, se trouvant en bien plus grand nombre, ils accableront les fideles, & la vraie religion que ceux-ci professent sera étouffée par les ridicules superstitions de ceux-là, comme nous voyons journellement dans nos champs que la bonne semence est étouffée par l'ivraie.

Le Législateur d'Utopie en laissant à chacun la liberté de conscience, a cependant renfermé cette liberté dans de justes bornes. Pour prévenir l'établissement des dogmes odieux de

ces prétendus Philofophes qui fe plai-
fent à ravaler l'excellence & la dignité
de notre être, il a févérement défendu
toute opinion qui dégénere en pur
Matérialifme , ou , ce qui eft plus
déplorable encore , en véritable
Athéïfme. Les Utopiens font donc
perfuadès de la réalité d'une vie future , dans laquelle les bons & les
méchans feront traités felon leurs
œuvres. Ils méprifent & déteftent
tous ceux qui nient cette vérité: loin
de les admettre au rang de citoyens,
ils ceffent de les compter parmi les
hommes, puifqu'ils fe rabaiffent eux-
mêmes à la condition abjecte des plus
vils animaux. Quel cas peut-on faire,
difent-ils , d'un Etre fans principes
& fans foi , que la crainte feule du
châtiment retient dans le devoir , &
qui fans cette appréhenfion violerait
toutes les loix , foulerait à fes pieds
ces réglemens fi fages qui confolident
le bonheur des Sociétés ? Quelle confiance avoir dans un individu purement charnel qui, vivant fans mœurs
ainfi que fans efpoir, ne voit que
lui dans l'univers , borne fa félicité
au moment préfent , fait fon Dieu

de son corps, sa régle de ses plaisirs, & qui, pour les satisfaire, est toujours prêt à tout entreprendre, à se porter même aux dernieres extrémités du crime, pourvu qu'il trouve les moyens d'échapper à l'œil vigilant de la Justice & d'être scélérat avec impunité? Ces gens, regardés comme infâmes, sont exclus de toutes les Charges Municipales, de la Magistrature & des emplois publics. Ce sont de pures automates qu'on laisse errer au hasard & végéter sur la terre. Au surplus on ne les tourmente point, on ne les condamne point au supplice, parce qu'on est intimément persuadé qu'il n'est pas au pouvoir de l'homme de changer à son gré les idées des autres, & de dominer sur les façons de voir, de sentir & de penser. On ne force pas même les impies & les libertins à déguiser leurs sentimens & à se couvrir du manteau de la religion la plus suivie. En Utopie toute dissimulation est un mensonge, tout mensonge est une fraude manifeste, & la fraude, de quelque genre qu'elle soit, est en horreur chez ce peuple. La défense de dogmatifer publiquement & de répandre leurs principes, est la seule que l'on fait aux gens dont je parle : on leur permet cependant la controverse avec les Prêtres & les personnes fonciérement instruites, tant on est persuadé que les lumieres de ceux-ci illumineront leurs ames, dessilleront leurs yeux, & feront entiérement cesser leur funeste aveuglement. Il régne dans l'Isle une opinion bien opposée à celle des Matérialistes & des Athées. Le nombre de ses partisans est considérable : on tolere ce systême, qui ne manque pas de preuves, & de l'admission duquel il ne peut d'ailleurs résulter aucun mal. Ces nombreux sectaires soutiennent que les bêtes ont une ame, que cette ame, quoique très-inférieure à la nôtre, & incapable de jouir du même bonheur, est cependant susceptible d'un certain degré de félicité.

La ferme persuasion où sont les Utopiens que Dieu nous réserve après cette vie un bonheur sans bornes, fait qu'ils ne répandent jamais de larmes que durant le cours de la maladie d'une personne. Est-elle décédée, leur chagrin

est tout à coup effacé, à moins qu'ils
ne l'aient vue mourir avec regret, ce
qu'ils regardent comme un très-mau-
vais augure : ils pensent que le défunt n'avait aucune espérance dans la
miséricorde de l'Eternel, & qu'il
craignait sans doute de recevoir le
châtiment dû à quelque énorme forfait dont il se sentait coupable. Ils
pensent encore que Dieu ne peut ac-
-cueillir favorablement celui qui,
loin de voler dans ses bras lorsqu'il
l'appelle, pleure, crie, se désole, &
voudrait fuir à jamais le moment qui
doit le réunir au plus tendre des
peres. Ils ont horreur de la mort
de tout homme qui quitte la vie
en désespéré. Dès qu'il a fermé
l'œil ses proches & ses amis, saisis
d'effroi & consternés, se prosternent
contre terre, invoquent le Dieu de
toute bonté en poussant de profonds
soupirs ; ils le supplient de ne pas entrer en jugement avec son serviteur,
de lui pardonner ses péchés, & sur-
tout sa derniere faiblesse ; ensuite ils
portent le corps en terre & l'inhument
en observant un morne silence. Mais
lorsqu'un brave citoyen meurt gaie-

ment, plein de bonnes œuvres &
d'espérance, ne croyez pas qu'ils se
lamentent à ses funérailles. Non,
non. Au milieu des chants d'allégresse,
ils recommandent son ame à Dieu,
ils le supplient de la recevoir dans
son sein : les cérémonies prati-
quées, lorsqu'on brûle le corps,
sont plus religieuses que lugubres: on
éleve à la place du bûcher une co-
lonne sur laquelle on grave les titres
du défunt. De retour à la maison ses
parens & ses amis prennent plaisir à
faire son éloge funebre en repassant
toute sa conduite publique & privée,
ses mœurs, ses actions, & sur-tout
en exaltant sa mort comme le dernier
& le plus bel acte de sa vie. Les louanges prodiguées à la mémoire des
morts sont, disent les Utopiens, une
sorte d'encouragement pour les personnes de leurs familles qui leur sur-
vivent. De plus pour n'être pas vi-
siblement présens parmi nous, les dé-
funts ne sont pas moins sensibles à ce
tribut flatteur. Il est bon de vous observer que nos Insulaires croient que
leurs parens & amis décédés se plai-
sent à se trouver au milieu d'eux,

qu'ils prennent réellement place à leur
côté, qu'ils les écoutent, quoique
les sens trop bornés des vivans, &
principalement la faiblesse de leur vue
ne leur permettent pas de les appercevoir. Ils fondent cet article de foi
sur des raisonnemens simples & judicieux. Serait-il juste, vous disent-
ils, que les Bienheureux fussent privés
d'aller & de venir où bon leur semble;
& s'ils ont cette liberté, comme
nous n'en saurions douter, pouvons-
nous penser, sans les taxer d'ingratitude, qu'ils refusent d'en faire
usage en faveur de leurs parens & de
leurs amis vivans ? N'est-il pas plus
naturel de croire qu'ils n'ont point
rompu tout commerce avec eux,
que le trépas qui les a frappés n'a pu
porter aucune atteinte à leurs sentimens, & que la béatitude dont ils
jouissent n'a dû, au contraire, que les
augmenter ? C'est d'après ces principes
que les Utopiens se sont persuadés
que les morts sont témoins de leurs
discours & de leurs actions. Ils les ré-
verent comme autant de génies tu-
télaires, & assurés de leurs secours,
ils marchent avec plus de confiance

& de fermeté dans le chemin de la vertu. L'idée d'ailleurs que leurs peres font toujours préfens parmi eux, fuffit pour les détourner de toute démarche qui pourrait exciter leur courroux en bleffant leur délicateffe. Quant aux augures & autres pratiques fuperfti-tieufes qui ont lieu chez les différens peuples de leur Tourbillon, ils s'en moquent. Pour les Miracles & ces événemens furnaturels qui arrivent fans le fecours des caufes fecondes, ils les refpectent, comme autant de preuves de l'exiftence d'un Dieu, qui eft préfent par-tout & qui gouverne tout. Ils vous foutiennent même que dans les conjonctures difficiles & dans les calamnités publiques, à force de prieres & de jeûnes, ils obtiennent fouvent de ces miracles, qui font autant de marques de la faveur par-ticuliere dont le ciel les honore.

Ils ne font pas tous d'accord fur le culte qu'on doit rendre à Dieu. Les uns prétendent que la contempla-tion de fes ouvrages & les actes de re-connaiffance qui doivent être la fuite néceffaire de cette fainte occupation, eft le tribut qui lui eft le plus agréable.

D'autres en fort grand nombre, poussés par un excès de dévotion d'un genre bien différent, méprisent les sciences spéculatives ; ils y renoncent, non pour se livrer à une honteuse paresse, mais à l'exercice continuel des œuvres de charité, pour prix desquelles ils attendent après leur mort le bonheur des Justes. Les uns gardent & soignent les malades, les autres réparent les chemins, nettoient les fossés, raccommodent les ponts ; ceux-ci taillent le gazon, tondent les arbres, charient le sable & les pierres ; ceux-là préparent les bois de charpente & les transportent dans les villes avec les autres matéraux les denrées & les provisions domestiques ; en un mot, tous sont également dévoués au service du public & à celui des particuliers, de sorte qu'on les prendrait volontiers pour des gens qui sont à leurs gages, ou plutôt pour de véritables esclaves. On les voit continuellement se charger gaiement des travaux les plus rudes & les plus abjects, de tous ces objets de détail qui inspirent aux autres le plus grand dégoût, ou dont

les difficultés les épouvantent ; rien
ne choque , rien n'humilie ces pieux
zélateurs du bien général. Malgré leur
exactitude à pratiquer des œuvres si
méritoires , ils ne blâment point le
genre de vie opposé au leur , dont ils
ne se glorifient en aucune maniere.
Mais plus ils s'abaissent , plus on les
éleve ; plus leur modestie se cache &
se dérobe aux éloges du Public , plus
ce même Public , pénétré d'une vive
reconnaissance , se fait un devoir de
les honorer. Ces dévots personnages
sont divisés en deux sectes. La premiere garde un célibat perpétuel : ses
partisans s'abstiennent de manger de la
viande ; les rigoristes vont jusqu'à ne
vouloir toucher de la chair d'aucun
animal ; tous renoncent aux vanités
du siecle , aux plaisirs dangereux de
ce monde , pour ne s'occuper que de
leur salut, & mériter par la ferveur de
leurs prieres & l'austérité de leur pé-
nitence la gloire éternelle après laquelle ils ne cessent de soupirer.
Ceux qui suivent la seconde secte ne
sont pas moins jaloux de se rendre
utiles par leurs veilles & leurs travaux ; mais pour renoncer aux vains

amufemens du monde, ils ne s'en
font pas moins un devoir très - doux
de lui appartenir encore par les
liens du mariage. L'homme, difent-
ils, n'eft pas né pour vivre feul; on
trouve de grandes reffources, de puiffantes confolations dans l'intérieur de
fon ménage, & la premiere obligation
de tout bon citoyen eft de donner
des enfans à fa Patrie. Ces fectaires ne
fe refufent donc aucun des plaifirs
honnêtes que nous procure une compagne tendre & chérie, qui partage
avec nos fatigues & nos travaux,
loin de nous en détourner. De plus
ces derniers fe nourriffent de la chair
de tous les animaux, parce qu'ils
croient fermement à cet axiome ufité
parmi nous: *la chair nourrit la chair.*
Les Utopiens penfent que cette feconde fecte eft plus compatible avec
la faibleffe de notre nature; mais que
la premiere a des principes bien plus
purs & plus relevés. Ces rigides obfervateurs d'une continence perpétuelle n'alleguent aucunes raifons qui
militent en faveur de cette privation fi rigoureufe; ils s'expoferaient
fans doute à la rifée des gens fenfés

s'ils s'avifaient de vouloir en donner;
mais en foutenant que telle eft leur
vocation on les révere comme de
faints perfonnages; car, retenez bien,
je vous prie, qu'en fait d'opinions
religieufes, il n'exifte point de peuple moins enclin à les juger & à en
profcrire une feule, que le peuple
d'Utopie. On nomme ces dévots célibataires *Buthrefgues*, nom qui, dans
notre langue, revient à peu près à celui de Moines ou de Religieux. Leurs
Prêtres font profeffion d'une fainteté
extraordinaire. On en ordonne très-
peu. Chaque ville n'en compte pas
plus que de Temples, qui font au nombre de treize. En tems de guerre on en
choifit fept des treize pour fervir d'Aumôniers dans l'armée : on les remplace par fept autres qu'on ordonne
fur le champ : ces derniers n'exercent
les fonctions du faint miniftere que
jufqu'au retour des premiers, auxquels ils font obligés de rendre leur
place : pour eux ils rentrent dans leurs
premiers emplois ou fervent fous les
yeux & fous les ordres du grand Prêtre, (car ils en ont un), jufqu'à ce
qu'il fe trouve un bénéfice vacant.

Les

Les Miniftres de l'Autel font élus,
comme les autres Magiftrats, par le
peuple, & à voix baffe, pour éviter
toute partialité. Ils font ordonnés
par les Eccléfiaftiques de leur College.
Les Prêtres font les feuls en poffeffion
du dépôt facré de la Religion & les
juges nés de tout ce qui la concerne.
Ils font, en outre, cenfeurs des mœurs
publiques & particulieres, fi bien
qu'on ne connaît pas de plus grand
déshonneur en Utopie que celui d'être
cité devant leur Tribunal ; c'eft la
preuve d'une vie criminelle & dif-
folue. Au refte la Puiffance fpirituelle
fe borne aux fimples corrections ver-
bales, aux avis charitables ; la punition des fcélérats eft entiérement du
reffort de la Puiffance temporelle.
Mais fi les Prêtres n'ont pas le droit
du glaive, ils ont le pouvoir, ccmme
les nôtres, de lancer les foudres de
l'excomunication, arme terrible &
qui infpire aux Utopiens la plus grande
frayeur. Elle couvre d'opprobre tous
ceux qu'elle frappe, elle les expofe
à de cruelles agitations, à des re-
mords affreux : s'ils ne témoignent
aux Prêtres un vif & prompt re-

O

pentir, le Sénat se saisit de leurs personnes, & les traite comme des impies, comme des infâmes blasphêma-
teurs.

L'éducation de la jeunesse est con-
fiée aux Prêtres ; ils sont moins empressés d'enrichir son esprit des plus
vastes connaissances que de former
ses mœurs à la vertu. Leur premier
soin est de verser dans son cœur,
susceptible de toutes les impressions
qu'on veut lui donner, des idées extrêmement saines & toujours utiles à
la République. Ces idées qui se dé-
veloppent & se fortifient avec l'âge,
portent avec elles un caractere ineffa-
çable, elles sont la base la plus solide
sur laquelle posent le salut & la prospérité de l'Etat. Et en effet, quelle
autre cause assigner à ces révolutions
qui changent les Corps Politiques,
que les vices qui circulent parmi
tous leurs membres ? Et ces vices,
d'où proviennent-ils, si ce n'est des
fausses idées qu'on inculque aux enfans dès leur plus bas âge ? Le sexe
n'est point exclu de la Prêtrise ; cependant on l'éleve rarement aux Ordres, Il faut que les personnes soient

veuves & âgées pour y entrer. Les épouses des Prêtres sont les femmes les plus accomplies de la nation ; ils ont droit de les choisir , & tout pere de famille se tient fort honoré d'une pareille alliance. Les Prêtres sont les Magistrats du pays pour lesquels on marque le plus de vénération. Le respect des Utopiens à leur égard est tel, qu'un Prêtre , coupable de quelque forfait , n'est point justiciable par le bras séculier : on remet à Dieu seul la punition de son crime. Ils pensent qu'il n'est pas permis à l'homme de porter la main sur un de ses semblables, qui a été consacré à Dieu d'une maniere si particuliere. Ce privilege n'entraîne aucun abus dangereux. D'abord les Prêtres sont en trop petit nombre ; on les choisit avec tant de circonspection , & ils ont si peu d'influence dans les affaires du gouvernement , que quand bien même ils tomberaient tout à coup de la plus haute vertu dans la bassesse & dans le crime , ce qui n'est pas impossible , vu la fragilité de la nature humaine , leur corruption n'auroit aucune suite funeste pour la République. C'est pour

O ij

conferver au Clergé la dignité de fon
Ordre qu'ils fe font fait une loi de ne
point le multiplier ; l'aviliffement eft
une fuite ordinaire de la confufion ,
que le trop grand nombre de fujets,
parmi lefquels il s'en gliffe beaucoup
de mauvais , introduit dans un Corps
quelconque. D'ailleurs on exige tant
de vertus éminentes dans ceux qu'on
deftine au Sacerdoce, que les afpirans
ne font pas fort communs. Les Prêtres
Utopiens jouiffent de la même confidération & du même crédit chez les
nations étrangeres que dans la leur.
Je crois en avoir trouvé la raifon,
Pendant le combat ils fe tiennent à
l'écart , & , revêtus de leurs habits
facerdotaux , le genou en terre , les
mains tendues vers le Ciel , ils lui
adreffent de ferventes prieres, pour la
profpérité des armes Utopiennes , en
le conjurant toutefois d'épargner le
fang humain. La victoire s'eft - elle
déclaré pour leur parti , ils volent
au milieu du champ de bataille , ils
parlent au nom d'un Dieu de paix , le
carnage ceffe auffi-tôt , & les vaincus
ne trouvent plus que des amis dans
les vainqueurs. Il fuffit pour mettre

fa vie & fes biens à couvert de la fureur brutale & de la rapacité du foldat
de crier aux Prêtres, *quartier*, ou de
toucher les franges de leurs ornemens
& de baifer leurs robes. Ce caractere
augufte de douceur & de bienfaifance
imprime fur leur front celui de la
Majefté fuprême ; il leur communique tant de pouvoir fur tous les peuples de cet univers, qu'ils ne fau-
vent pas moins de compatriotes que
d'ennemis, & d'ennemis que de compatriotes. On a vu plus d'une fois,
dans ces circonftances défefpérées,
où les troupes Utopiennes, accablées
par le nombre, prenaient la fuite &
fe trouvaient expofées à la merci de
leurs ennemis qui les pourfuivaient
pour les maffacrer, les Aumôniers de
l'armée paraître tout à coup au milieu des fuyards & des vainqueurs,
diffiper la frayeur des uns, ranimer
le courage des autres, les rallier fous
leurs drapeaux refpectifs, conclure
alors, & leur faire folemnellement
jurer une paix, qui faifait de part &
d'autre le bonheur d'une longue fuite
de générations. Une remarque que
je ne dois pas oublier de vous faire,

c'eſt que le corps des Prêtres d'Utopie a toujours été regardé comme inviola-ble & ſacré par les peuples les plus ſauvages & les plus barbares de ces contrées.

Les premiers & les derniers jours de chaque mois & de chaque année ſont les ſeules Fêtes des Utopiens. Le cours périodique de la lune régle les mois., la révolution du ſoleil fixe celle de l'année. Ils appellent en leur langue *Cynemernes* les fêtes célébrées les premiers jours , & *Trapemernes* celles des derniers jours , mots qui , dans notre langue, ſignifient premie-res & dernieres Fêtes. On trouve en Utopie des Temples, auſſi remarqua-bles par la beauté mâle de leur archi-tecture que par leur vaſte enceinte ; mais ils ſont peu nombreux & aſſez obſcurs. Ce défaut de clarté , qu'on pourrait attribuer à l'ignorance des architectes , ne vient point de leur part ; mais c'eſt par le conſeil des Prêtres , qui penſent que dans une Égliſe trop éclairée on eſt ſujet à mille diſtractions ; au lieu que dans un Temple ſombre l'ame eſt naturelle-ment recueillie & s'éleve comme d'elle-même vers Dieu, qui est la source de toute lumiere. Une chose assez difficile à croire, qui cependant est très-vraie, c'est que les différens partisans de toutes les religions du pays, s'assemblent pêle-mêle dans les mêmes églises, comme se proposant le même but, qui est d'adorer & d'invoquer l'Etre Suprême. A cet effet il ne se trouve rien, on ne pratique aucune cérémonie dans les églises, qui ne convienne également à toutes les sectes. Quant au culte particulier de chaque croyance, chacun a la liberté de l'observer dans sa maison, au sein de sa famille. Le rituel des cérémonies publiques est si sagement ordonné, qu'il s'accorde en tous points avec les cérémonies propres à chaque culte. On ne voit dans les Temples aucune image de la Divinité, afin que tous ceux qui s'y rassemblent puissent s'en former l'idée que leur religion leur en donne. Ils n'invoquent point l'Eternel sous différens noms; tous l'appellent *Mythra*, & sous ce nom universellement reçu, ils comprennent l'Auteur & le Maître absolu de l'univers. Les formules de prieres

O iv

publiques font dreffées, de maniere
que les différens fectaires peuvent les
réciter fans contredire aucun article
de la profeffion de foi qui leur eft
particuliere.

Le dernier jour du mois ou de
l'année les Utopiens fe raffemblent à
l'églife vers le foir, tous à jeûn,
pour y offrir à Dieu de folemnelles
actions de graces. Le lendemain, dès
le grand matin, ils y accourent encore, pour fupplier fa divine Majefté
de leur accorder un bon mois ou une
heureufe année qu'ils commencent
par cet acte d'adoration. Le jour des
dernieres fêtes, avant que de fe préfenter au Temple, les femmes fe jettent
aux pieds de leurs maris, les enfans
aux pieds de leurs peres. Dans cette
humble pofture, ils leur font une
confeffion générale de leurs fautes,
leur en témoignent un vrai repentir
& leur en demandent pardon. Par ces
actes de foumiffion ils diffipent les
nuages légers qui s'élevent tous les
jours dans les ménages les mieux ré-
glés, & ramenent cette douce féré-
nité qui fait le bonheur des familles.
Ils n'affiftent jamais à la célébration

des faints facrifices qu'avec une ame pure ; ils n'appréhendent rien tant que d'entrer dans le fanctuaire, le cœur encore tout fouillé des taches du péché. Un de leurs premiers foins, encore, eft de fe réconcilier avec tous ceux contre lefquels ils pourraient avoir des fujets de colere & d'animofité ; ils craindraient que la juftice divine ne les pourfuivît au fortir de l'églife , s'ils avaient l'audace d'y entrer avec un cœur qui ne refpire que haine & que vengeance.

Dans le Temple la place des hommes eft à droite, celle des femmes eft à gauche. Les garçons fe mettent devant les peres , les filles font toutes rangées fous les yeux de leurs meres, qui ferment le rang de chaque famille réunie. Ainfi les grands parens font à portée de voir tout ce qui fe paffe, & ils confervent à l'églife la même autorité, le même droit de difcipline qu'ils ont à la maifon. On ne place point tous les enfans à côté les uns des autres, mais on mêle les plus jeunes avec de plus âgés , afin qu'ils ne s'amufent point à babiller au lieu de prier, de fe recueillir & de fe tenir à

O v

l'église dans cette crainte salutaire
qui est le principe de toute vertu.
Leurs sacrifices ne sont pas sanglans,
parce qu'ils pensent que Dieu ne se
plaît pas à voir couler le sang des différens animaux qu'il n'a créés que
pour peupler la terre & vivre l'espace de tems qu'il leur a fixé. Ils se
contentent de brûler de l'encens, des
parfums, & sur - tout quantité de
cierges. Ce n'est pas qu'ils s'imaginent que cet appareil puisse ajouter
quelque chose à la Majesté divine;
ils savent parfaitement bien que les
vœux des hommes ne peuvent même augmenter sa puissance & sa
gloire; mais ils trouvent dans ce
culte simple & pur une vertu secrette
qui les attache, qui dispose leur
ame à s'élever vers le Créateur, &
qui leur fournit ainsi un double motif
de zele & d'édification. A l'église tout
le peuple est vêtu de blanc. Les robes
des Prêtres sont nuancées de diverses
couleurs; le travail en est précieux,
quoique la matiere en soit fort commune. On n'y voit ni broderies d'or
& d'argent ni pierres fines : elles sont
tissues simplement de plumes d'oi-

feaux, mais avec tant d'art & d'habileté, qu'on ne faurait fabriquer d'é-
toffe d'un pareil prix. Ces plumes &
leur arrangement font fymboliques.
Les Prêtres ont foin de développer
au peuple le fens moral caché fous
ces divers emblêmes. Tantôt les
différentes nuances de ces plumes
éclatantes préfentent aux fideles une
haute idée des bienfaits que Dieu
verfe fur la République & fur leurs
propres perfonnes, tantôt ils recon-
naiffent en elles l'image de la piété
qu'ils doivent avoir ; ici ce vêtement
fert encore à les avertir de leurs devoirs réciproques, des fecours mutuels
qu'ils font obligés de fe porter ; enfin
il n'eft pas une feule plume dans ce
faint vêtement qui ne les rappelle au
fouvenir de quelque vertu qu'elle dé-
figne particuliérement. Dès que le Prêtre, revêtu de fes habits pontificaux,
fort de la facriftie & s'avance vers
l'autel, tout le peuple fe profterne
la face contre terre ; le profond filence
qui régne alors infpire une fainte
terreur. Il femble que Dieu rempliffe
tout à coup le Temple par fa préfence
& qu'aucun de ces pieux mortels ne

puiſſe ſoutenir l'éclat majeſtueux de
ſon front. A certain ſignal que fait le
Prêtre, tout le monde ſe releve, &
on chante au ſon des inſtrumens les
louanges du Créateur. La plupart de
ces inſtrumens ſont différens des nôtres. Ceux qui en approchent le plus
leur ſont bien ſupérieurs du côté de
l'harmonie, & ſur-tout de la douceur.
Les autres ne ſauraient ſouffrir aucune
comparaiſon avec ceux dont nous
nous ſervons. Au ſurplus la muſique
des Utopiens, ſoit pour la partie du
chant ſoit pour la ſymphonie, l'emporte de beaucoup ſur la nôtre; il n'eſt pas
poſſible d'en trouver une qui renferme
une expreſſion plus naturelle des af-
fections de l'ame & de nos paſſions.
Peint - elle les humbles ſoupirs d'une
ame qui s'abaiſſe devant ſon Dieu,
elle fait couler vos larmes; peint-elle
la gaieté, elle vous ravit, la triſteſſe
elle perce le cœur, la colere elle
vous tranſporte & vous fait frémir;
en un mot cette muſique pénetre,
échauffe, embraſe; par-tout on diſtingue les accens du ſentiment qu'elle
exprime, par-tout on y reconnaît le
langage même des paſſions. Après le

chant le Pasteur, & tout le peuple
récitent à haute voix des prieres
solemnelles composées, de maniere que chaque fidele n'en pourrait dire d'autres en son particulier :
en voici le contenu. « Dieu infini,
» éternel & tout puissant, Créateur
» de l'univers, Auteur de tout bien,
» daigne recevoir les très - humbles
» actions de graces que nous t'offrons
» pour tous les bienfaits que tu ne
» cesses de répandre sur nous. C'est
» toi seul, ô mon Dieu, qui nous as
» fait naître dans la plus sage & la
» plus heureuse des Républiques, &
» dans une Religion que tout nous en-
» gage à croire la seule véritable. Si
» cependant nous sommes dans l'er-
» reur sur ce dernier article, si quel-
» qu'autre culte t'est plus agréable que
» le nôtre, ah ! Seigneur, daigne
» nous le faire connaître, daigne dis-
» siper les ténebres qui nous envi-
» ronnent, montre-nous le chemin
» que nous devons prendre, nous
» sommes prêts à te suivre par-tout
» où tu voudras nous servir de guide.
» Mais si nous sommes dans le bon
» chemin, s'il est vrai que notre

» gouvernement soit le plus parfait
» & notre Religion la plus sainte,
» donne-nous la constance nécessaire
» pour vivre & pour mourir dans l'un
» & dans l'autre ; daigne aussi, ô
» mon Dieu, inspirer à tous les hom-
» mes l'amour de nos loix, de nos
» usages & de nos coutumes, daigne
» les amener à notre foi, à moins
» que par une suite de tes vues im-
» pénétrables tu ne te plaises à cette
» variété de cultes par lesquels on
» t'honore. Sois seul l'arbitre & le
» maître absolu de notre vie : fais-
» nous la grace de la passer saintement
» à tes yeux , & quand il plaira à ta
» divine Majesté de nous appeller
» vers elle , daigne nous accorder la
» mort des Justes & nous recevoir
» dans ton sein. Mais , Seigneur ,
» nous osons te le dire avec con-
» fiance, la mort la plus douloureuse
» nous paraît préférable cent fois à
» la vie la plus sensuelle, si cette mort
» nous met à même de jouir au plutôt
» de ta présence , seul objet de nos
» vœux & de nos soupirs ».

Cette priere achevée , ils se prof-
ternent de nouveau. Après quelques

minutes de recueillement , ils fe relevent & s'en vont dîner. Ils confa-
crent le refte de la journée aux amufemens de la fociété & aux différens
exercices des armes.

Je viens de vous faire , Meffieurs,
le tableau, le plus exact qu'il m'a été
poffible , du gouvernement d'Utopie.
Cet Etat eft fi bien réglé, fi heureux,
que lui feul me paraît juftement mériter le titre de République par excellence. Dans les autres Etats le bien
public eft l'objet de toutes les differta-
tions de nos grands Politiques ; mais
l'intérêt particulier eft le mobile de
toutes leurs actions & l'unique but de
toutes leurs démarches. En Utopie,
au contraire , comme on n'y connaît
point les propriétés perfonnelles ,
chaque individu eft obligé par fon
travail de concourir néceffairement à
l'intérêt commun. Convenons que de
part & d'autre on agit fort prudemment. Qui ne fait en effet que dans
tout autre Etat, quelque floriffant qu'il
foit, fi on n'a pas la précaution de
s'amaffer un bien être pour l'avenir,
on court rifque de mourir de faim.
Il faut donc bon gré malgré fuivre à

la rigueur ce principe : *charité bien ordonnée commence par foi-même.* Il faut s'occuper de fon propre intérêt avant que de fonger à celui du Prochain. Mais ici où tout eſt en commun n'eſt-on pas bien fondé à croire que perſonne ne manquera jamais de rien, pourvu que l'on ait foin de remplir les greniers & d'approviſionner les magaſins publics ? On n'y connaît point l'injuſte répartition des biens ; on n'y voit ni pauvre ni mendiant, & tous font également riches, fans rien poſſéder en propre. A parler fenſément qui peut à meilleur droit fe flatter d'être opulent que celui qui, toujours pourvu d'un ample néceſſaire, voit tranquillement s'écouler fes jours fans craindre que les dures extrémités du befoin viennent jamais altérer la paix dont il jouit au fein de fes foyers ? Qui peut fe flatter de mener une vie plus douce que celui qui la paſſe fans redouter les plaintes douloureufes d'un fils qui languit, les reproches amers d'une femme qui fent les approches de la mifere, les cris d'une fille qui brûle de fe marier & qui n'a pas de dot ? En un mot, quel homme, ici-bas, jouit d'un plus grand bonheur, que le citoyen qui voit son bien être, celui de sa famille & de ses enfans assuré jusqu'à la dernière génération ? De plus, quel gouvernement plus digne de nos éloges & de nos hommages que celui qui pourvoit également à la subsistance & de ceux qui travaillent, parce qu'ils en ont le pouvoir, & de ceux qui, après avoir employé leur tems pendant nombre d'années ne sont plus en état de travailler ? Qu'on ose comparer une équité si parfaite à celle de tous les autres Gouvernemens. Quant à moi je veux mourir, si je trouve ailleurs qu'en Utopie la moindre apparence de justice. Et, sans m'appésantir sur certains détails, je vous demanderai ici pourquoi un Gentilhomme, un Artisan du luxe, un Financier, & un tas d'autres individus qui passent leur vie dans une honteuse oisiveté, ou qui n'exercent qu'une profession absolument inutile à l'Etat ; je vous demanderai, dis-je, pourquoi ces gens nagent dans les délices & dans l'abondance, s'engraissent, au sein de la mollesse & de la volupté, des

fruits de leur coupable paresse, tandis
qu'un valet, un laboureur, un pauvre journalier supportent à eux seuls
le poids de ces pénibles travaux, sans
lesquels un Etat ne saurait subsister
une année ? Mais, ce qui me révolte,
c'est qu'en s'épuisant de toutes les manieres à porter ce lourd fardeau, ils
trouvent à peine à gagner leur pain,
c'est qu'ils traînent une vie si misérable que le sort des chevaux ; oui, le
sort des chevaux me semble préférable au leur ; car, enfin, ces animaux essuient moins de fatigues, ils
prennent plus de goût à leur fourage
que nos malheureux n'en prennent à
leurs mets ordinaires ; ajoutez à cela
que les bêtes de somme vivent sans
soucis, sans inquiétudes, & sont
exemptes sur-tout de cette crainte si
redoutable de l'avenir. D'après ces
considérations pourriez-vous ne pas
convenir qu'il vaut mieux naître cheval que naître infortuné comme ceux
dont je vous parle. Tout les désole,
tout les accable ? Que de perplexités,
que d'angoisses ! Ils succombent sous
la nécessité urgente du présent, &
s'ils portent leurs regards sur l'avenir,

Dieux ! qu'y voient-ils ? Une vieil-
leſſe pauvre & infirme , le manque
abſolu de tout, le mépris & l'aviliſſe-
ment, ſuites inſéparables de la miſere.
Ces idées qui ſe retracent ſans ceſſe
à leur eſprit, ſont autant de coups de
poignards qui leur font ſouffrir mille
morts ſans les anéantir. Au milieu
de tant d'aſſauts peut-être penſez-
vous que l'eſpérance les conſole &
adoucit leurs maux : Non, le malheur opiniâtre a détruit chez eux juſqu'au germe de l'eſpoir. Leurs gains
modiques pendant leur jeuneſſe ſuffiſent à peine à leur ſubſiſtance, le
moyen qu'ils puiſſent épargner &
mettre de côté un morceau de pain
pour l'âge de la retraite & des infirmités. N'eſt-il pas honteux pour un
gouvernement , n'eſt - on pas bien
fondé à lui reprocher la plus noire
ingratitude lorſqu'on le voit répandre
avec profuſion ſes graces ſur tous les
Artiſans des plaiſirs & de la molleſſe ,
tandis qu'il ferme ſes mains avares
pour tous les malheureux , & ſur-tout
pour ceux de la campagne, dont le la-
beur continuel & accablant aſſure lui
ſeul l'abondance & la proſpérité de

Etat ! C'eſt donc là, c'eſt donc dans cette ingrate Patrie que des milliers d'Etres tous nés citoyens, vont conſumer leur jeuneſſe, leurs forces & leur ſanté dans des métiers de forçats, & qu'ils verront ſur leurs vieux jours la Patrie oublier leurs ſervices, les abandonner eux-mêmes, leur envier juſqu'à la ſubſiſtance qu'ils auront acquiſe à la ſueur de leur front ? Mais, n'eſt-ce pas là le comble de l'injuſtice ? Que dire encore de la rapacité de ces gens en place, qui chaque jour portent une main profane ſur les revenus publics, foulent ce pauvre Peuple par des exactions particulieres ou par l'abus qu'ils font de leur autorité pour envahir ſon patrimoine ? Que dire de ces gens de fortune qui oſent ériger en vertu l'ingratitude envers le malheureux & l'impitoyable dureté avec laquelle ils le traitent, vertu atroce ſans doute, & qui dans un État bien policé n'échapperait point au châtiment qu'elle mérite.

En vérité, quand je conſidere la plupart des Corps Politiques de notre monde, je n'y vois qu'une conſpiration perpétuelle des hommes puiſſans, qui, réunis sous le nom de République, ne songent qu'à tout disposer pour leurs propres intérêts. Tantôt ils ne s'occupent qu'à inventer mille artifices pour se conserver la propriété de ce qu'ils ont acquis par des voies illicites ; tantôt ils ne cherchent que les moyens de profiter des misérables dépouilles de ceux qu'ils réduisent à la mendicité. Ces concussions révoltantes qu'on a l'art de faire autoriser par le peuple, c'est-à-dire, par les pauvres eux-mêmes, qui forment sa majeure partie, ont par-tout force de loix. Mais enfin ces hommes avides & insatiables ont beau entasser, ils ont beau dévorer entre eux la subsistance de leurs concitoyens ; jamais, non jamais, leur gouvernement ne jouira de ce bonheur si pur & si doux qui semble destiné à la seule République d'Utopie. Le desir de thésauriser n'y est point connu, parce que l'usage de l'argent y est absolument proscrit. Eteignez cette malheureuse soif de l'or, vous verrez bientôt disparaître ce déluge de maux qui inonde notre globe. Qui peut ignorer en effet que pour tarir la

source des querelles , des trahisons ,
des fraudes, des rapines , des ravages,
des empoisonnemens , des assassinats,
& de tous ces forfaits qu'on punit,
plutôt qu'on arrête par les supplices,
il ne faut qu'ôter aux hommes la propriété & l'usage de l'argent , & même anéantir ce funeste métal. Je dis
plus , faites disparaître l'or du milieu
de nous , vous ferez en même tems
disparaître cette foule de soupçons ,
de soucis , de travaux , de craintes &
d'alarmes qui troublent si fréquem-
ment la sérénité de nos plus beaux
jours. La misere elle-même , qui seule
paraît avoir besoin du secours de l'argent, la misere diminuera peu à peu
& cessera bientôt de nous faire éprouver ses tristes effets. Pour vous con-
vaincre de ces vérités , examinez ce
qui se passe dans une de ces années de
disette où plusieurs milliers d'infortunés meurent de faim. Je parie que
si l'on visitait au bout de cette année
les greniers & les magasins de nos
riches , on y trouverait du bled en
assez grande quantité pour remplacer,
s'il eût été à propos distribué, ce
que le ciel avait manqué de verser

sur la terre. C'est ainsi que l'argent ,
employé d'abord pour nous aider
dans nos besoins & nous faciliter
l'acquisition des choses nécessaires à
la vie , est devenu par l'avidité de
quelques-uns la cause des malheurs
communs & de la perte publique. Nos
Financiers ne peuvent aller à l'en-
contre de ce que je dis ici. Ils n'i-
gnorent pas qu'il vaudrait beaucoup
mieux ne point manquer du nécessaire
que d'abonder dans le superflu , être
affranchi de tant de maux, que d'être
environné de tant de richesses. Je ne
doute point quant à moi , que quand
bien même l'intérêt général n'aurait
pas été un motif assez puissant pour
déterminer les autres nations à prendre le système du gouvernement Utopien , l'autorité seule de J. C. qui dans
les décrets éternels de sa providence
& de sa bonté veut toujours le mieux
possible , eût suffi pour l'établir chez
tous les peuples , si l'Ambition , cette
ennemie jurée du bonheur des hommes, ne s'y fût constamment opposée:
c'est elle qui a toujours attaqué ,
combattu , détruit ce bonheur toutes
les fois qu'elle nous a vus prêts à le

faisir. Cerre orgueilleufe Souveraine
porte la tyrannie au point qu'elle ne
mesure pas fa satisfaction personnelle
fur fes avantages, mais fur les défaf-
tres & les calamités d'autrui, fi bien
qu'elle renoncerait dès ce jour au titre
de Déeffe, s'il fallait, pour l'obtenir, qu'elle confentît à ne voir dans
l'Univers aucun infortuné au malheur
duquel elle pût infulter. Remarquez
que l'Ambition, toujours fiere &
cruelle, ne fe réjouit jamais tant que
quand elle peut humilier le pauvre &
l'accabler fous le poids de fon info-
lente profpérité. Ce monftre que l'en-
fer a vomi dans fa rage, a de tout
tems infpiré aux hommes des idées fi
contraires à leurs véritables intérêts ;
il a tellement fafciné leurs yeux,
que ces indolens, effrayés de la lon-
gueur de chemin qu'ils ont fait dans
la route qu'il leur a tracée, ne
veulent plus revenir fur leurs pas
malgré les dangers inévitables dont
ils favent très-bien qu'elle eft remplie.
Auffi leur fouhaitai-je plus volontiers
que je n'ofe l'efpérer pour eux la forme du gouvernement des Utopiens ;
quoi qu'il en foit, je me réjouis de
l'avoir

l'avoir vue établie chez eux c'est sur
ce fondement inébranlable qu'est appuyée, suivant toutes les apparences,
leur éternelle félicité. Après les soins
qu'ils ont pris pour étouffer cette
ambition, mere de toutes les factions
qui minent les Corps Politiques, on
ne doit pas appréhender que l'Utopie
se trouve jamais exposée à ces fureurs de partis, à ces guerres intes-
tines, source unique de la décadence
des Empires, jadis les plus florissans.
Tant que cette République conser-
vera la forme de son gouvernement,
ses mœurs, ses coutumes & ses
usages, j'ose prédire que le bonheur
dont elle jouit n'éprouvera aucune
altération, que ses ennemis ne re-
tireront de toutes leurs entreprises
contre elle que la honte d'y échouer;
c'est alors que, supérieure aux efforts
jaloux des Princes ses voisins, elle
sera dans tous les siecles le modele
des plus heureuses & des plus parfaites Républiques.

Ici Raphaël finit son récit. Je ne
jugeai pas à propos d'entrer en dis-
cussion avec lui, malgré les absurdités
sans nombre que j'avais remarquées

P

dans les coutumes & les loix de son
Utopie , & principalement dans sa
maniere de faire la guerre , & dans
ses différens systêmes de religion. Ce
qui me choquait le plus était cette
communauté de biens , ce discrédit
absolu des matieres premieres , sans
la circulation desquelles il n'y aurait
plus de noblesse , d'éclat , de magnificence , de splendeur & de majesté ,
avantages précieux qui annoncent ,
selon le jugement le plus général , la
gloire & la prospérité des grands
Empires. Voyant que notre homme était fatigué , ignorant d'ailleurs si mes objections lui feraient
plaisir , je gardai le silence. Ce qui
m'y détermina encore plus , c'est que
je me rappellai la censure qu'il avait
faite dans le cours de son récit, de
ces Etres qui , pour se donner un air
d'importance , ne laissent jamais passer les idées d'autrui sans les con-
trarier & les combattre. Je me bornai
donc en le conduisant à la salle à
manger pour y souper, de faire un
éloge succint de sa République, je lui
témoignai en outre le desir que j'avais
de converser plus au long avec lui dans

un autre moment & de lui propoſer mes réflexions ſur tout ce qu'il venait de nous raconter. Voici la derniere que j'ajoute ici : je ne puis approuver dans ſon entier le plan que nous a tracé cet homme, auſſi judicieux que verſé dans les affaires politiques, du meilleur Gouvernement poſſible, j'avoue néanmoins qu'il renferme une foule de vues très-utiles & nombre d'inſtitutions très-ſages. Le comble du bonheur pour nous ſerait ſans doute de les adopter; mais, je le répete, il ne nous reſte malheureuſement que des vœux à former pour leur établiſſement.

Fin de la ſeconde & derniere Partie.

ERRATA.

*P*AGE 6, *derniere ligne*, nagarum, *lisez* nugarum.

Page 7, *ligne* 4, latins, *lisez* Latins.

Page 18, *ligne* 24, suffrage, *lisez* suffrages.

Page 21, *ligne derniere*, n'ayent, *lisez* n'ont.

Page 24, *ligne* 4, fonder, *lisez* essayer.

Page 39, *ligne* 8, non - feulement, *lisez* feulement.

Page 63, *ligne* 6, vous préserve, *lisez* nous.

Page 66, *ligne* 14, savez, *lisez* saurez.

Page 71, *ligne* 17, recommecer, *lisez* recommencer.

Page 92, *ligne* 3, les, *lisez* ses.

Page 98, *ligne* 24, les qualités, *lisez* la qualité.

Page 113, *ligne* 4, exclusive, *lisez* excessive.

Page 114, *ligne* 23, l'esprit, *lisez* l'espoir.

Page 134, *ligne* 21, soin, *lisez* soins.

Page 147, *ligne* 27, profession, *lisez* professions.

Page 166, *ligne* 26, parfums, *lisez* odeurs.

Page 184, *ligne* 14, les opulens, *lisez* les

Page 206, *ligne premiere*, reste, *lisez* restait. plus opulens.

Page 228, *ligne* 15, Utopies, *lisez* Utopie.

Page 240, *ligne* 19, sera, *lisez* est.

Page 248, *ligne* 2, cet, *lisez* son.

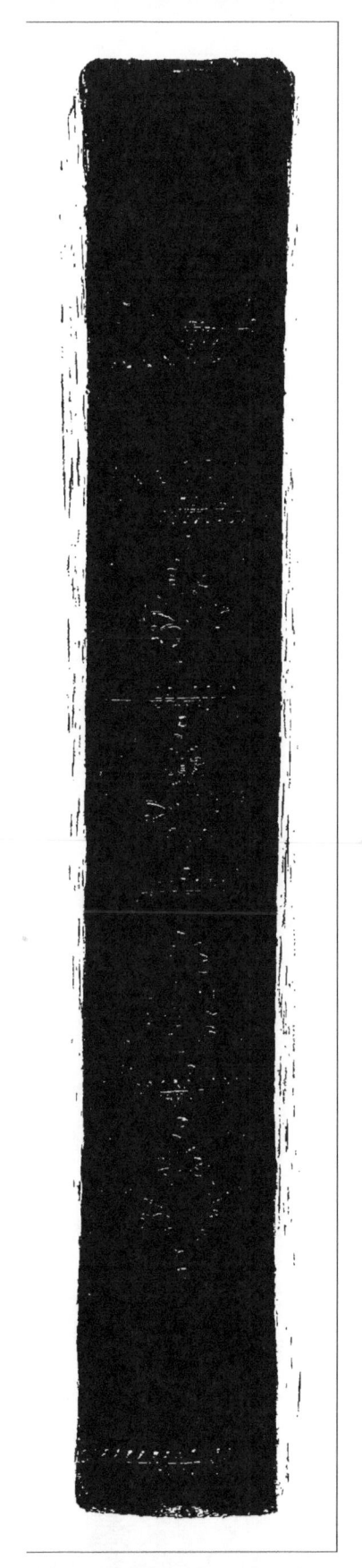

www.ingramcontent.com/pod-product-compliance
Lightning Source LLC
Chambersburg PA
CBHW060937030726
47503CB00003B/638